Infinite
インフィニット・デンドログラム
Dendrogram
12. アイのカタチ
海道 左近
イラスト タイキ

「——今から、そこに行く」
フィガロは——
自分を踏み潰そうとする
塔足の側面に飛び乗った。

そして、彼は駆けていく。

反り立つ塔……超音速で動く塔足の側面の上を。

大地を踏み荒らす衝撃の中で、ハンニャを目指して。

彼は、幽閉塔サンダルフォンを駆け上る。

「――《フォール・ダウン・スクリーマー》!!」

Character

レイ

レイ・スターリング／椋鳥玲二（むくどり・れいじ）

〈Infinite Dendrogram〉内で様々な事件に遭遇する青年。
大学一年生。基本的には温厚だが、譲れないモノの為には
何度でも立ち上がる強い意志を持つ。

ネメシス

ネメシス

レイのエンブリオとして顕在した少女。
武器形態に変化することができ、大剣・斧槍・盾・風車に変化する。
少々食い意地が張っている。

フィガロ

フィガロ／ヴィンセント・マイヤーズ

アルター王国決闘ランキング1位のマスター。
【超闘士】のジョブに就き闘技場の絶対王者として君臨している。
基本的に人当たりが良いが、戦いになると熱い一面も。

アズライト

アルティミア・A（アズライト）・アルター

アルター王国第一王女にして【聖剣姫】に就く才女。
レイとの触れ合いで、
マスターについての認識を改めはじめている。

ビースリー

Barbaroi・Bad・Burn／藤林梢

王国の元PKクランオーナーでレイの大学の先輩。
PKとしてのスイッチが入ると言動が粗野になるが、
普段はいたって真面目な頼れる女性。

〈Infinite Dendrogram〉
-インフィニット・デンドログラム-
12.アイのカタチ

海道左近

HJ文庫
861

口絵・本文イラスト　タイキ

Contents

□？？？

二〇四四年二月一四日。

『フィガロへ。

ハンニャよ。教えてもらったアドレスにメールを送るわ。届いているかしら？

嘘《うそ》のメールアドレスを教えられたんじゃないかって不安と戦いながら、このメールを書いているわ。届くと信じているけれど、届かなかったらどうしてくれましょう。

私はあなたの友達から聞いた情報をもとに、レジェンダリアに向かっているところ。元カレと泥棒猫《どろぼうねこ》を踏《ふ》み潰《つぶ》せたらまた会いに行くわ。

そのときにはケーキを焼いて持参しようと思うので、楽しみに待っていなさい』

『ハンニャへ。

フィガロです。メールは届いています。僕《ぼく》もハンニャとまた会うのが楽しみです。

ケーキは僕も好きだよ。弟もよくケーキをお土産《みやげ》に買ってきてくれたり、弟自身が焼いてくれたりするね。僕はリアルでは刺激物《しげきぶつ》が苦手だから、相対的に甘《あま》いものが好物みたいだ。ハンニャのケーキも楽しみにしているね』

二〇四四年二月一五日。


『残念な報告があるわ……。レジェンダリアで元カレと泥棒猫を踏み潰せたのはいいのだけど、その後に集ってきた連中にデスペナされてしまったの。

それから、指名手配されてるとかでセーブポイントが使えなくなったみたい。

今は〝監獄《かんごく》〟にいます。出るまでリアルでも一年以上掛《か》かるみたい。

……ごめんなさい。あなたに会いに行くのが、ずっと先になってしまったわ。

そんなに長い間は、待っていてはくれないわよね？』


『〝監獄〟か。知り合いが入ったのは初めてだ。

ああ、出所まで一年以上掛かっても大丈夫《だいじょうぶ》だよ。僕はきっと一年後もここにいる。

だから、ハンニャが出てくるのを（決闘《けっとう》のために）ずっと待つよ。

それまでにハンニャの強さに追いつけるくらい強くならないとね。

ハンニャも強くなるだろうけど、僕ももっと強くなるよ。

今度、決闘ランカーとしての大きな試合もあるしね』

二〇四四年二月一六日。

『ありがとう、フィガロ。私を（愛のために）待つと言ってくれて、本当に嬉《うれ》しいわ。

私、きっと〈Infinite Dendrogram〉の中であなたに会いに行くから。

そういえば、フィガロってランカーだったのね。すごいわ。

ところで、私の強さについて言及《げんきゅう》しているけれど。フィガロは私がレベルを上げたり〈エンブリオ〉を進化させたりして強くなった方が良いのかしら？』

『オフコース《もちろん》』

『分かったわ。私も〝監獄〟の中でもっと強くなって、それから出所してあなたに会うわ。

ああ、でもそのときのことを考えるととても待ち遠しい。

ずっと先のことなのに、もう（恋《こい》しくて）待ち切れないくらいよ！』

『うん。僕も（決闘のために）ハンニャに会いたいな。早く出所できるといいね』

二〇四四年四月一八日。

『決闘王者おめでとう、フィガロ！　動画サイトであなたの決闘を見たわ！　結果は知っていたのに、見ているときはとてもハラハラしたわ。でも、勝ったときには私も画面の前で歓声《かんせい》を上げていたの！　本当におめでとう、フィガロ！』

『ありがとう、ハンニャ。僕もこれでようやく【超闘士《オーヴァー・グラディエーター》】になれた。闘士《とうし》系統の超《ちょう》級《きゅう》職だから、ジョブでは君と並べたよ。〈エンブリオ〉も、先週進化した君のサンダルフォンみたいに〈超級エンブリオ〉に進化できれば、君と（決闘で）並べる。一年後に君が出てくるときが楽しみだ。』

『私も、あなたと（ヴァージンロードで）肩《かた》を並べるのが本当に楽しみだわ』


二〇四四年十一月十一日。

『【グローリア】というモンスターのこと、そしてお友達のことを聞きました。私に出来ることがあったら、言ってね。メールで出来ることは、あまり多くはないかもしれないけれど。……ああ。こんなときに、私はどうして外にいないのかしら……』

『……ありがとう、ハンニャ』


二〇四五年二月一四日。

『こうして文通を始めてもう一年になるわね。私は日々〝監獄〟で料理したり、カップルを料理したり、不埒《ふらち》な発言をした相手を料理したりしているわ。充実《じゅうじつ》はしているけれど、こうも代《か》わり映《ば》えしない毎日だとあなたに会いたいという思いが日増しに強くなるわ。

そうそう。あなたが以前気にかけていたことだけれど、最近〝監獄〟の〈超級〉が増えていたわ。昔からいた私とフウタ、ゼクスに加えて、キャンディって男の子ね。

キャンディは〝監獄〟にウィルス撒《ま》いたりして傍迷惑《はためいわく》だったのだけど、私とゼクスにやられたらちょっと大人しくなったわ。最近はダンジョンに篭《こも》ってるみたい。

その子は刑期《けいき》が長いから、多分デンドロのサービスが続く間は出て来られないと思う。

まぁ、それは私以外の全員に言えるのだけど』

『相変わらず家庭的だね。それに、情報ありがとう。王国方面に向かっていた指名手配の〈超級〉が急にいなくなったって話で、ちょっと疑問に思っていたんだ。やっぱり噂《うわさ》どおり、他のPKに倒《たお》されたのかな。もう〝監獄〟の情報も入っているかもしれないけど、後で〈DIN〉には流してみるよ。

僕の方も特に変化のない日々を送っているよ。結局先月の戦争にも参戦は……できなかったしね。前にも書いたとおり、シュウはそのことで色々考えているみたいだ。シュウが参戦できなかった事情を考えると、無理もないのだけど。今は旅に出て、レベル上げと特典武具集めをしてる。……ああ、そうだ。お互《たが》いに代わり映えしない日々を気にしているなら、僕の方からちょっとした変化を出すよ。

僕の名前はヴィンセント・マイヤーズ。

不思議だよね。一年もこうして文通しているのに、お互いの名前も知らなかったんだ。

ハンニャ、君がよければだけど……僕にも教えてくれないかな？

君の、名前は？』

『…………ありがとう、ヴィンセント。

私の名前は四季冬子《しきふゆこ》。冬子って呼んでくれる？』

『オフコース《もちろん》、冬子』

『……四月には、ようやく出所できるわ。そしたらすぐに王国まで、（あなたと結婚《けっこん》するために）会いにいくわ』

『うん。僕も冬子を、待っているよ』

Open Episode『アイのカタチ』

第一話 竜車の中の三怪人＋α

□椋鳥玲二《むくどりれいじ》

例えばゲームをやりすぎたとき、ベッドで横になっても瞼《まぶた》の裏でそのゲームをシミュレーションしてしまうことがある。

最近の俺《おれ》は、ずっと頭の中でデンドロの中での動きをシミュレートしている。

内容はあの【魔将軍《ヘル・ジェネラル》】との戦いだ。

先日、誰《だれ》かがアップロードした例の戦いの動画を見た。まるで俺が【魔将軍】に楽勝だったかのような編集がされていたが、そうではないことを俺が誰よりも知っている。

奴《やつ》が俺を舐《な》めて悪魔《あくま》を出《だ》し惜《お》しんでいなければ、【ガルドランダ】がいなければ、そしてベルドルベルさんがあいつの【ブローチ】を砕《くだ》いていなければ……俺は負けていた。

〈超級《スペリオル》〉レベルの相手に全力で来られれば、今の俺の力量で勝敗を覆《くつがえ》すのは難しいと自分でも分かる。勝利を掴《つか》んだ後でも、まるでマリーに負けたときのようにあの状況《じょうきょう》が頭の中に残り続けている。

動画を見てからはその思いが強まり、詰《つ》め将棋《しょうぎ》を考えるようにイメージを続けていた。もっとも、詰め将棋に例えるならばこちらが飛車角落ちどころか王将と香車《きょうしゃ》だけでやっているようなもので、妙手《みょうしゅ》など見えるわけもない。

「おーい、椋鳥。講義はとっくに終わってるのに何で難しい顔して座《すわ》ってんだ？」

「……おおぅ」

春日井《かすがい》に声をかけられて意識を戻《もど》せば、昼前の講義が終わっていた。

折角《せっかく》の大学生活なのに講義に集中できないというのは問題だ。

そういえば、ビースリー先輩《せんぱい》……もとい藤林先輩《ふじばやしせんぱい》はどうしているのか。

あの人は元々クランの運営もしていたので、俺以上にデンドロとこちらでの時間や集中力のやりくりが大変だったと思うのだけど。……ちょっと相談してみるか。


お昼時に食堂で先輩の姿を探すと、すぐに見つけることが出来た。リアルの先輩は向こう以上に真面目《まじめ》オーラが出ており、周囲の雰囲気《ふんいき》から浮《う》いていてすぐ分かる。

とはいえ浮いているのは雰囲気だけであり、今も学友らしい人達と談話しながら食事をしていた。他の人も一緒《いっしょ》だと中々デンドロでの相談がしづらい気はする。先輩はデンドロとリアルをそれなりに分けている人だから。

どうしたものかと考えていると、丁度食事が終わったらしく先輩の学友は席を立った。

タイミングの良さに感謝しつつ、先輩に声をかけようとして……誰かに肩を抱《だ》かれた。

「レイやんどないしたんー？　わきわきー」

「⁉」

突如《とつじょ》出現した女化生《おんなけしょう》先輩は右手で肩を抱きながら左手で脇腹《わきばら》をくすぐってきた。

遭遇《そうぐう》からナチュラルにセクハラ案件だ……！

「保護者は！　月影先輩《つきかげせんぱい》はどこに⁉　また倒れたんですか⁉」

「影《かげ》やんならおらへんよー？　ちょっと用事あって伊賀《いが》の実家に帰省しとるから」

「伊賀⁉　あの人ってやっぱり忍者《にんじゃ》なの⁉」

「やっぱりて……。『伊賀出身者はみんな忍者！』みたいな偏見《へんけん》はどうかと思うで？」

……だってあの人、【暗殺王《キング・オブ・アサシン》】じゃん。

影潜《かげもぐ》るし、忍者だとああいう〈エンブリオ〉ってことにも色々納得《なっとく》が……。

「ふふふー。影やんもおらへんし、レイやんへのセクハラもし放題やー」

「ぎゃー⁉」

「多少は秘書の目も気にしていたのか」と思う間もなく、俺へのセクハラが加速する。

そして女化生先輩は左手を俺の服の中へ……、

「――会長？　先ほどから、公共の場で何をなさっているのですか？」

入れる直前に、押《お》し潰されるようなプレッシャーを含《ふく》んだ声によって静止した。

声の主は、もちろん藤林先輩だった。眼鏡の奥《おく》の目は据《す》わっており……滅茶苦茶《めちゃくちゃ》怖《こわ》い。

「……あ。おったのね、ビーちゃん」

「正座」

「………ここ、食堂なんやけど」

「正座」

「…………………はい」

有無《うむ》を言わせぬ藤林先輩の「正座」コールに観念し、女化生先輩はその場で正座した。

周囲の視線に心なしかプルプルと震《ふる》えながら、しかし女化生先輩は正座を続けていた。

藤林先輩がそれを見下ろしているので、何と言うか『悪さした妖怪《ようかい》と調伏《ちょうぶく》した僧侶《そうりょ》』みたいな構図だった。サークル活動の件を抜《ぬ》きにしても、この二人のリアルでの力関係は藤林先輩に分があるらしい。

なお、昔から二人はそうだったらしい。藤林先輩の実家に女化生先輩がお茶と礼儀《れいぎ》作法の稽古《けいこ》に来ていたため、「やらかした」時には苦手意識を持ってしまうとのこと。

女化生先輩はげっそりしていたが、暴走する人にブレーキ役がいるのは良いことだとつくづく思う。

しかしこの正座……別の配置で最近見た覚えがあるような？

「椋鳥君、狐《きつね》はいつも獲物《えもの》の子犬を狙《ねら》っています。油断したら食べられてしまいますよ」

「はい。助かりました」

「ぶー。何でビーちゃんは毎回うちの邪魔《じゃま》するんー？」

食堂での騒動《そうどう》の後、俺達《おれたち》は女化生先輩が会長を務めるサークル、〈Club of Infinite Dendrogram〉。略して〈CID〉の部室に場所を移していた。

以前ここで女化生先輩の毒牙《どくが》にかかりかけたが、今は藤林先輩がいるので安心だ。

「それで、椋鳥君。私に何か用事があったのでしょうか？」

あ、気づいてくれていたらしい。先輩から話を振《ふ》ってくれたので、俺は先輩に「リアルとデンドロの時間や集中力のやりくり」を聞いた。

「ああ、授業中は授業だけに集中すれば良いのです。授業は余計なことを考えずにしっかり受ければちゃんと身につきます。あとはレポートの類《たぐい》に気をつければ良いだけですよ」

「そういうものですか？」

「はい。授業中だけ〈Infinite Dendrogram〉を頭から追い出せば良いのです。始めたばかりだとどうしても考えてしまうかもしれませんが、意識的にそうしていればすぐに慣れます。私もそうでしたから」

……そうかな、そうかも。

「分かりました。今度からはそうしてみます」

「はい。頑張《がんば》ってください」

「T大《ここ》の授業にそれでついていけるとかビーちゃんこわいわあ。……それにノーと言わないレイやんも」

女化生先輩はなぜか俺達を見ながらぶつぶつ呟《つぶや》いていた。

「女化生先輩、どうしたんですか？」

「誰が女化生や」

あ、つい声に出して呼んでしまった。これまで本人の前では心の中だけだったのに。

「うちのことを呼ぶなら月夜先輩と呼んで欲《ほ》しいわー」

「分かりました。扶桑先輩《ふそうせんぱい》」

「……レイやん、わりとイイ性格しとるよね？」

この人には腕《うで》を治してもらった借りがあるが、誘拐《ゆうかい》やセクハラなど結構な数の迷惑《めいわく》もかけられているので、本人のリクエストに沿うつもりはない。

「まぁ、ええわ。それより皇国の【魔将軍】倒してたやん、動画見たで」

「ああ……」

前に会ったときはまだ見ていなかったようだが、あの後に見たらしい。

「おまけに〈遺跡《いせき》〉を攻略《こうりゃく》して、出てきた巨大《きょだい》兵器ぶっ壊《こわ》したんやろ？　派手やねー」

「巨大兵器はともかく、〈遺跡〉の攻略はトムさんのお陰《かげ》ですよ」

初日の居住区画の探索《たんさく》では、トムさんが警備の煌玉兵《こうぎょくへい》の殆《ほとん》どを倒した後を通っただけだ。

翌日のプラント攻略についても、トムさんや他の〈マスター〉に任せきりだった。

〈遺跡〉の攻略については、ほぼ全《すべ》てトムさんの功績と言っていい。

「トム・キャットといえば、椋鳥君はご存知《ぞんじ》ですか？」

「ご存知って、何のことですか？」

俺が質問を返すと、

「こちらの時間で明日、トム・キャットとカシミヤのランク戦があります」

先輩は、とある決闘の開催《かいさい》を俺に教えてくれたのだった。

◇◇◇

□【煌騎兵《プリズム・ライダー》】レイ・スターリング

俺は大学から帰宅してすぐデンドロにログインした。降り立ったのは王都の噴水《ふんすい》。昨日にはカルチェラタンから王都に戻っていたため、ログイン地点もここに移している。

明日からはまた土日の連休となるのでしばらくログインしていられる。ようやくホームタウンであるギデオンにも戻れるはずだ。

「戻ったか。レイ」

ログインするとすぐにネメシスが紋章《もんしょう》から現れる。それ自体はいつものことだが、

「あ。生の〝不屈《アンブレイカブル》〟だ」

「……こわい」

周囲の反応がカルチェラタンから戻る前と随分違《ずいぶんちが》う。特に小さい子供の反応が顕著《けんちょ》だ。

いや、昨日ログアウトする前もそうだったけどさ……こわいって……。

「この空気はネットとやらに流れていた動画のせいかの？」

元からギデオンの事件で俺の顔と名前はそれなりに知られていたが、【魔将軍】の動画でさらに広まってしまった。

おまけに……今回はどちらかと言えば怖《こわ》がられている。

というのも、動画の内容が問題だったからだ。

ネットに公開されている動画は、戦いの一部始終を収めたフル版とシーン毎《ごと》に分けた分《ぶん》割《かつ》版がある。分割版で最も視聴《しちょう》回数が多いのは【魔将軍】をデスペナルティするシーンだ。

次に多いのはガルドランダと【ギーガナイト】の戦い。特典武具による召喚《しょうかん》が珍《めずら》しがられているのがその理由だ（あるいはガルドランダの見た目もあるかもしれないが）。

と、この二つの動画は視聴回数が多いのも当然と言えば当然だから、まだわかる。

問題は、俺が怖がられる原因となっている……三番目に視聴回数が多い動画。

それは戦闘《せんとう》開始直後、悪魔軍団を突《つ》っ切《き》って【魔将軍】に切りかかったシーン。

即《すなわ》ち、瘴気《しょうき》撒いて、悪魔を噛《か》み千切って、口から血を滴《したた》らせながら走る動画である。

……俺も観てみたが、なんともベストすぎるアングルで撮影《さつえい》されており、『これどこのホラームービー？』と自分で言ってしまう有様だった。

なぜか音声がフランス語だったのもホラームービー感に拍車《はくしゃ》をかけている。

以来、カルチェラタンの街中で俺に気づいた〈マスター〉が「ヒッ⁉」と驚《おどろ》いて飛び退いたり、子供の〈マスター〉が泣きながら「食べられるー⁉」と逃《に》げたり、といったケースがたまに起きる。……そこまで怖がられると流石《さすが》にへこんだ。

「やっぱり噛み千切るのはまずかったか」

「……格好も一役買っておったしのぅ」

格好か……動画のタグに『暗黒騎士《きし》』とか付いていたのは黒かったからだろうか？

「まぁ、人の噂も七十五日と言うし、そのうち飽《あ》きて放置されるだろうけどな」

どっちの時間で七十五日かは分からないが。

「……七十五日もあるならあと何回大事件に巻き込まれるかの。その度《たび》に再燃していたら、いつまでも終わらないのではないか？」

経験に基《もと》づく不穏《ふおん》な未来予測は聞かなかったことにしよう。


さて、王都からギデオンに向かうため王都の南門へと歩いている。

シルバーは街中では目立ちすぎるので乗るのは王都を出てからだ。カルチェラタンの量産型が普及《ふきゅう》してオリジナルが目立たなくなると、街中でも乗りやすくなるんだけどな。

「……いや？　結局乗っておるのが御主《おぬし》では目立ちすぎるのではないかの？　特に格好」

カルチェラタンでその件について話したときからずっと思っているが、ネメシスはいくらなんでも俺の格好を大袈裟《おおげさ》に捉《とら》えすぎではないだろうか。

「そうかのぅ……。【ストームフェイス】の件もあるし、私は既《すで》に『次に装備が変わったらどんな見た目になってしまうのだ』と不安で一杯《いっぱい》なのだが、……?」

そのとき、ネメシスは何かに気づいたように路地の先を見た。

俺もそちらを見るが、視線の先には機械仕掛《じか》けの馬に乗った見覚えのある人物がいた。

「レイさん、ネメシスさん。お久しぶりです」

「リリアーナさん、お久しぶりです」

機械仕掛けの馬——量産型の白い煌玉馬《こうぎょくば》に乗っていたのはリリアーナだった。

アズライトと同道していたこともあり、王都に着いたタイミングで一度再会していたが、どうやらその後にカルチェラタンで機種転換《てんかん》を済ませてきたようだ。

「煌玉馬に切り替《か》えたんですか?」

「ええ。元々の愛騎が引退の年齢《ねんれい》でしたから。カルチェラタンに赴《おもむ》いて拝領してきました」

王国騎士への配備は進んでいるということだろう。

カルチェラタンで生産可能になった量産型——通称《つうしょう》【セカンドモデル】は、それまでに出土したレプリカよりも全体的にスペックが高い。従来のレプリカにはなかったバリアと飛行機能を持っているので、亜竜《ありゅう》クラスの騎馬《きば》モンスターより騎士の乗騎に向いている。

難点はバリアと飛行機能の使用に《煌玉権限》レベル一の所有が前提となっていること。

俺自身も【煌騎兵】であるが、そのあたりの仕様は謎《なぞ》だ。

仕様そのものではなく、前提条件を設定した理由が謎と言うべきか。

シルバーを含めたオリジナルは、別段【煌騎兵】のジョブがなくても飛べるしバリアを張れる。だと言うのに、量産型では飛行とバリアに《煌玉権限》を必須《ひっす》としている。

そもそもこのスキル、煌玉馬のスキル使用に関係しているがそれも『スキルによって発動できます』と言うよりは、『スキルがあるから制限を外しています』と言うのが近い。

もう一つのスキルである《煌玉獣《じゅう》強化》とは異なり、それこそ『権限』のようなスキル。

ビースリー先輩は『まるで【煌騎兵】に就《つ》けない人には使わせないための制限ですね』と言っていたが、これはどちらかと言うと……。

「レイさん？　どうなさいました？」

「あ……、すみません」

「御主は不意に考え込む癖《くせ》があるのぅ」

……そうかもしれない。思考が脇《わき》に逸《そ》れた上で集中することは度々《たびたび》ある。

ちなみにルークも自己申告《しんこく》で同じような癖があると言っていた。自己申告なのは、ルークの場合は頭の回転が速すぎて、他人からだと考え込んでいたようには見えないからだ。

「リリアーナさん。エリザベート……殿下《でんか》の護衛は？」

ギデオンにいる間、リリアーナはずっとエリザベートの傍《そば》にいたか……あるいは脱走《だっそう》したエリザベートを捜《さが》していたかのどちらかであった。

そんな彼女《かのじょ》がギデオンを離《はな》れている間、あのお転婆《てんば》姫《ひめ》はどうしているのだろう。

「はい。アルティミア殿下から新しい命令を受けましたから、その間はリンドス卿《きょう》にお願いしています」

真面目すぎる人だから振り回《まわ》されて胃をやられていなければいいけど……。

しかし、今の言葉にはもう一つ気になったことがある。

「アズライトからの？」

エリザベートと違《ちが》い、アズライトは敬称《けいしょう》をつけずに呼んでいる。元々アズライトから了《りょう》解《かい》を得ているし、リリアーナがいる場でも改めて許可されていた。

「アズライトが妹の護衛よりも一時的にとはいえ優先するって、どんな内容なんだ？」

「……すみません。私の一存では口外できません」

何か機密事項《じこう》に抵触《ていしょく》する話であったらしい。

「けれど、殿下からいただいた命令はもう一つあります。そちらはレイさん達宛《たちあ》てです」

「俺達に？」

「はい。『今週の内にレイかバルバロイを捜して、城まで連れて来て欲しい』、と」

「それは、どうしてまた？」

俺だけでなく、先輩でも、というのがよく分からない。

「殿下から二人に依頼《いらい》したいことがあるそうです」

そんなリリアーナの言葉の直後に、

『……トラブルの気配がするのぅ』

ネメシスはいつだか聞いたような言葉を念話で伝えてきたのだった。


リリアーナに連れられて登城した俺達は、すぐにアズライトの執務室《しつむしつ》へと案内された。

室内に入ってすぐに目に入る山積みになった資料の数が彼女の忙《いそが》しさを物語っていた。

……まぁ、現在の王国の政治の中心である第一王女が、暫《しばら》く王都を留守にしてカルチェラタンに行っていたのだからそれは仕事も溜《た》まるだろう。

「……仕事、大変そうだな」

「明日からまた王都を留守にするもの。今の内に仕事をしておかないといけないのよ」

……この仮面剣士《けんし》様、今度はどこに首を突っ込む気なのだろう。

まぁ、とは言っても今日のアズライトは剣士風の服装ではなく、どことなく文官風の格好をしている。それに……。

「今日は仮面つけてないんだな」

「……王城でつける必要はないでしょう？」

たしかに。ここでは第一王女であることを隠《かく》す方が問題になるな。

「それでどうしたんだよ。依頼があるって話だけど」

「ええ。ギデオンまでの護衛依頼よ。アナタもギデオンに帰るのでしょう？」

「ああ、そのつもり。しかし依頼を受けることに異論はないけど、護衛要《い》るのか？」

アズライトは明らかに俺より強い。それどころか〈超級〉に準ずる、あるいは並ぶくらいの強さがある。【魔将軍】だって、アズライトなら真っ向から勝ち目があるだろう。

「私だけではなく、同行者がいるのよ。そして同行する相手には〈マスター〉の護衛がいる。だから相手に合わせて〈マスター〉の護衛をつけようと思ったのだけど……」

アズライトはそこで少し口ごもった。

「私が接触《せっしょく》を持った〈マスター〉なんてアナタとバルバロイ、あの寄生虫、それに向こうの護衛くらいなのよね……」

まぁ、これまで〈マスター〉を避《さ》けていたのだから、そうもなるだろう。

ちなみに〈マスター〉への対応が変わっても女化生先輩は寄生虫呼びで固定らしい。

どこかから「ひどいわー」という幻聴《げんちょう》が聞こえた気がする。

「ああ、そういえば向こうの護衛とアナタは知り合いだって言ってたわね」

「知り合い？」

「【尸解仙《マスターキョンシー》】迅羽《じんう》」

ああ、迅羽か。確かに知り合いだし、ギデオンで稽古をつけてもらった一人でもある。

……ん？　迅羽が護衛をしている相手って……。

「……なぁ、今回の護衛依頼ってさ」

「さっきも言ったように護衛対象は二人。私と——黄河《こうが》のツァンロン第三皇子よ」

……それ、何かあったら思いっきり外交問題になる奴だ。

「さっきも言ったけれど、私は〈マスター〉には伝手《つて》がないわ。そして依頼を出せるほど信頼《しんらい》できる相手も、今のところはアナタくらいなのよ」

「それは……ありがとう？」

「御礼《おれい》はいいわ。そこでアナタと……あのバルバロイに護衛の依頼を出すわ」

……でもアズライトと先輩って。

「連絡《れんらく》、取れるわね？　どちらかに伝えれば両方に伝わると思ったから、リリアーナにもどちらかを捜すように言っていたのだけれど」

「アドレスは教えてもらってるから連絡は取れるけど……」

「そう、じゃあお願いするわ。こう伝えて欲しいの。『ギデオンまでの護衛依頼。護衛対象は私と黄河の第三皇子。護衛はアナタとレイとリリアーナ、それに【尸解仙】迅羽の四人。アナタの竜車を借りてギデオンに向かう』」

アズライトはそこで言葉を切って、

「『王都封鎖《ふうさ》の一件、忘れていないなら嫌《いや》だとは言わせないわ』」

俺の背筋がゾクリとするような声音《こわね》で、先輩への伝言を述べた。

結論から言えば、リアルで電話した直後に先輩はログインして依頼を引き受けた。

かくして、奇妙《きみよう》なパーティによるギデオンまでの旅が始まる。

……クエスト、スタート。

◇

現在、俺達は先輩の竜車に乗りながら、王都とギデオンを繋《つな》ぐ〈サウダ山道〉を通っている。御者《ぎよしや》はリリアーナであり、竜車を牽《ひ》くのもリリアーナの【セカンドモデル】だ。

もちろん、王家には幾《いく》つもの竜車がある。態々《わざわざ》先輩の竜車を借りる必要は本来ない。

しかし、アズライトによれば王家の竜車を使うわけにはいかないらしい。

現在の王国は、南から北まで皇国の〈超級〉に潜入《せんにゅう》され、テロを起こされている。

つまり、絶対に安全と言える地域がない。情報をキャッチされると、〈超級激突《ちょうきゅうげきとつ》〉や〈遺跡〉の一件みたいにまた何か引き起こされる恐《おそ》れが強い。

だから最優先にすべきは隠蔽《いんぺい》性。第一王女と黄河の第三皇子一行と知られないことこそが重要であり、そのために普段《ふだん》なら使っていただろう豪奢《ごうしゃ》な王家用の竜車が使えない。目立ちすぎるし、最悪いつの間にか仕掛けを施《ほどこ》されている恐れもある。

それでもアズライト一人なら身一つでギデオンまで歩いて行くだろうが、今回は来賓《らいひん》である黄河の第三皇子もセットだ。他国の皇族を粗末《そまつ》な竜車で運ぶわけにもいかない。

だから王族用の竜車以外の、『華美《かび》な儀礼《ぎれい》用でなく』、『それでも見た目は良く』、『機能性と居住性も高く』、『頑丈《がんじょう》』な竜車が必要である。『内部空間拡張があるとなお良い』、らしい。

あるかそんなもん……と思われるがちゃんとある。

それこそ、俺達が乗っている先輩の竜車である。レジェンダリア製で、異常に高性能で、市場の最高級品にもそれより古い型しか出回っていない超最高級竜車。

カルチェラタンから王都までの帰路でアズライトは既に一度乗っており、その有用性と価値にも気づいていた。あのとき、『これは使えるわね』みたいな顔を仮面していても分かるくらいしていたので間違《まちが》いない。

で、とある事情で王国に多大な負い目のある先輩に断る余地なく、本人と竜車のセットで王族と皇族の護送というクエストを受けざるを得なくなったらしい。

ちゃんとクエストとして報酬《ほうしゅう》も支払《しはら》われるのが救いと言えば救いである。

『それに、アズライトには竜車以外にも色々と事情があるようだがのぅ』

ああ。だがしかし、そうした事情は事情として……大きな問題もある。

「やっぱり良い竜車ね」

「……そうですね」

「そんな不安そうな顔をしなくても取り上げないわ」

「……いえ、そんなことは考えてはいません」

「そう。ところで、この竜車っていくらくらいなのかしら」

「………………一億は、超《こ》えるかと」

「そう。関係ないけれど、王都封鎖で生じた損害って一億じゃ利《き》かないのよね」

「…………………」

……アズライトと先輩の間の空気が物凄《ものすご》く冷えている。

良かった。迅羽と第三皇子が後部のコンパートメントで。

良かった。この馬車が空間拡張機能付きで。ある程度、距離《きょり》とって座れるから。

『……この二人、相変わらずだのぅ』

ネメシスが言うようにこの二人はあまり……、いや、ものすごく仲が良くない。

王都封鎖の一件で王国が経済的にダメージを受けたことを突《つ》かれる先輩。セーブポイントの使用権利含め、被害者《ひがいしゃ》が加害者の首根っこを掴んでいる状態である。

「……しかし、じゃんけんみたいだな」

以前、兄から聞いた話によれば、あの女化生先輩は〈月世《げっせい》の会〉への依頼の対価として王族にあれこれと契約《けいやく》をさせたらしい。

そのため王族は女化生先輩に強く出られず、アズライトも様々な煮《に》え湯《ゆ》を飲まされたために「あの寄生虫」呼ばわりなのである。

ゆえに、彼女達《かのじょたち》の力関係はこうなる。

アズライトはビースリー先輩に強く、女化生先輩に弱い。

ビースリー先輩は女化生先輩に強く、アズライトに弱い。

女化生先輩はアズライトに強く、ビースリー先輩に弱い。

見事な三竦《さんすく》みのグーチョキパー。あるいはカエルとヘビとナメクジであろう。

『……御主、間違っても口に出してカエルとヘビとナメクジに喩《たと》えるなよ？』

分かっている。流石に自分でも女性の喩えとして『これはない』と思ったところだ。

「そ、そういえば、エリザベートの護衛を中断させてまでリリアーナに何を命じたんだ？」

俺は車内の空気を変えようと、アズライトに質問をした。リリアーナをエリザベートの護衛から外してまで、何を命じたのかが気になっていたのも確かであったが。

「壊れた国宝のカルチェラタンへの輸送と担当者への修理依頼の仲介《ちゅうかい》よ。あれを任せるならリリアーナが一番適任だったから」

国宝の輸送ともなれば重要な任務だ。余程信頼《よほどしんらい》した人間にしか任せられない。

でも、壊れた国宝なんてものをわざわざカルチェラタンにまで運ぶ理由は……。

「国宝………、あっ」

俺の中で壊れた国宝と……今のカルチェラタンで作っているものが重なった。

「煌玉馬……か」

「ええ。建国王の時代から伝わる王国の国宝よ。先の戦争で壊れてしまったけれど、ね」

【黄金之雷霆《ゴルド・サンダー》】。リリアーナの父であり、王国最強の騎士であった【天騎士《ナイト・オブ・セレスティアル》】ラングレイ・グランドリア氏に預けられていたオリジナルの煌玉馬。

しかし、先の戦争での【魔将軍】の神話級悪魔との戦いによりラングレイ氏は死亡。

【黄金之雷霆】も煌玉馬の自動修復が効かないほどに壊れてしまったと聞いている。

「直せるのか？」

「まだ分からないわ。〈遺跡〉で見つかったのはあくまで【セカンドモデル】の生産設備だから。でも、今のあそこには王国でも数少ない機械技術に特化した〈マスター〉が常駐《じょうちゅう》しているし、壊れたまま死蔵しておくよりは余程《よほど》復活の目があるわ」

なお、機械技術に特化した〈マスター〉とはブルースクリーン氏のことだ。

「半月前まで巷《ちまた》で悪名を馳《は》せていた〈ソル・クライシス〉の元中核メンバーに任せる、というのが少し気になってはいるのだけれど」

「彼《かれ》らも心を入《い》れ替えて……はいないかもしれませんが、高報酬のクエストを任せている限りは安心できる手合いです。PKは戦いそのものが目的の手合いでもない限り、ある程度実利を考えて動きますからね。報酬に不満がなければ仕事は果たすでしょう」

「そうね。封鎖事件の時のアナタみたいに」

「ぐぅ……」

……別の話題で多少緩和《かんわ》されていた車内の空気が、振り出しに戻った。

とりあえず、俺ではこの空気を変えることは出来ないと悟《さと》ったので、「様子を見てくる」と言って後部のコンパートメントに移ることにした。

後部コンパートメントの座席には黄河の第三皇子であるツァンロンと、もはや見慣れた異形の迅羽が座っている。ちなみに車内であるためか迅羽はいつもよりテナガ・アシナガを短くしているため、別段窮屈《きゅうくつ》そうな様子もない。

「あン？　どうしタ？」

「前のコンパートメントの空気が重苦しすぎて……」

「なんダ、修羅場《しゅらば》カ？　お前こっちに来ていいのカ？」

「いや、そういう方向の重苦しさじゃない」

あと、修羅場だとどうして「俺がこっちに来ていいのか」という話になるのだろう。

「レイさまほどの方でも、女性同士の諍《いさか》いには敵《かな》わないのですね」

そんなことを悪気皆無《かいむ》のニコニコ笑顔《えがお》で述べたのは、ツァンロン第三皇子だ。

黄河の王子ではあるが腰《こし》は低く、俺や迅羽に対しても「さま」とつけて呼んでいる。それに俺達から話すときも「口調は自然なままでお話しください」と言われている。

皇子が他国でそんな態度をとっていて大丈夫《だいじょうぶ》だろうかとも思うのだが、本人曰《いわ》く「僕《ぼく》は政治にも特に関《かか》わりのない皇族ですから。そういうことに気を遣《つか》わなくてもいいのです」だそうだ。第三皇子とはそういうものなのだろうか？

「苦手といえば苦手だな。女性の諍いって怖いんだよ。言葉がメインになるし……」

「……いや、あいつらの場合は最終的に武器が出るんじゃないカ？」

……そうかも。鎧《よろい》着た先輩と【アルター】抜いたアズライトの構図がありありと浮かぶ。

あ、先輩がここでも相性《あいしょう》負けを……。

『流石に手は出さぬと思うがのぅ。共通の……友人である御主の事もあるし』

「少しでも抑止力《よくしりょく》になれれば幸いだよ……。……話を変えようか」

「そうだナ」

「ツァンロンはこれまで王都で何していたんだ？　たしか、本当は一ヶ月《かげつ》前、あの〈超級激突〉のときにはギデオンに向かうはずだったんだよな？」

「はい！」

アズライトとツァンロンは、あの事件が起きた日にギデオンへと来るはずだった。

しかし〈流行病《はやりやまい》〉の影響《えいきょう》でそれは延期された。その後も〈流行病〉やフランクリンの事件の影響、そして〈遺跡〉の一件などでアズライトが忙殺《ぼうさつ》され、今に至るまで後回しになっていた。その間、ツァンロンの方は何をしていたのだろう。

「今回は外交のお役目以外に、僕自身の見聞を広める旅でもありました。ですから、王都や西方の港町を見学させていただきました！」

「ちなみに、そういうときはオレが護衛についてたナ。今のコイツ、ステータス低いシ」

なるほど。ちょっと違うかもしれないが、長めの修学旅行みたいなものでもあるのか。

「迅羽さまのお陰で港町も日帰りで行けましたね！」

「一国の中だし、カルディナみたいにだだっぴろい砂漠《さばく》でもないからナ。日帰り余裕《よゆう》だロ」

……超音速《ちょうおんそく》機動出来る人って世界狭《せま》く出来るよな。

「しっかし、車に乗らなくても、俺が抱《かか》えて跳《と》べばあっと言う間にギデオンだろうニ」

「迅羽さま、さすがにそれはちょっと……。これからお見合いをするのに迅羽さま……他の女性に抱きかかえられて赴いたのでは格好がつきません」

「それもそうだナ」

見合い相手が他の異性に抱きかかえられながらやってきたら、どう考えても破談ですね分かります。…………お見合い？

「のう。御主はお見合いのためにギデオンに行くのか？」

「はい。王都では何か問題があるということで、ギデオンで行うことになっています」

「いや、私が気になったのは場所の話ではなくての。相手は誰《だれ》なのだ？」

「王国の第二王女、エリザベート殿下です」

……なんですと？

ツァンロンはさらっと述べたが、それは物凄く重要な話に思えた。

だから重ねて俺《おれ》からも質問しようとしたとき、不意に竜車《りゅうしゃ》が止まった。

何かあったのかと窓の外を見れば……武装した集団が馬車を取り囲んでいた。

◇

この〈Infinite Dendrogram〉において、盗賊《とうぞく》や山賊《さんぞく》といった輩《やから》は世に出回るファンタジーな小説や漫画《まんが》よりもかなり数が少ないと言われている。

理由は〈マスター〉だ。〈エンブリオ〉を持ち、不死身の存在である〈マスター〉。その戦闘力《せんとうりょく》は見た目に一切《いっさい》比例しない。子供かと思ったら超級職《スペリオル・ジョブ》であったり、大道芸じみた着ぐるみかと思ったら戦艦《せんかん》を出して森ごと更地《さらち》にしたりする。

実力の大小はあるものの、そんな〈マスター〉がこの世界では何万人と活動中。

うっかり〈マスター〉を襲《おそ》ったが最後、不死身の超人《ちょうじん》と敵対することになる。

ババを引く確率を考えれば、そうそう道行く者を襲ったりは出来ない。

ゆえに、そんな状況《じょうきょう》で賊《ぞく》をする者は四種類に限られる。

一つ目は〈マスター〉の賊。先輩《せんぱい》の〈凶城《マッド・キャッスル》〉のように〈マスター〉専門であったり、〈ゴブリンストリート〉なるクランのようにティアンでも構わずであったりと差はあるが、『〈マスター〉であるゆえに〈マスター〉をさほど恐れない』手合い。

二つ目はかつて戦った〈ゴゥズメイズ山賊団〉のような連中。ティアン有数の実力を兼《か》ね備《そな》え、用意周到《よういしゅうとう》で数も多い。『〈マスター〉が相手でも対抗《たいこう》できる』自信がある手合い。

三つ目は交易路であったギデオン東の〈クルエラ山岳《さんがく》地帯〉のような、『強奪《ごうだつ》が成功した時のメリットが大きすぎる環境《かんきょう》にいる』手合い。欲に駆《か》られてリスク度外視で賊をする。

そして四つ目が……今俺達を襲おうとしている連中だった。

「ケケケ！　荷物とその竜車を置いていきな！」

いかにもな言葉で竜車を取り囲み、武器を振り上《あ》げて恫喝《どうかつ》している者達《たち》。

しかし武器は粗末であり、レベルも……多分然程《さほど》高くはない。

それでも山賊稼業《さんぞくかぎょう》を行っているのは……、俺が先ほど挙げた〈マスター〉を襲う危険とか戦闘力の差とか不死身さとか、そもそも〈マスター〉でなくても強い人いるよねとか、そういうことに全く思い至らなかった手合いだからだろう。

きっと御者が女性のリリアーナだから与し易しと踏《ふ》んで襲ってきたのだろう。

しかし、そのリリアーナだって【聖騎士《パラディン》】である。

たしかギデオンの事件の後にエリザベートの護衛任務の傍《かたわ》ら、修行《しゅぎょう》して鍛《きた》え直し続けていたので今は三〇〇レベル台だったはずだ。

加えて、そのリリアーナもこの竜車の中では下から数えたほうが早いのである。

だからきっと、彼らの正解はこの竜車を襲わないことだったのだろう。

しかし、時既《ときすで》に遅《おそ》し。彼らの目の前で竜車後部のドアが開き、一人の人物が降車する。

「あァ？　なんダ、王国にはこんなわかりやすい山賊がいるのカ？」

「なんだ、て、め…………えぇ……？」

そう言って竜車から降りた相手を見て、山賊は言葉を失う。

それはそうだろう。「本当に竜車の中に収まるのか？」と疑問に思うほどの長身――身《み》の丈《たけ》四メートル超《ちょう》の怪人《かいじん》が出てくればそんな反応になる。

『人の竜車に傷つけてねえだろうなぁ？』

次いで前部のドアから降りてきたのは、三メートル近い全身鎧に身を包んだ怪人。

明らかに超重量《ちょうじゅうりょう》な大鎧の怪人が、両手に持った盾《たて》を打ちつけ合う様は恐怖《きょうふ》を誘《さそ》う。

「レイが〈ゴゥズメイズ山賊団〉を潰《つぶ》してから、こういう話もあまり聞かなかったのだけれど。……他国の賓客《ひんきゃく》にとんだ醜態《しゅうたい》を晒《さら》すことになったわ」

最後に降りたのは仮面をつけた怪人。

前二人に比べれば、まだマトモそうだと山賊達《さんぞくたち》は考えたらしかったが、仮面の怪人が剣《けん》――【元始聖剣《せいけん》　アルター】を抜《ぬ》き放った瞬間《しゅんかん》に尻餅《しりもち》をついた。失禁している者もいる。

鑑定《かんてい》できなくても、恐ろしいものであると本能に叩《たた》きつけられてしまったのだろう。

もはや山賊達に戦う意思など欠片《かけら》もない。相手の危険さを測れない相手であっても、問答無用で『ヤバい』と納得《なっとく》させてしまう圧力が三人の怪人……もとい女性にはあった。

『きっと、今王国にいる怖い女のトップスリーだの』

「個人的な感想だけど、先輩か迅羽外して女化生先輩がいれば完璧《かんぺき》だった」

『……それ、アズライトには言わぬ方がよいの』

「…………そうだな」

そうは言ったものの、今はある意味女化生先輩がいるよりも状況がまずい。

迅羽はともかく、あとの二人が露骨《ろこつ》に機嫌《きげん》を悪くしている。

先輩は車内でのストレスにより殺気立っているし、アズライトは自国領で山賊に襲われたことにひどく腹を立てている。このまま放置すれば、惨劇《さんげき》になるかもしれない。

これは止める必要があると思い、俺も三人に続いて車内から降りることにする。

「あ、戦闘になることも考えて装備はちゃんとしよう」

状態異常警戒《けいかい》してネメシスは黒旗斧槍《ハルバード》、両手の【瘴焔手甲《ガルドランダ》】の噴射口《ふんしゃこう》は開けて、MPやSP出せるように【紫怨走甲《ゴウズメイズ》】もスキル起動、【黒纏套《モノクローム》】のフードは被《かぶ》って、【ストームフェイス】も装備して……これでよし。

俺は竜車を降りて、戦闘という名の惨劇に入る寸前だった面々に声をかける。

「先輩もアズライトも落ち着いてくれ。そいつらどう見ても戦意が失《う》せて」

俺が制止の言葉を言い掛《か》けると、

「ば、バケモノの親玉だあああああ⁉」

「おがあちゃああああああん‼」

山賊達は先ほど以上の阿鼻叫喚《あびきょうかん》の悲鳴をあげたり、気絶したり、地に伏《ふ》して頭を擦《す》りつけ始めた。逃げようとしているのに、腰が抜けて立てない奴《やつ》までいる。

「……Ｗｈｙ？」

まるで三人よりも恐ろしいものを見たかのような反応に、俺は首を傾《かし》げるしかなかった。

『レイの格好が駄目押《だめお》しすぎたの……』

「……あの三人と比べてもか？」

嘘《うそ》だろうと思うものの、山賊達の阿鼻叫喚が証拠《しょうこ》だった。

こうして俺達《おれたち》の容姿に恐れをなした山賊達は、無抵抗《むていこう》で降伏《こうふく》したのだった。

……解せぬ。


その後は山賊達を拘束《こうそく》し、王都から連行の騎士達《きしたち》が来るまで待つことになった。

なお、山賊達を縛《しば》る頑丈なロープは俺のガチャの副産物である。

ちなみに山賊はその過程で《真偽判定《しんぎ》》を持つアズライトが軽く尋問《じんもん》している。

山賊達は今日が山賊デビューであったらしい。村々の不良が集まってできた小さな山賊団らしく、ステータスも下級職の一つ目をカンストしていない程度だった。

まぁ、俺達を襲撃《しゅうげき》したが犠牲者《ぎせいしゃ》もなく……というか何かする前に怯《おび》えて降伏《こうふく》しているので、しばらくの労役《ろうえき》くらいで解放されるそうだ。

……国王代理と他国の皇族を襲撃した形なので本来は大変な重罪だが、そもそもアズライトとツァンロンがこうして移動していることも秘密なので、そこはうやむやになるらしい。念のためにツァンロンに確認《かくにん》をとると、彼もそれで良いと言っていた。

山賊達もひどく懲《こ》りたのか、償《つぐな》いを終えたら心を入れ替えて真面目《まじめ》に働くと、嘘偽《うそいつわ》りなく本心から口にしているらしい。

ただ、ここで一つ問題があった。

「じ、実は……うちのアジトで〈マスター〉を一人捕《つか》まえていて……」

なんと、他にも被害者がいたらしい。しかも〈マスター〉だという。

彼らは〈マスター〉でさえも無抵抗で降参して自分達に捕まったので、これならいけると調子に乗って大物を……騎士が御者をするこの車を狙《ねら》ったそうだ。しかし……。

「〈マスター〉が降参？」

「は、はい!? たしかに〈マスター〉です！ 左手に紋章もありました！」

それは妙《みょう》な話だった。先に述べたように、この山賊達はあまり強くない。それこそ、頭目を除いた〈ゴゥズメイズ山賊団〉よりも弱いだろう。この〈サウダ山道〉を一人で通る……ここのモンスターに一人で対処できるレベルなら勝ち目は十分ある。

しかし、対人戦そのものを避けたかった可能性もあるか……。

「その〈マスター〉はどうしたんだ？」

「身代金《みのしろきん》が取れるって言うから、アジト……近くの山小屋に放《ほう》り込みました……」

さてはログアウト狙いか。他者接触や拘束状態でなければ、〈マスター〉はログアウトできる。一度捕まってみせてから枷《かせ》を外し、ログアウトして安全圏《あんぜんけん》に移動すればいい。

対人戦を避けながら、安全に逃げられる。少し回りくどいが、恐らくはこれだ。

きっと今頃《いまごろ》はログアウトして逃げている頃《ころ》だろう。

……しかしもしかすると、初心者が襲われたことに動転して降参し、身代金云々《うんぬん》と述べた可能性もある。その場合はログアウトに思い至らず、今も怯えているかもしれない。

「アズライト」

「王都の騎士が来るまでまだ時間があるから、今のうちに様子を見に行って構わないわ」

伺《うかが》いを立てようとすると、先んじて俺の言葉を察したアズライトにそう返された。

「ありがとう。ちょっと言ってくる」

そうしてこの場をアズライトと先輩に任せ、俺は山賊達のアジトへと向かった。


山賊達のアジト……山小屋はシルバーを五分ほど走らせると辿《たど》り着《つ》いた。

山奥《やまおく》の砦《とりで》だった〈ゴゥズメイズ山賊団〉のアジトとは何もかも違う。

『まぁ、王国で最も厄介《やっかい》だった山賊団と比べてものぅ』

「それもそうだ。さて、と……」

山賊達の話では、見張りもなく山小屋に外から鍵《かぎ》をかけて放置したらしい。

実際、山小屋の一つしかない扉《とびら》には南京錠《なんきんじょう》付きの鎖《くさり》が付いていた。

ただ、試《ため》しに【瘴焔手甲】で強化されたＳＴＲで引っ張ったら簡単に千切れた。

「……捕まった人はまだいるのかな？」

鍵を壊《こわ》した扉をゆっくりと開こうとする。

しかし、外側の鍵以外にも、中で何かが引《ひ》っ掛かっているのか開かない。

『どなたですか？』

すると中から声を掛けられた。予想に反して、ひどく落ち着いた声だった。

「あの、山賊を捕《と》らえた王国の〈マスター〉です。助けに来ました」

『ああ、どうも。今は手が離せないので、上がって少し待っていてください』
……俺、山賊に捕まった人を助けに来たんだよな？
扉を少し引いてみると、さっきの引っ掛かりはなくなっているので中に入れそうだ。
一応、罠《わな》の可能性も考えて警戒はしておく。
「……お邪魔《じゃま》します」
『……いや、お邪魔しますというケースでもないと思うがのぅ』
部屋に入ると、正面にあるベッドの上に一人の人物が腰かけていた。
俺よりも少し年上に見える黒髪《くろかみ》の男性は、手帳にペンで何事かを書き込んでいた。
表情はどこか上機嫌《じょうきげん》で、入ってきた俺達に視線を向けないまま記述を続けている。
いや、違う。彼は俺達どころか……何にも視線を向けていない。
彼は……両目を閉じたまま、何事かを書きつけていた。
奇妙な形での執筆《しっぴつ》に、言葉もない。
それから数分間、彼は記述を続け……。
「実に良いアイディアと文面が浮《う》かんだな。アウトプットが楽しみだ」
最後にそう言って瞼《まぶた》を開き……金色の瞳《ひとみ》を見せる。
それから、手帳の中身をカメラで写し取っていった。

たしか、デンドロ内で撮《と》ったものは外部の端末《たんまつ》に繋いで画像データを引き出せるんだったか。俺はまだ使ったことがない機能だが、彼はそれを活用しているのだろう。

「ああ。お待たせしてすみません。筆がのっていたもので」

手帳の撮影《さつえい》まで終えて、ようやく彼は俺の方を見た。

「この度は、私を救出に来ていただき感謝いたします」

……シチュエーション含《ふく》めて変な言葉だな。

それに感謝とは言うものの、先ほどまでこちらを一瞥《いちべつ》もせずに作業に没頭《ぼっとう》していた姿も見ている。彼はきっと、俺が救出に来る必要もなかったのだろう。恐らくは……。

「あの、単刀直入に聞きますけど……山賊にわざと捕まりましたよね？」

「はい」

質問の答えは、肯定《こうてい》。この落ち着きぶり、そして俺よりも遥《はる》かに経験を積んだ雰囲気《ふんいき》を感じて質問したら案の定だ。

「……何で捕まったんです？」

「取材ですね。実は私、リアルでは作家の端《はし》くれなんですよ」

「……作家？」

「はい。作品の材料を探して、今回は山賊に捕まってみました」

そう聞いて、パーティメンバーの一人であるマリーの顔が思《おも》い浮かんだ。

彼女は漫画家《まんがか》だが、やはり自分の作品のためにデンドロにログインし、殺し屋ロールプレイを続けていたのだと以前に聞いている。

マリーと同じような目的でやっている人が他にいたとしても、不思議はない。

「リアルだと、山賊に捕まるなんて経験ないじゃないですか」

「それはまぁ、たしかに？」

少なくとも日本ではなさそうだ。南米でアマゾネスに捕まったことはあるけど。

「人には想像力があります。けれど、自分の脳が獲得《かくとく》し、噛《か》み砕《くだ》いた情報を材料にしなければ、想像は生まれません。言葉一つ、情景一つが、後の想像の種になります」

言っていることは、理解できる。人間が想像できるものは、結局自らが見聞きしたものから辿り着けるものでしかない。脳内に存在しない言葉は、決して浮かばない。

「私はそれを得るため、ここにいます。ここでしか得られない体験は非常に多いですから」

「…………たしかに」

納得はする。向こうになくてこちらにはあるものは数多《あまた》存在するのだから。

良いことも、悪いことも。

「ですから、今回山賊の皆《みな》さんに捕まったこともとても貴重な体験でした。……ああ、そうだ。彼らの量刑《りょうけい》はどうなりそうですか？」

「あなたの件を除けば、しばらくの労役になります」

「ああ。ならば私もそれで構いません。王国の法律制度がどうなっているかは分かりませんが、私も起訴《きそ》しません。私個人としては山賊の皆さんには御礼を言いたいくらいです」

「はあ。……？」

今、この人の発言に妙な違和感《いわかん》があったような……何だろう？

「ともあれ、私もここを立ち去るとしましょう。本日はお手数をお掛けいたしました」

「いえいえ」

「申《もう》し遅《おく》れました。私の名前はエフ。ジョブは【高位書記《ハイ・セクレタリー》】ですね」

「あ、はい。俺は……」

「知っています。〝不屈〟のレイ・スターリングさんと、ネメシスさんですね」

……やはり、あの動画のためか俺達の顔と名前は広く知られてしまっているらしい。

「あなた方に会えたことも含め、山賊の皆さんには感謝ですね。捕まって良かった」

そうそう聞かない言葉だが、恐らくエフ氏は本心から口にしているのだろう。

「それでは失礼いたします。ご縁《えん》があればまた会いましょう」

そう言って、エフ氏は山小屋から去っていった。

やはり一人でも問題なくこの山道を通れる実力は持っているらしい。

木々の向こうに消えていく彼の背中を、俺はジッと見ていた。

「どうしたのだ、難しい顔をして？」

「なんか、あの人に似た雰囲気の相手を知っている気がするんだよ」

エフ氏は誰かに似ている気がするが、それが誰だか分からない。

「マリーではないか？　作家と漫画家で似たようなものであろう？」

プレイする理由と、少し掴《つか》みづらい雰囲気はマリーを思い出しもする。

しかし、マリーの胡散臭《うさんくさ》さと同じかと言われれば……違《ちが》う気がする。

それにどこか……違和感もある。

「悩《なや》むのもよいが、まずはアズライト達のところに戻《もど》ろう。そろそろ王都の騎士《きし》が到着《とうちゃく》しておる頃だろうからのぅ」

「……そうだな」

今はギデオンまでの護衛の途中《とちゅう》。エフ氏の違和感について考えるのは、後にしよう。

第二話　バトル・オブ・セカンド

□【煌騎兵《プリズム・ライダー》】レイ・スターリング

ギデオンに辿り着くと、もはや懐《なつ》かしいとさえ感じる外壁《がいへき》が俺達を出迎《でむか》えた。

まるで祭りの朝のようにポンポンと街の中で打ち上げられる花火は、本日の夕方に行われるトムさんとカシミヤの試合に関連してのものだろうか。

伯爵邸《はくしゃくてい》の迎賓館《げいひんかん》までアズライトとツァンロンを送り届け、クエストは無事に完了《かんりょう》した。

ギデオンまでの道行きはアズライトと先輩の間の空気が険悪であったことと迂闊《うかつ》な山賊の襲撃、エフ氏との遭遇《そうぐう》を除けば、特にこれといった問題もなかったと言える。

アズライトからは報酬を受け取る際に「後日また呼ぶかもしれない」と言われた。

そうしてアズライトとツァンロンの姿が迎賓館の中に入った後、先輩が疲《つか》れ果《は》てた顔で長く息を吐《は》いていたのが印象的だった。道中は余程気を遣ったらしい。

「……先輩、すごく緊張《きんちょう》してましたね」

「今回の結果如何《いかん》で私の立場がどれだけ悪化するか分からなかったのだから、それは緊張くらいしますよ。私は【強奪王《エルドリッジ》】と違ってまだこの国にいたいんですから」

どうやら先輩にとっては『指名手配になるかどうかの瀬戸際《せとぎわ》だった』という認識《にんしき》らしい。

だけど、恐らくアズライトの方はそこまでする気もなかっただろう。アズライトは先輩……先輩のような〈マスター〉を見定めるためにこの依頼《いらい》を出していた気配がある。

カルチェラタンの事件後、王国は〈マスター〉に協力を依頼していく方針に切り替《か》えたが、それが上手《うま》くいくかは王国のティアンはもちろん、〈マスター〉にも左右される。

王国の〈マスター〉の中には世界派と遊戯派《ゆうぎ》がいるし、スタンスも異なる。前回の戦争参加者は世界派の方が多かったという話だ。

だけど、王国が今後の戦争に備えるとすれば、遊戯派の協力も不可欠となる。

そのテストケースが、今回のクエストだ。遊戯派で尚且《なおか》つ王国内でのPKテロも起こした先輩に護衛を任せ、行状を見定めた。

多分、竜車云々《うんぬん》はこじつけだろう。先輩の竜車ほど桁違《けたちが》いでなくとも、『目立たずに設備の整った頑丈な竜車』くらいなら王国にだってあるだろうから。

まぁ、先輩はPKだしテロもしたし鎧着ると少しガラが悪くなるけれど、それでもまだ良識派なので先輩を参考に遊戯派を測れたとは言えないかもしれない。

しかし、あの【魔将軍《ヘル・ジェネラル》】ですら皇国の意向の中で動いていたのだから、報酬の取り決めが為《な》されていれば遊戯派はむしろ懸命《けんめい》に動くのではないかと予想される。

今回のことは、戦争に際しての王国の指針を詰《つ》める一つの要因にはなるかもしれない。


その後、俺と先輩はルーク達との待ち合わせ場所に向かった。

場所は以前にもルークやマリーとの待ち合わせに使ったオープンテラスの店だ。

「レイ君のパーティメンバーやお兄さんとの顔合わせですか。少し緊張しますね」

道行く途中、先輩はそんなことを言っていた。俺としては今後も先輩とパーティとして活動したいと思っており、先輩本人にもそのことを伝えている。

先輩からも「今はクランも解散していますし、特にすることもないのでレイ君に付き合ってもいいですよ」という色好《いろよ》い返事を頂いている。

「あ、着いたな」

そんなことを考えながら歩いていると、待ち合わせ場所に到着した。

「レイさん！　お久しぶりです！」

「久しぶり、ルーク。それにマリーもな」

店では久方ぶりに見るルークが笑顔で出迎えてくれた。傍《そば》にはマリーの姿もある。

思えば、海に行く予定だった日に月影先輩《つきかげせんぱい》に拉致《らち》されてから会っていなかった。リアルで一週間、こっちでも三週間くらいなのに、もっと長い間会ってなかった気がしてくる。

「レイさん……お元気そうで何よりですね」

「マリーも元気……そうじゃないな」

「ええまぁ、色々ありまして、……？」

マリーはかなり疲れている様子だった。

こうなっている時は大抵《たいてい》【記者《ジャーナリスト》】の仕事かエリザベート関連だが、試合とエリザベートのお見合いが控《ひか》えた今はどちらもありそうだ。

加えて、なぜか俺の後ろを怪訝《けげん》そうな顔で見ている。後ろには先輩しかいないんだが。

「ところでルーク、兄貴の姿がないけど……」

「お兄さんは急用が入ったとのことで街の外に出ています。チケットは預かってますよ」

急用？　リアルじゃなくてこっちでの急用って……何だ？

「ところで、そちらの鎧の方は？」

「ああ、紹介《しょうかい》するよ。俺のリアルでの先輩でもあるビースリー先輩。……鎧？」

ルークに尋《たず》ねられて今更《いまさら》気づいたが、ここに来るまでは普段着《ふだんぎ》だった先輩がなぜか【マグナムコロッサス】を《瞬間装着》していた。

幾度《いくど》か見た暴力のオーラを漂《ただよ》わせており、どう見ても臨戦態勢だ。

『また会ったなぁ、殺し屋ロール』

「そういう貴女《あなた》も相変わらずですねぇ、悪役ロール」

二人は殺意を込めて睨《にら》みあっている。……鎧とサングラスでも分かるくらいに。

何やら知り合いのようだが……、そういえば王都封鎖《ふうさ》ではマリーも北側で網《あみ》張って初心者狩《が》り（俺含《おれふく》む）をしていたPKだ。二人の間に面識があっても不思議じゃない。

「二人ともあの王都封鎖での知り合いなのか？」

「『違《違》いま《え》す《よ》』」

あれ？　違う？

『クランを解散した後……ギデオンの事件の少し後にこいつが俺を闇討《やみう》ちしたんだよ』

……マジで？　マリーの姿を見ないことも多かったけど、そのとき？

「いやいや、ボクとしてもレイさんのパーティに入ったので、暫《しばら》くはPK業もお休みしようと思ってたんですけどね？　初心者から『〈サウダ山道〉でPKされたのでリベンジして欲《ほ》しい』って依頼が沢山《たくさん》届いてましてて」

……理解した。でもPKを頼《たの》む相手が北のPKだったマリーなのが何とも言えない。

けど、北のPKが〈超級殺し〉って情報はあまり広まってないんだっけ？

「えっと、それで先輩はＰＫされたんですか？」

『されてねえ、凌《しの》ぎ切った。が、随分《ずいぶん》とアクセサリーやアイテムを消費させられた』

「相性悪いんですよねー。通常弾《だん》は落とされますし徹《とお》りません。デイジーも属性防御《ぼうぎょ》と【身代わり竜鱗《りゅうりん》】で耐《た》えられましたし。そもそも奇襲《きしゅう》に対応して鎧着ないでくださいよ」

『てめえみたいに急に奇襲してくるＰＫには慣《な》れてんだよ』

『……ケモミミ《狼》筋肉ショタコン《桜》女のことかの』

何も間違《まちが》ってないけど、単語の組み合わせひどいからやめてさしあげろ。

『レイがマリーマリー言うから誰のことかと思えば、てめえだったとはお笑《わら》い種《ぐさ》だ。――レイのパーティに加入する前に白黒つけてやる』

「構いませんよー。こっちもまだ依頼を達成していませんし、こちらも白黒――それと青の三色使用で消しましょう」

先輩が鎧に加えて盾を取り出し、マリーは拳銃《けんじゅう》と短剣《たんけん》を構える。

だが、王国屈指《くっし》のＰＫ同士の戦いなんて市街地でやっていいものじゃない。

あ、そうだ。折角《せっかく》のギデオンなのだから……。

「闘技場《とうぎじょう》使えばいいのでは？」

「『それだとＰＫできないでしょう《それだとＰＫできねえだろうが》』」

俺の提案はあっさり蹴《け》られた。……さっきからハモんなよ！　仲良しか！

『あの二人、因縁《いんねん》以前にキャラ被《かぶ》っておるゆえの同族嫌悪《けんお》かもしれぬのぅ』

正体隠《かく》したＰＫで、眼鏡で、普段《ふだん》は丁寧《ていねい》口調で解説役なだけで……被ってない、よ？

「あの、レイさん。止めたほうが良いのでは？」

「そうだな。ＰＫは……なんかもう仕方ないにしても街中でやることじゃない」

住民に迷惑《めいわく》がかからないどこかの山の中ですべきではないかと思う。

しかし、二人の間の殺気は先刻よりも高まっており、もはや何を引き金に動き出すかも分からない。もう完全に殺《や》る気満々だ。

……なんていうか、俺の身の回りの女性ってどうしてこう『戦闘《せんとう》スイッチ』みたいなものの持ってる人が多いのだろう。最たる者は姉だけどさ。

「しかし、どうやって止めれば、……ッ！」

どう止めたものかと考えていた俺は、背後に生じた第三の気配に振《ふ》り向《む》く。

ネメシスやルークも……そして相対していた二人もまた同様に、そちらを見ていた。

是非《ぜひ》もなし。第三の気配は明らかに――二人の殺気を上回る威圧《いあつ》感を発していた。

その気配の正体は、

「野試合の気配がします。天地《てんち》以外では珍《めずら》しいですね」

羊毛の如き衣《ころも》に身を包み、体格に不似合いな大太刀《おおたち》を佩《は》き、眼前で起きようとしている殺し合いに嬉々《きき》とした表情を浮かべる少年。

「野試合なら交ぜてほしいのです。近頃《ちかごろ》はこういう形式の試合をしていませんので」

その少年の名は――〝断頭台〟、【抜刀神《ジ・アンシース》】カシミヤ。

王国屈指のＰＫ達の殺気に釣《つ》られてか、王国最強のＰＫが迷い込んできたのだった。


結論から言えば、二人は殺し合いを中断した。カシミヤが介入《かいにゅう》した際の不毛な結果を、両者共に思い至ったからである。揃《そろ》って首のあたりを撫でていたのが印象的だった。

ちなみに、殺し合いを止めたカシミヤ本人はどこか残念そうだった。

で、先輩とマリーの殺し合いはストップしたものの「これからパーティを組むにしても白黒はつけておきたい」ということで、闘技場の模擬《もぎ》戦でケリをつけることになった。

二人の戦いを見届けるべきかとも思ったのだが、カシミヤに「レイさんとお話ししたいことがあるのですが」と引き留められた。どうやら先ほども偶然《ぐうぜん》迷い込んできたわけではなく、俺や俺の知り合いを捜《さが》している内にあの場面に遭遇したということらしい。

カシミヤが何やら真剣《しんけん》そうな雰囲気だったので、二人のことはルークに任せて俺はカシミヤと差し向かいで話をしている。

「それで、俺に何の用なんだ？」

カシミヤとの関わりと言えば、トルネ村への道中で狼桜《ローザ》に襲撃されたときくらいだ。

しかしあれについては、俺よりもむしろ先輩の方が話すのに向いているだろう。

なら俺と話したいことというのは一体……。

「先日、あの【魔将軍】を倒《たお》されましたよね？」

「ああ」

その問いに納得する。【魔将軍】は皇国の〈超級《スペリオル》〉であり、決闘《けっとう》の一位だった（現在は【盗賊王《キング・オブ・バンディット》】に負けて二位に落ちたらしい）。

決闘の上位ランカーのカシミヤだから、その話を俺に聞きたかったのか。

「【魔将軍】を倒したあのスキル、最大でどの程度の速度まで出せるのですか？」

あれ？　少し俺の予想と違う方向に質問がいった。

「動画を拝見しました。【魔将軍】にトドメを刺《さ》したあのスキルは、チャージすることで速度と威力《いりょく》を高めるスキルだと思うのですが……合っているでしょうか？」

あのスキル、とは《応報は星の彼方へ《ペイバック・オーヴァー・スター》》のことだろう。

どうやら話のメインは【魔将軍】どうこうではなく、《応報は星の彼方へ》らしい。

「少し違う。あれはチャージ時間を要するが、それは相手から受けたダメージを威力と射程距離《きょり》、そして速度に変換《へんかん》するためだ。だから、速度は受けたダメージに比例する」

手の内を明かすかは少しだけ考えたが、どの道あそこまで公《おおやけ》にされては全貌《ぜんぼう》が明らかになるまでそうはかからないと踏み、正直に話すことにした。

「最高速度は……分からないな。【魔将軍】との戦いの前に使ったときは、AGI六万オーバーまではいった。でも、それが最高速度ではないはずだ」

「…………」

俺の答えにカシミヤは思案顔をして、ペコリと頭を下げる。

「レイさん。ありがとうございました。自らの手の内を明かしてまで僕《ぼく》の質問に答えてくれたこと、感謝します。これは僕への貸しと思ってください」

「いや、気にするなよ。どうせすぐに解析《かいせき》されることだからな」

「それでも、です。それと、不躾《ぶしつけ》ですが一つお願いをしてもよいでしょうか？」

「お願い？」

「いつかお手が空いている時に、僕とあのスキルを使って模擬戦をしてほしいのです」

ランカーとの模擬戦は俺も何度もしているし、それにカシミヤが加わることには何の異存もない。決闘三位であり、王国最強のPKであるカシミヤから学ぶことは多いはずだ。

しかし、「《応報は星の彼方へ》を使って」とはどういう意味だろうか？

「尊大な人間と思われるかもしれませんが……僕は今の僕よりも速い相手を知りません」

「……〝王国最速〟、だったっけ」

「はい」

速度において王国でカシミヤの上を行く者はいないと、先輩から聞かされている。

あのフィガロさんですら速度ではカシミヤに敵《かな》わない、と。

「ですが、遅いものだけを斬《き》るのでは、自分より速いものを斬る修練は出来ないのです」

なるほど。概《おおむ》ね話が読めてきた。

《応報は星の彼方へ》は相手から受けたダメージに比例して速度を増す。どうにかして莫《ばく》大《だい》なダメージを蓄積《ちくせき》してから放てば、〝王国最速〟のカシミヤを上回るかもしれない。

カシミヤはそれと相対し、新たな何かを掴みたいと考えているのだろう。カシミヤの【抜刀神】を含む【神】シリーズが、スキルを作れることも関《かか》わっているのかもしれない。

まぁ、俺《おれ》としては協力するくらいは……。

「フンッ。つまり、求められておる役割はピッチングマシンのようなものかのぅ？」

「あ。ええと……ごめんなさいです！」

どこか棘《とげ》があるネメシスの言葉に、気を悪くしたと思ったのかカシミヤが頭を下げた。

ただ、ネメシスは実際にムッとしている様子だ。

「ネメシス？」

「レイよ。よーく考えてみるのだ。此奴《こやつ》の求める速度を出そうと思ったら……御主《おぬし》どれだけ此奴に切り刻まれるつもりだ」

「……あー」

その問題があった。俺にこの話を持ってくると言うことは、カシミヤの速度はフィガロさんよりも速いはずだ。必要ダメージ量が一〇〇万を超《こ》える可能性もある。

「ちなみに、カシミヤのＡＧＩって幾《いく》つ？」

「普段のＡＧＩは五〇〇〇です」

あれ？　思ったより遅《おそ》……、

「だから抜刀術のときは五〇万です」

……くねえ⁉　何だその頭のおかしい速度⁉

一〇〇倍の差があるってどういうことだよ⁉

「……それを俺達のスキルで超えるには、まず五〇〇万はダメージ食《く》らう必要があるな」

「あう……駄目《だめ》そうです」

今のＨＰでも何百回と死ぬ計算だ。回復を繰《く》り返《かえ》しても準備にどれだけ掛かることか。

「そんなに斬り続けるのも悪いので諦《あきら》めます……」

「あー、そうしてくれ」

俺も流石《さすが》にそこまで斬られるのはきついからな。ネギトロみたいになりそうだし。

そんな訳でカシミヤの依頼はなしになったが、それはそれとして今度模擬《もぎ》戦をしようということにはなった。模擬戦の相手が増えるのは俺も助かる。

その後も、模擬戦に行った三人が戻ってくるまでカシミヤと世間話をすることにした。
観《み》に行こうかと思ったのだが、どこの闘技場で模擬戦をするのか聞いていなかったし、
……なんだか観るのが怖《こわ》くなったというのもある。

「…………うーん」

さて、カシミヤと話していて、今更ながらに気づいたことがある。

カシミヤの武器は兎《うさぎ》の頭骨と鮫《さめ》の頭部を模した鎖で繋《つな》いだ大太刀だ。今日は二本差しで、両方とも兎の頭骨が噛み付《つ》いている。長さはカシミヤ自身の身長よりも十センチは長い。

明らかにカシミヤの年頃《としごろ》に相応か、それよりも小さな体格には不似合いだ。

ましてカシミヤのジョブは【抜刀神】。居合切りに特化したジョブだというが、こんな大太刀では大人であろうと居合切りなど出来はしない。

「あの、僕の刀がどうかしたのでしょうか？」

ジッと大太刀を見ていた俺を不思議に思ったのか、カシミヤがそう尋ねてきた。

「どうやって居合をするのかな、と思ってたんだが」

「皆さんそうおっしゃられます」

やはり俺以外の者も同じ疑問を抱《いだ》いたらしい。

だが、続くカシミヤの回答はやはり少しずれていた。

「実演しても見えないみたいで……」

「見えない？」

「ＡＧＩの差でそうなるみたいです」

五〇万。〝王国最速〟という二つ名に恥《は》じないその速度ならば、目視も不可能か。

「さっき、普段とか抜刀術とか言ってたＡＧＩってさ」

「《神域抜刀》の効果です。抜刀モーション中だけＡＧＩが一〇〇倍になる、【抜刀神】のパッシブ奥義《おうぎ》なのです」

なるほど。居合の達人《たつじん》はいつ刀を抜《ぬ》いたか分からないと言うけど、それがスキルとして極《きわ》まったものか。推測するに間合いに入ったものを一瞬《いっしゅん》で斬り捨《す》ててしまうのだろう。恐《おそ》るべきスキルではあるが、以前から聞いていたようにトムさんとの相性《あいしょう》は悪そうだ。

一度抜《ぬ》いてしまえば終わりなので八人いるトムさんを消しきれないだろう。

「速過ぎて抜刀してるシーンが見えないのはわかった。でも、それはそれとしてどうやって刀抜いてるんだ？　その、大太刀を抜くには両手の長さ足りないだろ？」

俺の疑問にカシミヤはコクコクと頷《うなず》き、椅子《いす》から立つ。

「そうですね。抜く前までならお見せできるので、実演します」

カシミヤはそう言うと、構えをとった。

それは抜刀術の構えであるようだが、不可思議なものだった。

抜刀術で鞘《さや》を掴むべき左手は宙に浮かせたまま、右手だけが刀の柄《つか》を握《にぎ》っている。

これでは抜刀術などできないと思ったとき……、カシミヤの腰《こし》と刀を繋いでいた鎖が、独りでに動き出す。

兎の頭骨を模したホルダーが、太刀の鞘を銜《くわ》えたまま宙に浮かぶ。それはまるで、本来左腕《ひだりうで》がすべき『刀の鞘を持つ』という動作を鎖が代行するかのようだが、これは……。

「レイさんが見るのは初めてですね。この太刀緒《たちお》が僕の〈エンブリオ〉、イナバです」

イナバ……因幡《いなば》の白兎《しろうさぎ》、あるいは稲羽《いなば》の素兎《しろうさぎ》か。

長く伸《の》びる鎖は納刀された状態の大太刀を空中に固定している。

それはカシミヤが右手で抜刀するのに最適な位置に思える。

「鎖の……いや、補助腕の〈エンブリオ〉か」

「はい」

疑問が少し解けた。カシミヤの子供としても小柄《こがら》な体格、そして短い両手で抜刀術ができるのだろうかという疑問の答えが、この鎖だ。

これが抜刀を補助するのであれば、子供の体格であっても抜刀術を成立させられる。カシミヤの構えは腕の一本を鎖が代行する異質さを除けば、非常に堂に入ったものだ。

幼い子供がしているとは思えないほど、抜刀術の構えに威圧感がある。

眼前で構えられていると、次の瞬間《しゅんかん》には俺の首が落ちているのではないかという予感……生存本能の警鐘《けいしょう》が鳴るほどだ。さっきの先輩《せんぱい》とマリーもそんな思いだったのだろう。

「ありがとう。どうやって抜刀してるのかはわかった」

「はい。レイさんの疑問が解けたのなら幸いです」

そう言ってカシミヤが構えを解くと、途端《とたん》に周囲に張《は》り詰めていた空気が弛緩《しかん》した。

もしかすると、達人の剣気《けんき》って奴《やつ》が迸《ほとばし》ったりしていたのかもしれない。

……カシミヤはまだ小学生なのに何で達人なんだ。

まぁ、年齢《ねんれい》とか関係なくトンデモな奴が相当数いるのがデンドロだけどさ。

「ちなみに好奇心《こうきしん》で聞くんだけど、その二本の大太刀って特典武具なのか？」

カシミヤが腰に佩いた赤鞘と青鞘の二本の大太刀は、奇妙《きみょう》な存在感を発している。

特に赤鞘の方はフィガロさんの【グローリアα】や迅羽《じんう》の【スーリン・イー】を見たときの感覚に近い。鎖が〈エンブリオ〉ならば、大太刀は特典武具なのだろうか？

「この一振《ひとふ》りは特典のようなものですけど、こっちは天地にいた頃に馴染《なじ》みの鍛冶屋《かじや》さんに打ってもらったのです」

カシミヤが言う前者が赤鞘、後者が青鞘だ。

「神話級金属で出来ていて、信頼性《しんらいせい》も高いし決闘でも重宝しているのです」

青鞘の方を持ちながら、カシミヤはニコニコとそう言った。

しかし、その言葉に一つ気に掛《か》かることがある。

「赤鞘の方は違うのか？」

カシミヤの言い方では赤鞘は信頼性が低く、決闘で重宝していないように聞こえる。

「こっちは……結界のある決闘で使うと機嫌《きげん》を悪くするのです」

……それ、意思とかある刀？　いわゆる妖刀的な？

『【瘴焔手甲《ガルドランダ》】と同じタイプかのぅ。今は何も言わぬが、内には意思があるのだろう？』

そういえばうちも似たようなものだった。

「じゃあ今夜のトムさんとの試合は……」

「赤い方は使わない……いえ、使えません。本当の命の奪《うば》い合《あ》い、せめて〈マスター〉との野試合じゃないと抜けてくれない刀なので仕方ありません」

なんて血生臭《ちなまぐさ》い刀だ……。

「でもそれだと手入れとかもできないんじゃ……」

あるいは生き物を斬るのが最高のメンテナンスになるのかもしれない。妖刀だし。

「いいえ。お手入れの時は普通《ふつう》に抜けます。こんな風に」

カシミヤが手入れ道具らしい和紙と油のツボ、打粉（時代劇などで刀にポンポンするあれ）を取り出すと、赤鞘の大太刀は自然にするりと抜けて刀身を露《あら》わにした。

「…………」

妖刀かと思ったら現金な刀だった。威圧感のようなものは感じるし、刀身に入った「滅丸」という銘《めい》も格好良いのだが、もはや餌《えさ》につられるペットか何かにしか見えなかった。

それから何十分か世間話をして、カシミヤは席を立った。

「では、僕はそろそろお暇《いとま》します。今日はお話してくださってありがとうございました」

「応。トムさんとの決闘、楽しみにしてる。あと、今度の模擬戦もな」

「はい！　そのときはよろしくお願いします！」

カシミヤはそう言ってニッコリと笑う。年相応……むしろ素直《すなお》で可愛《かわい》い子供だと思う。

……乱入した時の殺気や先刻の剣気は色々おかしかったが。

「最後に聞きたいのだが。自分よりも速い相手と模擬戦したいと言うのは、スキル作製に関することかの?」

「はい」

「速度に秀《ひい》でたスキルを作り、あのトムに対抗《たいこう》するということかのぅ」

たしかカシミヤはこれまでにトムさんに何度か負けていて、その理由がトムさんの《猫八色《グリマルキン》》だったはずだ。

八体のトムさんが一体でも残っているとまた八人に増える驚異《きょうい》のスキル。

それを潰《つぶ》す手段がカシミヤになく、これまで何度も敗北を喫《きっ》しているらしい。

だからそれに対抗するためのスキルを編み出そうとするのは実に修行《しゅぎょう》らしいが、……?

いや、違うぞ、ネメシス。話が流れる前、カシミヤは《応報は星の彼方へ》を使った模擬戦をするのは俺の手が空いているときでいい、と言っていた。

だから、速度のスキルを作るのはトムさんに対抗するためじゃない。

「少し違います、ネメシスさん。スキルを作りたい理由はそれではありません」

「そうなのか」

「それに――そちらはもう編み出しました」

「え？」

俺達《おれたち》が疑問符《ぎもんふ》を浮かべると、

「〝化猫屋敷《ばけねこやしき》〟の八つの首を落とす算段は……既《すで》についているのです」

特に気負った様子もなく、「夕飯の材料は買っておいた」と言うのと同程度の気軽さで

……カシミヤは今日の決闘での自身の勝利を宣言していた。

しかし気軽な言葉でありながらその気配は……。

「そのスキルは、今日の試合でお見せします。見えなかったら、ごめんなさい」

そう言ってペコリと頭を下げて、カシミヤはその場を去っていった。

その背中は、小さな子供のものだ。

しかし、トムさんを倒す算段がついていると言ったあの一瞬に混ざった、威圧感。

〈超級激突《ちょうきゅうげきとつ》〉の前に遭遇した迅羽に似た……しかし鋭《するど》さでは上回る異質な気配だった。

「……本当に、世の中にはトンデモな子供が多いものだの」

「……全くだ」

ネメシスの言葉に肯《うなず》きながら、俺は緊張を解くようにゆっくりと息を吐いた。

カシミヤが去った後、入《い》れ替わりにルーク達が戻ってきた。決闘を経《た》て両者の間のわだ

かまりも消え……たわけではなさそうだが、今後パーティを組むことに異存はないらしい。

ちなみに、どちらが勝ったかは聞かなかった。

聞いたらあの雰囲気が再燃しそうな予感がしたからである。

再び四人揃った後、俺達は決闘が行われる中央闘技場に向かう。

「じゃあルークはあの日からずっと兄貴の特訓受けてたのか？」

「はい！　あ、でも……地獄《じごく》の特訓でした」

何かを思い出したルークの表情は、直前の笑顔《えがお》が消え失《う》せるほどにどんよりしていた。

兄よ、人の友人を地獄に放《ほう》り込むな。

「戦闘訓練の後は、普通にレベル上げでした」

「今って何レベル？」

ちなみに俺は【聖騎士《パラディン》】が一〇〇、【煌騎兵】が四〇で合計レベルは一四〇だ。そろそろ【煌騎兵】もカンストだが、次を何のジョブにするかは迷っている。

「僕は合計で二九〇です。今のメインジョブは【高位従魔師《ハイ・テイマー》】でレベル四〇です。サブで【従魔師《テイマー》】と【娼妓《ハーロット》】もカンストしてますね」

……倍以上じゃねえか!!

またレベルが膨《ふく》れ上《あ》がってて、王都でパーティ組む前のこと思い出したぞ！

「俺が大学とかあったこと差し引いても滅茶苦茶差《めちゃくちゃ》が開いてる……」

「……ルークは目を離《はな》すと急激に強くなるのぅ」

そんな気はする。次に目を離したらカンスト……どころか超級職《スペリオル・ジョブ》になってそうで怖い。

しかし【娼妓】って……とは思ったが、どうやら【魅了《みりょう》】の成功率を上げるパッシブスキルがあり、それが欲しくて取ったらしい。

テイムモンスターと並んでルークの生命線なので分からないでもない。

「今回のレベル上げは経験値上昇アイテムを使って、バビ達と一緒《いっしょ》にモンスターの密集地域を狩り回っていましたから。以前の事件でいただいた賞金もありましたし」

「経験値上昇アイテム……そういうのもあるか」

「いえいえ。普通は経験値ブーストしてもルークきゅんみたいな速度では上がりませんからね？　それだったら【記者】ももっと引《ひ》っ張り凧《だこ》ですよ？」

マリーが「そこまで劇的でもないよ」という風に横から訂正《ていせい》する。

「僕が暇《ひま》だっただけですから。ガーベラの事件の後、リアルの時間で五日間くらいずっと不眠不休《ふみんふきゅう》で狩り続けていましたから……。実は今もね、む………」

「だから体労《いた》われよ⁉　流石にリアルでもやばいぞ⁉」

ルークがいつぞやのように頭をゆらゆらさせ始めたので思わず突っ込んでしまう。

「眠《ねむ》らずに長時間活動する訓練は大丈夫《だいじょうぶ》ですオーケー」

「急激に言葉の呂律《ろれつ》が怪《あや》しくなった！」

ルークは自己申告《しんこく》するまで顔に出ないから体調が分かりづらいんだよ！

「寝《ね》てないのはボクもですねー。最近は準備に忙《いそが》しくて……」

「準備？　今日の決闘の取材準備か？」

「いえ、そちらではなく〈ＤＩＮ〉主催《しゅさい》の……おっと、これはまだお教えできませんねー」

「まぁ、いいけどさ。しかし、マリーの方は最初から疲れてると思ったが、その準備のためだったんだな。てっきり今日の決闘かエリザベートのお見合い関係かと思ったよ」

エリザベートと仲良いから何か頼まれたかと思った。

「今日の決闘は普通に他の【記者】の担当ですしね………ウェイト。ちょっと待ってください、今、なんて？」

マリーは俺の首根っこを掴み、ジッと俺の目を覗《のぞ》き込みながら尋ねてきた。怖い。

「今日戻ってくる時にアズライト……第一王女と黄河の第三皇子の護衛もしてたんだよ。そのときにちょっと聞いた話でエリザベートが皇子とお見合いするって……」

そこまで言うと、マリーは顔を手で覆《おお》ってのけぞった。

「エリちゃんが……お見合い……婚約《こんやく》……結婚《けっこん》……出産……おねえちゃんはまだ早いと思

います！」

「早いのはマリーの未来予想だ。……そもそも姉はアズライトじゃないか？」

「ゴフッ!?」

俺のツッコミが聞こえたのか……マリーはその場でパタリと倒れた。

「……いや、マリーがエリザベートと仲良いのは知ってたが、どんだけショックなんだよ」

その後、何事かを呻《うめ》いているマリーを背負いながら俺達は闘技場に向かった。

闘技場についた俺達は以前も利用したボックス席に入り、決闘の開始を待つ。

マリーは未《いま》だに呻いているが、言葉に時折「第三皇子……闇討ち……婚約破棄《こんやくはき》……」とか縁起《えんぎ》でもない言葉が交ざっていた。

国際問題になったらアズライトの胃が死にそうだからやめてあげてくれ。

「あと、婚約婚約言ってるが、まだお見合いすらしてないからな」

「うぅ……エリちゃんに男を見る目がありますように」

……見る目があったら婚約成立しそうだけどな。ツァンロンは若いのに人間が出来ていたし、良い形に落ち着くと思う。……マリーがツァンロンを闇討ちしなければ。

「まぁ、王女と皇子のお見合いなんて俺達が介入していいものでもないし、成り行きを見守るしかないだろ」

「ううう……エリちゃん……」

マリーは床《ゆか》に転がりながらスケッチブックを取り出し、女の子の（恐らくはエリザベートの）絵を描《か》き始めた。……これもある意味シスコンなのだろうか。

『どちらかと言うとロリコ』

ネメシス、言わない方がいいこともあるんだ。

さて、メインイベントの開始まであと三〇分少々になったので、今のうちに飲み物と軽食でも買ってくることにした。

マリーは未だに不貞腐《ふてくさ》れ、ルークとバビは仮眠《かみん》をとっている。

そんな空間に先輩一人残すのも気が引けたのでネメシスも一緒にいてもらっている。

売店目指して歩いていると、中央闘技場の受付が目に入る。

そこではもうじき始まるメインイベントの賭《か》けが締《し》め切られようとしていた。

オッズとしてはトムさんが一・三倍でカシミヤが五・五倍だ。

オッズの開き方にあの〈超級激突〉を思い出したが、あれはフィガロさんの地元人気も踏《ふ》まえたオッズだったのでまた別の話だ。

今回差が開いているのは、両者の戦績と戦力分析《ぶんせき》によるもの。これまでに四戦、カシミヤは敗れている。増殖分身《ぞうしょくぶんしん》とは絶望的に相性が悪くて勝ち目が見出《みいだ》せなかったらしい。

それに加えて今回はカシミヤ自身にブランクがあることも周知されており、トムさんの勝利は揺《ゆ》らがないだろうというのが大方の予想だ。

……さて、折角だから賭けてみようとは思うが、どちらに賭けるべきか。

事前情報とオッズからすればトムさんだが……さっきのカシミヤの言葉も引っかかる。

あれは虚勢《きょせい》ではなく、少なくともカシミヤ自身は確信を持っていた。

「まぁ、今回は……こっちだな」

俺は最終的には自分の勘《かん》に任せ、賭けの受付を済ませた。

流石に今回はフィガロさんのときよりも少ない金額だったけど。

「……あれ？」

賭けた後に本日の掲示板《けいじばん》をチェックすると、そこにはもう賭けを締め切《き》ったセミイベント等の組み合わせについても表示されている。

今日はメインイベントにばかり気を取られていて、セミイベントのことを失念していた。

しかし、セミイベントの組み合わせを見るとそこにも見知った名前が表示されていた。

【堕天騎士《ナイト・オブ・フォールダウン》】ジュリエットＶＳ【伏姫《ダウン・プリンセス》】狼桜、と。

俺が席に戻《もど》ると、既にセミイベントは始まっていた。

『チィッ‼　ちょろちょろと飛び回って鬱陶《うっとう》しぃねぇ、ジュリエットォ‼』

『《黒死楽団鎮魂歌《ブラックウイング・レクイエム》》‼』

狼桜は俺達と戦ったときに使っていた必殺スキルの外骨格を纏《まと》っている。

対するジュリエットは狼桜の攻撃《こうげき》が届かない空中から、闇《やみ》属性の魔法《まほう》を連射していた。

狼桜の外骨格の堅牢《けんろう》さは俺達もよく知っているが、ジュリエットの背の翼《つばさ》から放たれた闇属性の黒球は、狼桜に着実にダメージを与《あた》えている。

闇属性魔法の特性は、対生物特化。対物ダメージはほぼ皆無《かいむ》であり、物を壊《こわ》すことは出来ない代わりに、生物に対しては物理防御を半ば無視してダメージを与えることが出来る。

相手が結界や天敵である光、魔法防御《まほうぼうぎょ》を纏っていれば話は別らしいが、ただ単に堅《かた》い鎧《よろい》に身を包んだだけならば素通《すどお》しも同然だ。

外骨格の物理防御に偏《かたよ》った狼桜はジュリエットにとっては相性の良い相手と言える。

逆に狼桜としては、得意のインファイトを仕掛《しか》けようにも相手が飛んでいて射程外。精々でジャンプするか槍《やり》を投げるくらいしか届く攻撃手段がない。

空中をフレーズヴェルグで自在に飛翔《ひしょう》するジュリエットに対しては当然後《おく》れを取る。

攻守《こうしゅ》両面において両者の有利不利が明確になっていた。

「……それはオッズも一・二対五・六になるよな」

狼桜にも勝ち目はある。最大威力スキルであり、一撃《いちげき》で勝負を決められるだろう【伏姫】の奥義である《天下一殺》が当たれば、【ブローチ】のない決闘はそれで決着がつく。

しかし、今もって戦闘が継続《けいぞく》している時点で外れたのだと分かる。

そもそも奇襲技だしな、あれ。正面からだと当て辛《づら》いだろう。

ジュリエットは必殺スキルを使わず、回避《かいひ》と遠距離《えんきより》の闇属性魔《ま》法攻撃《ほうこうげき》に専念している。

「随分と慣れているが、やはり四位と五位だけあって何度もやりあっておるのかのう」

「そうですね。狼桜が何度も〝黒鴉《くろがらす》〟に挑《いど》んでいるんですよ。ほら、四位になれば三位のカシミヤと並べるでしょう?」

「筋金入りだの、あのケモミミ筋肉ショタコンストーカー女」

「……単語増えてないか!?」

「欠片《かけら》も間違っていない呼称《こしょう》ですが、本人の前では言わない方が良いですね」

そんな狼桜とジュリエットの決闘だが、やはり展開は終始ジュリエットが優勢だ。

狼桜が焦《あせ》るあまり精細を欠いているのもその要因の一つ。

さっきの話で言えば、今日の決闘でカシミヤが勝てばカシミヤは二位。

ランキング上でのカシミヤがまた遠くなるので、焦っているのか。

しかし、歴戦のランカーであるジュリエットはその焦燥《しょうそう》により劣化《れっか》した動きを、その隙《すき》を的確に突《つ》いて狼桜のHPを削《けず》っていく。

やがてそれが限界に至った時、

『《死喰鳥《フレーズヴェルグ》》！』

トドメとばかりに、ジュリエットは必殺スキルを使用した。

闇と風の複合攻撃魔法《こうげきまほう》スキル、漆黒《しっこく》の竜巻《たつまき》。

その直撃《ちょくげき》を受け、狼桜は息絶え……違《ちが》う！

「あれは……あのときの！」

竜巻の中で血を流していた狼桜の身体が、いつの間にか人形にすり替《か》わっている。

あれは俺達を襲撃《しゅうげき》した時にも使っていた身代わりの特典武具だ。

「ああいうアイテム、決闘では使用禁止なのでは？」

「【救命のブローチ】や【身代わり竜鱗】、消費型の回復アイテムは禁止です。ですが、特典武具は対象外ですからね」

そういえば、フィガロさんの【クローザー】もありだったたな。

「それより今は狼桜の……そこですか」

先輩の視線の先は、ジュリエットの背後。

そこには外骨格を外し、槍――ガシャドクロを構えた狼桜が姿を現していた。

『――《背向殺《そがい》し》!!』

アクティブスキル――背後から攻撃した際のダメージを増強するスキルだと先輩に聞いた――を発動させながら、狼桜はガシャドクロを突き出《だ》した。

槍の威力は凄《すさ》まじく、ゴシック風のドレスアーマーに身を包んでいたジュリエットを背中から貫通《かんつう》した。

必殺スキルの使用中であったため、回避できなかったのだろう。ジュリエットの両手から放たれていた竜巻が掻《か》き消え、ジュリエットも俯《うつぶ》せに舞台《ぶたい》へと倒れる、

――直前に、ジュリエットはその両手でガシャドクロを掴《つか》んだ。

『――《告別の黒闇》』

スキルを宣言した直後、ガシャドクロの柄《え》が黒い泥《どろ》のような闇に汚染《おせん》されていく。

発動したのは暗黒騎士系統のアクティブスキルの一つ、《告別の黒闇》。聖騎士系統の《聖別の銀光》と対《つい》になるスキルだ。

一定の時間、自らのＨＰを対価に手にした武器を呪《のろ》いの武器へと変質させるスキル。

それは呪いを克服《こくふく》する暗黒騎士系統ならば自身の武器の威力を増すことが可能であり、

『クソッ！　やってくれるねぇ……！』

相手の武器を呪って使用不能にもできる。呪われたガシャドクロは、〈マスター〉である狼桜でも使用できない。使えば動作制限や継続HP減少などの呪いが降りかかる。

俺が模擬戦をしたときも危《あや》うかった。《聖別の銀光》を使っていなければ、ネメシスも呪われていただろう。

前衛型ビルドであり、【伏姫】の狼桜には《聖別の銀光》や解呪のスキルはない。【聖水】などの消費アイテムは持ち込み不可だ。

よって狼桜がこの呪いに対処するには……自らの〈エンブリオ〉を手放すしかなかった。

『チィ!!』

狼桜がガシャドクロを手放し、代わりの槍を《瞬間装備》で手にしようとしたとき、

『《リバース・クルセイド》!』

地面から漆黒の光が――生命を削る闇属性のエネルギーが迸る。

これは【聖騎士】の《グランドクロス》に該当《がいとう》する【暗黒騎士】の奥義。

闇の奔流《ほんりゅう》の中で狼桜はHPを削られながら、その動きを妨《さまた》げられる。

その間にジュリエットは小袋《こぶくろ》型のアイテムボックスを左手で取り出し、右手の剣でそれを引き裂《さ》いた。

破損した小袋から溢《あふ》れたのは、いずれも黒と赤のオーラに包まれた呪いの武具。

ジュリエットが蒐集《しゅうしゅう》した、あるいはジュリエット自身が呪った剣にして——弾丸。

『《カースド・ファランクス——》』

そしてジュリエットは右手の剣の切っ先を、奔流の中で身動きを封《ふう》じられた狼桜に向け、

『——ディスオーダー》!!』

【堕天騎士】の奥義の宣言と共に、呪われた無数の武具を——射出した。

それこそが【堕天騎士】の奥義、《カースド・ファランクス・ディスオーダー》。

血に飢《う》えた呪いの武具の指向性を敵手に定め、自身のＨＰとＭＰを燃料にして発射する捨て身の大技《おおわざ》だ。

例えるならば、追尾《ついび》式ミサイル。呪われた武具はまるで血に狂《くる》った獣《けもの》の如き無《む》秩序《ちつじょ》な軌《き》跡《せき》を描きながらも、示されたターゲットである狼桜へと喰《く》らいつく。

『うおぉぉぉぉ!?』

狼桜は辛《かろ》うじて《リバース・クルセイド》の奔流から飛び出し、《瞬間装備》した予備の槍で次々と迫《せま》ってくる呪いの武器を切り払《はら》おうとする。

実力か、あるいは意地か。狼桜は飛来する武具に切り刻まれながらも、致命傷《ちめいしょう》となりう

るものを打ち落《お》とす。燃料の呪いが尽《つ》きるのが先か、狼桜のＨＰと根気が尽きるのが先か。

そんな状況《じょうきょう》で、弾幕《だんまく》の先にいるジュリエットが再び両手を組み合わせ――《死喰鳥》の態勢をとる。

『⁉』

狼桜は「まさかこれだけのスキルを使って、もう一度必殺スキルを撃つ余裕《よゆう》があるのか⁉」と言いたげな表情を浮《う》かべている。

しかし、ジュリエットの動作はきっとブラフだ。クールタイムからしても、ＭＰからしても、もう一度必殺スキルは撃てないと思われる。

だが、ジュリエットの動作に一瞬だが狼桜は気を取られた。

その一瞬に、狼桜の腹部へと一本の呪いの武器が突き刺《さ》さる。

それは、寸前に呪いの武器へと変質していたガシャドクロ。

あるいは、身近な武器でありすぎるがために軌道《きどう》を感知しづらかったのか。

いずれにしろ、致命傷となりうる一撃が命中し、後に続くように他の武器も突き立つ。

『《リベレイション》‼』

そしてジュリエットの宣言と同時に――内部に溜《た》め込まれた呪いを解き放ち、狼桜の全身を爆散させた。

決闘《けっとう》はジュリエットの勝利となった。

四位と五位、そして相性差もあったので結果自体は順当と言える。

しかし、その攻防《こうぼう》は力量と技術、そして戦術の面で非常に高レベルなものだった。

「奥義の使い方が上手《うま》かったですね」

「俺もそう思います。でも、奥義を使わなければジュリエットが負けていたかもしれない」

【堕天騎士】の奥義を見るのは二度目。一度目は俺自身が模擬《もぎ》戦で受けて敗北した。

しかしあれは、ジュリエット曰《いわ》く「秘密兵器」だったはずだ。

いずれカシミヤやトムさんなど上位の相手と戦うときの切り札で、公式戦ではこれまで使っていないとも言っていた。

だからこそ、数少ないランカーならざる模擬戦相手の俺でテストしたとも言える。

もちろん、厳重に口止めもされた。「我《わ》が秘儀《ひぎ》に求めるは至上の沈黙《ちんもく》。決して俗人《ぞくじん》の耳に入れることなきようここに我と契約《けいやく》を交《か》わさん」とか言っていた。

要するに「ナイショだよ！　約束だからね！」と言われていた。

そんな切り札をランキング上位の相手ではなく、挑戦者《ちょうせんしゃ》である狼桜に使用したということは、相当に危ういところではあったのだろう。

狼桜の身代わり特典武具とジュリエットの奥義。お互《たが》いに切り札を晒《さら》し合った、己《おのれ》の全《すべ》てで臨《のぞ》んだ戦いだったと言える。ランカー達の激戦に、俺は賞賛の拍手《はくしゅ》を送った。

そしてセミイベントも終わったことで、……いよいよトムさんとカシミヤの試合が始まろうとしていた。

『東！　挑戦者、決闘ランキング第三位……【抜刀神《ジ・アンシース》】カシミヤァァァァ!!』

アナウンサーの声と同時に東側の入場口にスモークが焚《た》かれる。

中央大闘技場《だいとうぎじょう》の舞台への入場口は西と東があるが、主に東側が挑戦者の入場口となる。かつてフィガロさんと迅羽が戦ったときも迅羽が東から入場していたが、カシミヤもまた東から入場していた。

入場するカシミヤは腰の左側に青色の鞘に納まった大太刀を、右側にも同程度の長さで緑色の鞘に納まった大太刀を佩《は》いている。

赤鞘の大太刀は結界での決闘では使えないらしいので、緑鞘はその代わりだろう。

『西！　決闘ランキング第二位……【猫神《ザ・リンクス》】トム！　キャットォォォォ!!』

西側からはトムさんが入場する。カルチェラタンで会った時と変わりのない、頭に太ったネコのグリマルキンを乗せた姿。当たり前ではあるが入場時は分身していない。

そうして二人は舞台に上がり、決闘ルールの設定を済ませてから両サイドに離れる。

あとは試合開始の号令を待つばかり。

カシミヤは既に鎖《くさり》を浮かせ、抜刀術の構えを取っている。

「セオリー通りならば、カシミヤは試合開始直後に動きます」

試合が始まろうとしている時、先輩がそんなことを言った。

「トム・キャットについては私も詳《くわ》しくは知りませんが……それでもこんな話を聞いたことがあります。『試合開始直後がトム・キャットを倒《たお》す唯一《ゆいいつ》の好機だ』、と」

「……そうか」

トムさんの増殖分身は必殺スキル《猫八色《グリマルキン》》によるものであり、試合が始まるまでは発動していない。極論、発動より早くトムさんを討《う》てば増殖分身を相手にする必要はない。

考えてみれば当然の話だが……しかし未だにその方法で倒した者が一人もいない。

トムさんの方もスキル発動まで耐《た》える対策は出来ているのだろう。それこそ、カシミヤの剣速を以《もっ》てしても倒せないほど、初撃に対する生存策には熟練しているはずだ。

あるいはそれを突破《とっぱ》する術こそが、カシミヤの言っていた算段なのだろうか？

そのようなことを思考する間に――時は来た。

『試合、開始ィ!!』

アナウンサーが試合の開始を告げるのと同時。

トムさんは頭上のグリマルキンを上空へと放り投《な》げ、

『…………？』

対するカシミヤは――動かなかった。

「……なぜ？」

唯一の好機とさえ言われる分身前の時間に、何もしない。

ただ、トムさんが分身するのを待っている。

『――いざいざ踊《おど》らん、《猫八色《グリマルキン》》』

開幕直後のカシミヤの動きを警戒《けいかい》していたトムさんは、全く動きがないことに疑問を抱いた様子だった。

しかし、すぐに必殺スキルを発動し、投げた――上空に退避《たいひ》させていたグリマルキンがトムさんに変わり、お互いが増殖して総勢八人に増える。

ここからは増殖速度を上回るスピードでトムさん全員を倒さなければならない。

だが、トムさんが分身を終えてもまだカシミヤは動かない。

トムさんも怪しいと感じたのか、分身の一人を斥候《せっこう》のようにカシミヤへと向かわせる。

減速状態の結界内でもなお姿が霞《かす》む超音速《ちょうおんそく》機動で、トムさんの一人はカシミヤに近づき、

――首が落ちて消えた。

それは減速状態の結界の中だというのに、俺《おれ》の目に映りすらしなかった。

「……なんだ、あれ」

減速してもなお抜刀の瞬間は見えず、コマ送りのように鞘の中の刀は既に抜き放たれ……超音速機動状態にあったトムさんの首が落ちている。

トムさんは一人減ってもすぐに増殖して元通りの八人になったが、それは暗に増殖分身を使うトムさんでなければ今の一瞬で勝負が決まっていたということだ。

分身が目立つが、トムさんは一人でも決して弱くない。

戦闘《せんとう》に熟練した超級職であり、分身がなくても他のランカーと肩《かた》を並べるだろう。

それでも、〝断頭台〟カシミヤの手にかかれば一瞬で首を斬《き》られる。

「あれは、カシミヤが一撃でトムのHPを削りきったのか？」

「違う、ネメシス。あれは多分……傷痍《しょうい》系の状態異常で死んだんだ」

俺がデンドロで最初に受けた【左腕骨折】や【右足骨折】といった状態異常があるのだから、【頸部《けいぶ》切断】なんて状態異常があってもまるで不思議じゃない。

状態異常としての効果は、見てのとおり即死《そくし》。……俺がよくやるコア狙《ねら》いと同じじか。

「あの剣速で無防備な首を落とす、か。だがEND自体が異常に高い相手や鎧に覆われた相手には効かぬのではないか？」

そんなネメシスの疑問に、先輩が答える。

「東方の剣術《けんじゅつ》関連のパッシブスキルには、《剣速徹し》というものがあります。自分の攻撃に対して相手が防御《ぼうぎょ》できなかったときに、自身のＡＧＩの一〇％にスキルレベルを掛けた値だけ相手のＥＮＤを減算するというものです」

仮にＡＧＩ一〇〇〇でスキルレベルが一なら相手のＥＮＤを一〇〇減算、スキルレベルが一〇なら一〇〇〇減算ということか。

「カシミヤのスキルレベルは最大値の一〇でしょう。しかし、それ以前にカシミヤの抜刀速度が速すぎます。素《す》のＥＮＤは在って無いようなものです」

「……ちなみにそれ、数値がゼロ以下には？」

「そうならないのが救いです」

ＥＮＤがマイナスという状態がいまいち想像しづらくはあるが、カシミヤの斬撃ではそういうことは発生しないらしい。

「ＥＮＤが減算ということは、装備の防御力《ぼうぎょりょく》は残りますか？」

「はい。ですが、カシミヤの方も武器の攻撃力《こうげきりょく》があります。抜刀術関連のアクティブスキルを乗せたカシミヤの斬撃、装備の防御力だけで耐えるのは難しいでしょう。……《アストロガード》を使用していなければ、私の【マグナムコロッサス】でも斬られます」

ルークの質問に対し、先輩は何かを思い出すように首を撫《な》でた。

そうして俺達が説明を受ける間にも、試合は進んでいる。

トムさんの首を落としたカシミヤは抜《ぬ》き放った刀を鞘《さや》に戻し、またも何かを待つように抜刀の構えのまま不動となる。一体、何を待っているのだろうか。

『疾《しっ》ッ！』

動かないカシミヤに対して、トムさんが先に動いた。

八人のトムさんは、全員が武装を弓矢や投擲《とうてき》ナイフといった中遠距離武器に変更《へんこう》する。

そして超音速機動のまま散開し、カシミヤを遠巻きに囲うように動き回る。

不動のまま沈黙するカシミヤと対照的に、八人のトムさんの鳴らす足音が舞台に響《ひび》く。

そうしてトムさんは抜刀術を警戒しつつ、遠距離《えんきょり》攻撃《こうげき》で牽制《けんせい》するように攻撃を繰《く》り返《かえ》している。それを、カシミヤは僅《わず》かに身を逸《そ》らしながら回避している。

だが、その回避の動きから計算したのか、トムさんはカシミヤが回避できないであろう角度と数で集中攻撃を浴びせかける。

無数の矢とナイフの的になったカシミヤを幻視《げんし》したが、

『《鮫兎無歩《コートムーヴ》》』

一瞬《いっしゅん》だけカシミヤの足元に魔《ま》法陣《ほうじん》――どこか鮫《さめ》を思わせる文様のもの――が浮かぶ。

直後、カシミヤは十数メートル離れた場所——トムさんの一人の目前に出現していた。

ついでとばかりにトムさんの首が落ちた。

「今のは……瞬間移動《しゅんかん》？」

以前、カシミヤと初遭遇《はつそうぐう》した時にも、カシミヤは今のように突然《とつぜん》出現していた。

恐《おそ》らくはあのときも同じスキルを使っていたのだろうが、瞬間移動ほどの能力は俺が知る限りは必殺スキルしかない。だが、スキル名は明らかに必殺スキルのものではない。

「《鮫兎無歩》。カシミヤの〈エンブリオ〉、イナバのアクティブスキルです」

疑問に思っていると先輩《せんぱい》が説明を始めてくれた。

『クマニーサン不在でマリーが使い物にならぬから、ビースリーの解説が助かるのぅ』

そうだな。あとやっぱり俺の周りって解説役多いわ。

「足元に一瞬だけ出現したあの鮫模様の魔法陣はいわば動く床です」

鮫模様、と言われても俺にはよく見えなかったのだが。

「瞬間移動、とは違うんですか？」

「ええ。そんな便利なものではありません。むしろ、〈エンブリオ〉の固有スキルとしては非常に控《ひか》えめな性能です」

「控えめ？」

「あれは『自分のAGIと同じ速さで歩かずに移動する』だけのスキルです。《鮫兎無歩》の陣《じん》の上にいる間は空気抵抗《ていこう》や慣性が生じないこと、そして抜刀術の構えを取ったまま移動できるのが利点でしょう。カシミヤが使わなければ、平凡《へいぼん》なスキルです」

足を動かす必要がないだけで、速度は変わらないスキル、か。

それなら、たしかにスキルとしては平凡に思えるが……。

「平凡なのは、カシミヤが【抜刀神】でなければの話、か」

「はい」

《神域抜刀》により、抜刀中限定だがカシミヤのAGIは五〇万に到達《とうたつ》する。

つまり、《鮫兎無歩》の発動と同時に抜刀モーションに入っていれば、基準となるAGIは五〇万ということ。決闘開始と同時に肉薄《にくはく》して相手の首を刎《は》ねるのも容易だ。

「……逆を言えば、トムさんはその初手をこれまでずっと凌《しの》いできたわけか」

同時に納得《なっとく》する。トムさんが分身で一度に襲《おそ》い掛《か》からないのはそのためか、と。

トムさんが再生能力と数を活《い》かすなら、安全圏《あんぜんけん》に一人を退避させて、残った全員で捨て身の攻撃を仕《し》掛《か》け続けるのが定石だけれど、あんな移動能力がある以上、それは悪手。

最悪、接近した分身達《たち》を一度の抜刀で軒並《のきな》み切り殺され、挙句に《鮫兎無歩》で距離《きょり》を詰《つ》められて残りも殺されかねない。

カシミヤの大太刀は二本あり、腕《うで》は生身の両腕《りょううで》と補助腕で四本。

二回までなら連続で抜刀できるはずだ。

それが分かっているから、トムさんは固まらずに散開しながら戦っているのだろう。

カシミヤが速いのは抜刀モーション中だけなので、《鮫兎無歩》の超々音速移動も長続きはしない。一度の抜刀範囲《はんい》に一人だけしかいないのならば、絶対にカシミヤはトムさんを倒しきれないのだ。

「トムさんでなければとっくに終わっているな……」

カシミヤの持つ力は、俺が知る〈超級〉と比較《ひかく》しても遜色《そんしょく》がほぼない。

むしろ【魔将軍《ヘル・ジェネラル》】あたりなら悪魔《あくま》軍団を掻《か》い潜《くぐ》ってその首をとることも容易《たやす》いと思える。

なるほど、ジュリエットを始めとした決闘ランカー達が「実力ではカシミヤが二位」と言い切っているはずだ。二位のトムさんとの相性《あいしょう》差という蓋《ふた》がなければ、今の王国の一位がフィガロさんとカシミヤのどちらであるかは俺にも分からない。

「……〈エンブリオ〉とあのカシミヤの才能がマッチしすぎておるの」

ネメシスの言うとおりだ。鎖の補助腕といい、《鮫兎無歩》といい、カシミヤのイナバはその全てを抜刀術に特化している。

正確にはカシミヤの矮躯《わいく》で抜刀術を駆使《くし》するために特化している。抜刀のための腕の長さも、幼い体での抜刀の間合いも、イナバだからこそ完全に穴を塞《ふさ》げている。

〈エンブリオ〉の性能は〈マスター〉のパーソナルと無関係ではない。

ならば、カシミヤがそこまで抜刀術に全霊《ぜんれい》を注ぐ理由がどこかにあるのだろうか？

「……千日手、ですね」

試合を観察していたルークが、ボソリとそう呟《つぶや》いた。

たしかに、状況は膠着《こうちゃく》している。トムさんはカシミヤの抜刀術と《鮫兎無歩》の組み合わせを破れないが、カシミヤもトムさんの分身を倒し切れない。お互いに決め手を欠いている。

「これまでの決闘は往々にしてスキルを使用し続けたカシミヤのSPが先に尽き、トム・キャットが勝利してきました」

「持久戦、か」

トムさんの《猫八色《グリマルキン》》はあれほどの破格でありながら、コストパフォーマンスが良いらしい。トムさんが《猫八色》以外にアクティブスキルの類《たぐい》を使用しないのも、両者の持久力に差ができる理由だった。

ならば、今回もトムさんの牙城《がじょう》を崩《くず》せないままカシミヤは、…………ッ!?

「レイ君？」

「レイよ、どうしたのだ？　青い顔しておるぞ？」

先輩とネメシスが、心配そうに声をかけてくる。

それほどに、今の俺は顔を強張《こわば》らせていただろうか。

だが、正直に言って……自分でもその理由が分からない。

カシミヤを見ていて、なぜか――言いようのない寒気を覚えた。

だが、同じように試合を見ていた先輩やネメシスにはそんな様子はない。

ルークも……いや。

「…………」

ルークは俺と同じだった。「何か強い衝撃《しょうげき》を受けたのにその衝撃の正体も理由も分からない」、そんな顔をしている。

「一体何が……あれ？」

そこで、おかしいと気づく。

あまりにも、闘技場が静まり返っている。

誰《だれ》も彼《かれ》も、理解が出来ないという風に……舞台の上を見ている。

舞台の上では、カシミヤが左手に持った太刀をゆっくりと黄色の鞘に納めている。

カシミヤを取り囲んでいたトムさんの足音は聞こえない。

代わりに――舞台の上には八つの首なし死体があった。

傍《そば》には……頭部も転がっている。

『――《我流魔剣《がりゅうまけん》・八色雷公《やくさのいかづち》》』


カシミヤが一言そう呟いて八つの死体……八人のトムさんは光の塵《ちり》になった。

直後に舞台の結界が消える。それが意味することは、たった一つ。

カシミヤがトムさんを破った……その一事のみ。

『……け、決着ゥ!! 勝者は、【抜刀神】カシミヤ!! カシミヤが第二位に昇格《しょうかく》です!!』

遅《おそ》まきに舞台上の有様を確認《かくにん》したアナウンサーが慌《あわ》てて決着を告げ、観客も理解したようにざわめき始める。それは勝者への喝采《かっさい》でも、決闘そのものへの称賛《しょうさん》でもない。

会場内に溢れたのは、困惑《こんわく》。『いつの間に終わった?』という、俺と同じ思い。

そうして誰の目にも決着の瞬間、兆《きざ》しさえも見えないまま……決闘は終わった。

カシミヤが第二位になり、フィガロさんへの挑戦権《ちょうせんけん》を得たという結果だけを残して。

…………違った。もう一つ、残された結果があった。

「む? レイよ、呆然《ぼうぜん》としているがどうしたのだ? その手に持っておる券はなんだ?」

「……今の決闘の闘券」

「またか。それで、今回も〈超級激突《ちょうきゅうげきとつ》〉と同様にオッズの手堅《てがた》い方に賭けていて、今度は負けてしまったのか？　ギャンブルとは負けるものだぞ。それで、いくら賭けたのだ？」

「五〇〇〇」

「五〇〇〇リルか。御主《おぬし》にしては常識的な金額だの」

「五〇〇〇………万だ」

「………おい。おいおいおいおいこのたわけぇ⁉」

ネメシスが名状しがたき表情で俺の胸倉《むなぐら》を掴んでガクガクと揺らしてくる。

「ごせ、ごせんま……あ、あほか御主ぃ⁉　そんな大金、そんな……えええええ⁉」

現実が飲み込めていないのか、ネメシスは上手く言葉も出せない様子だった。

マリーと先輩も「何やらかしてるんです？」という感じの顔で俺を見ている。

しかしルークはニコニコしているので、きっと分かっているのだろう。

「ネメシス。違う。逆だ」

「逆、逆とはなんだ⁉」

「いや、だからさ……。俺、カ、シ、ミ、ヤ、に賭けたから」

「………………はえ？」

ネメシスは、いよいよ思考回路がパンクしたような表情で呆然と声を漏《も》らした。

「なんとなくカシミヤに賭けたんだよ。さっき会ったときに自信ありげだったしさ」

そしたら実際に勝利した。カシミヤのオッズは五・五倍だったので、五〇〇〇万リルが二億七五〇〇万リルに早変わりである。すごい。

「……言いたいことがありすぎて、もう言葉が詰まって出てこぬ。が、一つだけ言う」

ネメシスはこの短い時間で憔悴《しょうすい》した顔で俺の目を覗《のぞ》き込みながら、

「御主、もうギャンブルするな。怖《こわ》い」

心の底から吐《は》き出すような声に何と返したものか悩《なや》んで、俺の口から出てきた言葉は、

「…………ガチャはギャンブルに入りますか？」

回答は毎度お馴染《なじ》みのドロップキックだった。

閑話 辿り着くモノと見つけるモノ

□決闘都市ギデオン南方・自然地帯

ギデオンの南方に広がる平原の先には、より広大な森と山野がある。

さらに南に下った先にはレジェンダリアとの国境があるが、そこは自然がより深くなっているために強力なモンスターも多く生息しており、国境の検問など置きようがない。

結果として自然地帯そのものが妖精《ようせい》郷との境界線になっていると言えた。

この日、そんな深き森の中……否《いな》、上から巨大《きょだい》な物体が北上していた。

それは逆さにした二本の塔《とう》の如きもの。それぞれが一キロメテルに達しようかという巨大な双子《ふたご》の塔が動き、木々の隙間《すきま》を抜けて、平原にその足跡《あしあと》を刻んでいる。

そう、それは事実……足跡なのだ。

塔の上部には二本の塔——ブーツを装備した一人の女性がいた。

彼女《かのじょ》の名は……【狂王《キング・オブ・ベルセルク》】ハンニャ。

あの〝監獄《かんごく》〟に収監《しゅうかん》されていた〈超級《スペリオル》〉であり、そして出所してきた者である。

巨大な足塔……〈超級エンブリオ〉のサンダルフォンを装備した彼女は北を目指す。

そこに、彼女が待望する愛する人がいるがゆえに。

しかし、そんな彼女の進行方向に、巨大な物体があった。

それは巨大な戦車……否、横幅《よこはば》の広い陸上戦艦《せんかん》だった。

障害物かと思い、蹴散《けち》らそうかとハンニャが考えたとき……戦艦の上で手を振《ふ》る着ぐるみが見えた。

『よーっす。久しぶりクマー』

着ぐるみは、ハンニャの見知った者……シュウだった。

「お久しぶり。フィガロから『今日は病院の健診《けんしん》があるから迎《むか》えに行けない。代わりにシュウが迎えに行くよ。クマの着ぐるみが目印になる』とは聞いていたからすぐにあなただと分かったけれど。お手数かけてごめんなさいね」

『いいってことクマー。大した手間でもないクマー』

放置して何か問題起こされるよりは目の届くところにいてほしい、という本心を隠《かく》しながらシュウは彼女との会話を続ける。

ギデオンに残した爆弾は気になるが、短時間ならば大丈夫《だいじょうぶ》だとも考えていた。

「それで、ギデオンの街はここから遠いのかしら？」

『俺のバルドルでも二時間もあれば着くクマ。乗ってればすぐクマ』

「それならお言葉に甘《あま》えさせてもらうわ。サンダルフォンもこれまで歩きづめだったから」

（……地平線の向こうから続くデカい足跡見れば一目瞭然《いちもくりょうぜん》ではあるな）

「それに治安も悪くて少し疲《つか》れたわ。出所したらレジェンダリアの霊都《アムニール》に出たのだけど、すぐにプレイヤーが大挙して取り囲んできたのよ」

『……ところでサンダルフォンってどこから歩いてきたクマ？』

「それはもちろん霊都からね。私にはこの子以外に移動手段がないもの」

首都の傍にこんなデカブツが突然出てきたら取り囲みもするわ、とシュウは思った。

「仕方ないから蹴散らして北上してきたわ」

『………ちなみに、その〈マスター〉の中にマッチョで半裸《はんら》なプロレスラーとか、緑色の服&仮面の変態とか、神経質そうなムッツリモノクルとかいなかったクマ？』

「どうかしら？　覚えていないのだけど……サンダルフォンは覚えている？」

『そういった方々は見当たりませんでした、ハンニャ様』

レジェンダリア所属の〈超級〉とは交戦していないらしいと、少し安堵《あんど》した。

『分かったクマ。じゃあギデオンまで送るクマ』

「お願いね。フィガロもいないから、今日はすぐにログアウトするつもりだけれど」

『ああ、あいつなら多分こっち時間で明後日《あさって》にはログインしてるクマ』

「そう、私も次にログインするのは明後日かしらね。フィガロに会うのが楽しみだわ」

ハンニャはバルドルに乗り移り、巨大な双塔《そうとう》は少年の姿に戻《もど》った。

そうして、〈超級〉二人が乗った陸上戦艦はギデオンへと帰還《きかん》するのだった。


その様子を、自然地帯の木々の間から見ていた男がいた。

男は左目を閉じていたが、右目は陸上戦艦の姿を目で追っている。

（〈エンブリオ〉の形状。それにライブラで見えたデータからすると、あれは〝監獄〟の〈超級〉の一人、【狂王】ハンニャ。〝監獄〟は出所できる……と）

男は左手に持った手帳に何かを書きつけている。

男の傍《かたわ》らには奇妙《きみょう》な物体……生物とも無生物ともつかぬモノが置かれている。

強いて言えば、それは天秤《てんびん》の怪物《かいぶつ》だ。皿の片側に目玉が載《の》り、もう片側に……ハンニャの名を記したステータスウィンドウが浮かんでいる。

天秤の怪物は、少しずつステータスウィンドウの側に傾《かたむ》いている。

やがてそちらの皿が地面に着くと……天秤の怪物は消えてしまう。

天秤が消えた場所には、代わりに六個の黒い球が転がっていた。

男はそれを拾い上げて、自分の左手の甲《こう》……〈エンブリオ〉の紋章《もんしょう》に仕舞《しま》い込む。

（戦争が再開するまでは、レジェンダリアにいる妹のところに行こうかと思ったが……少し面白《おもしろ》いことになりそうだ）

この〈Infinite Dendrogram〉において、〈超級〉は有名人だ。ハンニャのことも、そして彼女が〝監獄〟で公言していたことも、ネットを探せば見つけることができる。

（〈超級〉と〈超級〉。フィガロとハンニャ。前科と性質。なるほど、面白い）

男は自分の中の情報を整理しながら、ニコニコと笑っていた。

（良い取材対象になる。――――見たことがない材料が手に入りそうだ）

そんな言葉を呟きながら、男もギデオンへと歩き出す。

しかし彼が森を出ようとしたとき、その背中に飛《と》び掛かるモノがあった。

『GOUAAAAAAA!!』

それは【ブラッディ・ドラグタイガー】。この自然地帯に生息する獰猛《どうもう》な純竜《じゅんりゅう》クラスのモンスターであり、亜音速《あおんそく》の動きと強靭《きょうじん》な爪牙《そうが》により、数多《あまた》の生物に怖《おそ》れられる森の恐怖《きょうふ》。

限りなく音と同時にやって来たその爪牙に対し、男は振り返ることもできていない。

そして虎《とら》の顎《あご》は男の頭部を食い千切ろうとして、

——その上顎《うわあご》と下顎《したあご》を永遠に分かたれた。

脳と上顎がある頭部は、男が予《あらかじ》め広げていた左掌《てのひら》の上に落ちてきた。

下顎と胴体《どうたい》は男を通り過ぎて、彼の前方に無様に墜落《ついらく》している。

お互いの断面は、まるで超高熱《ちょうこうねつ》で焼き切られたように黒く炭化していた。

上半分の頭部は、眼前に見える無様な肉塊《にっかい》を不思議そうに見た後……光の塵になった。

男の左手には、ドロップアイテムの毛皮が残っていた。

（野生の獣に背後から襲われる。リアルでは稀《まれ》でも、もう飽《あ》きた。人と違《ちが》って、捕《つか》まってみることもできない……）

彼がつまらなそうに言うと、どこかから浮遊《ふゆう》する黒い球が彼の方に近づいてきた。

その黒い球を、彼は先ほど天秤の怪物の後に出てきた球と同じように紋章に仕舞う。

（さて、貴重なイベントを見に戻ろう。〈超級〉同士の痴情《ちじょう》の縺《もつ》れ。きっと、まだ誰も見たことがない）

これから先に起こることを想像し、……男は笑《え》みを浮かべる。

そうして男は歩みを再開し……ギデオンへと歩き始めた。

第三話 祭りの始まり

□【煌騎兵《プリズム・ライダー》】レイ・スターリング

トムさんとカシミヤの決闘の後、俺達《おれたち》は先輩の歓迎《かんげい》も兼《か》ねて夕食を摂《と》っていた。場所は以前チェルシーから教えてもらった美味《うま》くて量が多い店だ。主にネメシス対策である。

ちなみに予算は俺……というか俺がゲットしたあの賞金からである。

一応は俺がパーティのリーダーなのでこのくらいはしよう。

王都で結成してから一番レベルが低いままな俺ではあるが、なぜか今もリーダーではある。先輩も「その方が円滑《えんかつ》です」と言ったので変わらず継続《けいぞく》だ。

歓迎会《かんげいかい》は（マリーがショックから立ち直っていないのを除けば）和《なご》やかに進んでいる。

「ルークは分かったか？」

「そうですね。幾《いく》つか推測はありますが、述べるにはまだ証拠《しょうこ》が足りません」

「まぁ、俺もそんな感じだな。多分、鞘の色が変わっていたのが関係あると思うんだけど」

「ああ。そこは僕《ぼく》も引っかかっていました」

現在の話題は、カシミヤが如何《いか》なるスキルで八人のトムさんを倒したか、だ。

そして決闘のメッカであるギデオンだからだろうか、周囲の様子を見ると他の客の話題も概《おお》ねそれだ。編み出した新スキル、あるいは新特典武具、果ては「ついに〈超級《スペリオル》〉に進化したのではないか」など、様々な推測が述べられている。

他に話題に上っている事柄《ことがら》は「カシミヤがいつフィガロさんに挑戦《ちょうせん》するか」、だ。

カシミヤがフィガロさんに挑《いど》むのはそう遠い話ではないと口々に話されている。

王国最強のPKであるカシミヤと、王国最強のソロであるフィガロさん。

決闘ファン垂涎《すいぜん》の組み合わせであり、事によってはあの〈超級激突〉をも上回る大イベントになるのではないかとも言われている。

ふと、先輩が冷えた果実ドリンクの液面を見つめながら、何事かを思案していた。

「先輩？　どうかなさったんですか？」

「いえ、少し思うところがありまして。……私は両者に負けていますから」

そうだった。先輩はあの〈サウダ山道〉でフィガロさんに敗れ……何と言うか大変グロテスクなことになってしまわれていた。

カシミヤについても、以前戦って敗北しているとは聞いている。

「両方と交戦した者から見て、戦ったらどちらが勝つと思いますか?」

　気持ちが少し持ち直してきたらしいマリーの質問に、先輩は少し考えてから……。

「それは決闘《けっとう》でしょうか。それとも〝何でもあり〟でしょうか」

「後者ですね」

「フィガロ、だとは思います。決闘でなければ【ブローチ】で即死を回避《かいひ》しながら、戦闘を長期化できます。それに、やはり〈超級エンブリオ〉と超級武具の差だけフィガロに利がある。カシミヤがその差を埋《う》めるだけの何かを持っていれば、話は別でしょうが」

「あー。それじゃダメですねー。進化はするかもしれませんけど、超級武具はありませんから。王国は【グローリア】で〈SUBM〉の襲来《しゅうらい》が済んでいますし、残っている国はドライフとレジェンダリアとカルディナ。いずれも隣国《りんごく》ではありますけど、それぞれの国内で片づけてしまうでしょうね。ドライフには〝物理最強〟が、カルディナには〝魔法《まほう》最強〟を筆頭に〈セフィロト〉の〈超級〉がいますし。……まぁ、レジェンダリアの所属は変態ばかりで直接戦闘力《せんとうりょく》は低いからワンチャンあるかもしれませんけどー」

　王国の【グローリア】と黄河の【スーリン】しか知らなかったけど、グランバロアと天地ももう済んでいるのか。

「グランバロアと天地にはどんな〈SUBM〉が出たんだ?」

「グランバロアに現れたのは【双胴白鯨《そうどうはくげい》　モビーディック・ツイン】。名前の通り、双胴《そうどう》船《せん》のような巨大な白クジラですね。海水を艤《ぎ》装《そう》に変えて広域殲滅《せんめつ》を行い、ダメージを受けても海水で体を再構成して復活してしまう怪物だったそうです」

……そんなのが海上国家であるグランバロアを襲ったらどうしようもないだろ。

「最終的には〝人間爆弾〟が海域ごと爆破《ばくは》し、周囲の海水を排《はい》した間にグランバロア艦隊《かんたい》の総火力、そして〝四海封滅〟によって討伐《とうばつ》されたそうです」

「〝四海封滅〟？　〝人間爆弾〟は以前に聞いたけれど、その人の話は初めて聞くな」

「〝四海封滅〟こと、【盗賊王《キング・オブ・バンディット》】ゼタ。グランバロアでも古参の〈超級〉ですが、〈エンブリオ〉の詳細《しょうさい》は判明していません。かつてのフィガロと同じく、誰も見たことのない〈エンブリオ〉と呼ばれていますねー」

名の知れた〈超級〉でありながら手の内を隠しきる。その時点で只者《ただもの》じゃない。

「ただ、ヒントらしきものはあります」

「ヒント？」

「『空を歩いていた』、『砂《さ》漠《ばく》で無数の矢を浴びても傷一つつかなかった』、『誰もいなかったはずなのに気がついたら傍にいた』、『相手が血を噴《ふ》き出《だ》した』、『壁《かべ》が蜂《はち》の巣になった』、『戦車が一瞬で蒸発した』などの多種多様な情報がありますね。〈エンブリオ〉ではなくジヨブや特典武具でやっていることもあるのでしょうけど、あまりに色々やりすぎてどれが〈エンブリオ〉の能力なのかさっぱりなんですよね」

たしかにそれらの現象を一つの能力特性でやれるかと聞かれれば、出来ない気がする
……いや。何だろうか。それが出来るものに心当たりがあるような……。

「ちなみにこの〝四海封滅〟ですが、グランバロアの国宝を盗《ぬす》んで国外逃亡《とうぼう》してますね。むしろ今はそっちの方で有名な指名手配犯です」

「……国宝盗んで指名手配。ガーベラみたいな罪状ですね」

ルークが遠い目をしながら何かを思い出すような、あるいは思い出したくないような顔でポツリと呟いた。

「さて、〝四海封滅〟のことは棚《たな》に置いて〈SUBM〉に話を戻しますね。【三極竜《さんきょくりゅう》　グローリア】と【四霊万象《れいばんしょう》　スーリン】については当事者から聞いていますね？」

「ああ」

【グローリア】については兄から、【スーリン】については迅羽から聞いている。どちらも複数の能力――スーリンの場合は複数の体――を持った強大な相手だったらしい。

「スーリンの次は、天地に現れた【五行滅尽　ホロビマル】です」

「天地と言えば、元々マリーは天地にいたんだろ？　遭遇したのか？」

「いえ、ボクはその少し前に天地を出立していましたからね。話を聞いたのは黄河をウロウロしている時です。タイミング悪かったですね。……まぁ、仕入れた情報からするとちょっと手に負えない相手だったようですけど」

〈超級〉に準ずる戦力のマリーが、手に負えない？

「【ホロビマル】はおかしな〈SUBM〉だったらしいです」

「おかしな、って。……話聞いてるとおかしくない〈SUBM〉がいない気がするんだが」

「そのくらい変な〈SUBM〉だったんですよ。【ホロビマル】は……」

そうして、マリーは【ホロビマル】という〈SUBM〉の奇妙な生態を語り始めた。

それは王国と皇国の間での戦争の、すぐ後のことだった。

島国である天地の西側、とある漁村に一体の鎧武者《よろいむしゃ》が打ち上げられた。

三メテル近い立派な大きさだったが首がなく、それどころか鎧の中身さえない。

船が難破して積み荷の鎧が打ち上げられた、漁村の村人は誰もがそう思ったという。

村人はその鎧をどうするか考え、とりあえず拾い上げようとした。

しかし、その直前に……鎧は独りでに立ち上がる。

そして首もないのにこう言ったそうだ。

『我《わ》が武具を欲《ほっ》する者はいるか。欲する者は我に挑め。残るは大弓と大長刀、大鎧である。我は〈すぺりおる・ゆにいく・ぼす・もんすたあ〉。【五行滅尽　ホロビマル】』、と。

「…………名乗ったのか？」

「名乗ったんですよ。しかも、挑戦者《ちょうせんしゃ》求むとばかりにずっとそこに立ち続けたそうです。しかも、挑戦者以外には一切《いっさい》手を出さなかったそうです」

それは……なるほど、おかしなモンスターだ。

「最初に接触《せっしょく》した漁村の人達に危害も加えませんでしたからね。むしろ漁村は挑戦者への宿や食事の提供ですごく潤《うるお》ったらしいですよ」

村おこしに協力している……。【五行滅尽】という物騒《ぶっそう》な名前の割には紳士《しんし》的《てき》だ。

「それでまぁ、天地の血の気の多いティアンや〈マスター〉が挑みまして。大体は返り討《う》ちに遭《あ》うんですけど、【山賊王《キング・オブ・ブリガンド》】ビッグマンが一回倒《たお》しました」

「盗賊の次は山賊か……一回？」

「はい。確かに破壊《はかい》したらしいのですが、すぐに元通りになって起き上がったそうです。その後はビッグマンに持っていた長刀を手渡《てわた》しました。『よくぞ我を倒した。この武具は御主のものである』とか言って」

「武器を渡《わた》した？」

「はい、通常の〈ＵＢＭ〉は討伐時にＭＶＰが決まりますが、【ホロビマル】は打ち負かされる度《たび》に武器を与《あた》えていったそうです」

……なるほど、おかしな〈ＵＢＭ〉だ。アジャストではなく、途中《とちゅう》で武具を渡すのか。

「ちなみに武器を渡された人はその後戦えなくなったそうです。ホロビマルを攻撃《こうげき》しても一切ダメージが徹《とお》らなくなったとかで」

ああ、一人で幾つもゲットするのは禁止ってことか。そうだよな、手に入れた超級武具で強化しながら何度も挑戦できたら独り勝ちになってしまう。

「でも、武器を手放すなら【ホロビマル】が段々と弱くなるんじゃ……」

「違います。むしろ、倒されて武器を譲《ゆず》る度に強くなっていったそうです。最後に残った大鎧相手では〈超級〉ですら連敗していますからね」

「それはまた……」

武器をなくして強くなるって、フィガロさんじゃないんだから。

「結局、大鎧は海辺に打ち上げられてから五ヶ月《かげつ》くらいは残り続けていましたからね」

「……それは長生きしたな」

〈超級〉を筆頭に数多の〈マスター〉が討伐しようとしているのに、同じ場所に立ち続けてそこまで生き残るとは……たしかに恐ろしい強さだ。

しかし討伐されたのは最近だな。俺《おれ》が始めた頃《ころ》か？

「ちなみに、誰が倒したんだ？」

「二回目の大弓は〝射撃否定《しやげき》〟【銃神《ザ・ガン》】ザウエル・ウルガウルだって分かってるんですけどねー。最後の大鎧を倒したのが誰かは現時点でも不明です」

不明って、誰も見ていないときに倒して秘密にしてるってことか？

「途中で特典武具を配る変な仕様のせいか、ビッグマンやザウエルへの討伐アナウンスもありませんでしたからねー。でも倒されたのは確かだったので、その後は討伐を記念して【征夷大将軍《コンクエスト・ジェネラル》】がお花見を開いたらしいです」

「あ。それ多分ネットで読んだな」

討伐記念だったんだな……。被害《ひがい》も出ていないらしいし、お祭りのようなものか。

同じ〈ＳＵＢＭ〉でも兄から聞いた【グローリア】の惨状《さんじよう》とは大違《おおちが》いだ。

しかし、たしか天地という国は普段《ふだん》……。

「【ホロビマル】とかお花見とか天地って平和な国なんだねー」

「「…………」」

バビがそう言うと、マリーと先輩から「ねーよ」という気配の沈黙《ちんもく》を感じた。

　学友から天地のあれこれを聞いている俺も同感だった。

「まぁ、以上がこれまでに倒された〈ＳＵＢＭ〉ですね」

「そうか…………あれ？」

　今しがた名前の挙がった〈ＳＵＢＭ〉は、四体。

【双胴白鯨】、【三極竜】、【四霊万象】、そして【五行滅尽】。

『双《そう》』を『二』とするならば、いずれも名前に数字が入っている。

「なぁ、〝一〟はいないのか？」

「ああ、やっぱりそう思いますよね。ええ、その話は度々《たびたび》話題になります」

　やはりこの不自然さは他の人も気になるのか。

「でも、分からないんですよ。少なくとも、誰かが討伐したという情報はありません。もしかすると、〈ＳＵＢＭ〉未出現とされている国のいずれかで出現して、秘密裏《ひみつり》に倒されたのかもしれません」

　先の【ホロビマル】の大鎧のように、か。

「あるいは〝一〟という数字が特別で、後に取ってあるのでしょうか。どちらにしても、いずれは〝一〟の〈ＳＵＢＭ〉か力を引《ひ》き継《つ》いだ超級武具が表舞台《おもてぶたい》に現れるでしょうね」

「何でそう思うんだ、ルーク」

「前者は言うまでもなく。そして後者ならば……敵の予想を覆《くつがえ》す切り札として隠している、と考えたからです。ならば、いずれは使うはずです」

「……なるほど」

もしも〝一〟の〈SUBM〉が既《すで》に出現しており、それがドライフであったなら……次の戦争では姿を現すかもしれない。まだ見ぬ脅威《きょうい》に、少しだけ嫌《いや》な予感がした。

「そういえば俺がいなかった間、マリーは何してたんだ？」

〈SUBM〉の話題がそこで一段落したので、マリーに気になっていたことを尋《たず》ねた。

試合前には聞けていなかったし、その後はショックで話どころではなかったからだ。

ルークに色々あったように、マリーにも何かあったのだろうか。

再会したとき、大分疲れていたようだし。

「ああ、明日から二日間に亘《わた》って行われるお祭りに合わせた企画《きかく》の準備ですよ」

「お祭り？」

「はい。お祭りの方は愛闘祭。それに合わせて『ドキッ！　ラブラブカップル誕生！　キャハッ♪』という企画を紙面でやる予定です」

……突っ込みどころは山積みだが、とりあえず『ドキッ！』と『キャハッ♪』は要《い》らないんじゃないかな。特に『キャハッ♪』。

「……まず、愛闘祭って？」

「昔ギデオンで建国王が妻を決闘で迎えたときの名残《なごり》のお祭りみたいですね。ギデオンでは毎年この時期に二日間に亘って行われます」

へぇ……今度、建国王《アズライト》の子孫に詳《くわ》しく聞いてみよう。

「で、その……企画は何なんだ？」

「ほら、〈DIN〉って情報屋業ばかり取《と》り沙汰《ざた》されますけど、一応新聞社でしょう？」

そういえばニュースや生活のお役立ち情報の記事も作っているとも言ってたな。

「だから、偶《たま》にこういうこともするんですよ。今回は企画部《きかくぶ》のアリスンさんという方がノリノリで企画し、双子社長も乗っかりましたからね」

「双子社長？」

「〈DIN〉の運営をしているティアンですよ。男女の双子で、見た目は若いですけどレジェンダリア出身者で実は結構高齢《こうれい》って噂《うわさ》です」

重要情報仕入れてくるあの〈DIN〉、そのトップか。どんな人達《たち》なんだろうな？

「それで、その『ドキキャハ』とやらはどういう企画なのだ？」

ネメシス……そっち残して呼ぶんだ。

「簡単に言えばラブコメレポートですよ。愛闘祭の期間、ギデオン中に特派員を配置して

『街中で見かけたラブラブな出来事』を記録するんです。『これは良い』と編集部でセレクトした出来事を紙面に載せて、購読者《こうどくしゃ》投票で一番ラブラブな出来事を決めます」

「……それ、晒《さら》し者《もの》じゃないか？」

「ギデオン各所への魔法カメラの設置とか、事前の準備も大変でしたねー」

「だからそれ盗撮《とうさつ》にならないか⁉」

　ここは現代社会じゃなくてファンタジー社会だからセーフなのか？

「…………はい。直前で行政のストップ掛《か》かりました。設置カメラはなしです……」

「やっぱりアウトだったか……」

「代わりに読者からの投稿《とうこう》写真も受け付けるようになりましたね。……ちなみに〈キングダム・ピープル・タイム〉って新聞社にパクられて類似《るいじ》企画《きかく》進行中です」

「そんなにイケると思われてるのその企画⁉」

「ギデオンが決闘以外で盛り上がる数少ないお祭りですし。それにやっぱり恋愛《れんあい》関係のお祭りなので、意中の人とお祭りデートして、そこで告白しようって方は多いんですね」

「あ、デートと言えば、僕も明日は霞《かすみ》さんと回ります」

「へぇ、ルークと霞も……⁉　いつの間にそういう関係に⁉」

「先日のガーベラ事件で手伝っていただいたので、その御礼《おれい》は何がいいかと思っていたのですが、このお祭りを気になさっていたようなので誘《さそ》いました」

……御礼でデートに誘えるってルークすごい。

「そんなわけで、明日から愛闘祭で街にカップルが溢《あふ》れるでしょうね」

「そいつはまた目の毒になりそうな……」

『それはかなりまずいクマ』

俺達が話していると、いつの間にかやって来た兄が俺達のテーブルについた。

しかしその声と雰囲気《ふんいき》から、かなり緊張《きんちょう》しているのが分かる。

「兄貴、どうしてここに？」

『お前が今日戻ってくるのは知ってたから、こっちの野暮用《やぼよう》が済んでから捜《さが》してたクマ。だが、今は積もる話よりも目の前の大問題が優先クマ』

「それで大問題とはなんです？　あなたが焦《あせ》っているのなら相当の事態でしょうけど」

『……〝般若《はんにゃ》〟のハンニャが来てる。と言えばお前なら分かるだろ？』

俺はそれを聞いて『ハンニャハンニャって、なんかロボットみたいな名前だな』というくらいの感想しか持たなかったのだが、マリーはそうではなかった。

非常に緊迫《きんぱく》した表情になっている。先輩《せんぱい》も険しい顔だ。

この二人がそういう顔をするということは、熟練者の間では周知のやばさってことか。

「……〝監獄〟にいるはずでは？」

『つい最近出所したんだよ。元々刑期《けいき》は長くなかったからな』

「タイミング最悪すぎでしょう……」

マリーは頭を抱《かか》えて溜《た》め息《いき》を吐《つ》いた。

「なぁ、そのハンニャって……どんな人なんだ？」

「〈超級〉ですよ。それも、指名手配されて〝監獄〟に入っていた〈超級〉です。……いえ、正確には〝監獄〟で〈超級〉になったそうですが」

〝監獄〟。度々名前は聞くが、内部についての話はあまり聞かない。

強《し》いて言えば、マリーがかつて倒したという【疫病王《キング・オブ・プレイグ》】や、兄とルークが撃破《げきは》したガーベラなる〈超級〉が収監されたってくらいだろう。

ましてや、出てきた人の話など初めて聞いた。

「何をして指名手配されたんだ？」

「器物損壊《そんかい》と傷害罪ですね。それ自体は数年程度の懲役刑《ちょうえきけい》ですが……動機の方が問題です」

「動機？」

「……〈マスター〉のカップルを見る度に無差別攻撃をしていたそうです」

「…………は？」

カップルを無差別攻撃って……何で？

『それには深い……か浅いかはともかく事情があってだな。きっかけは二〇四三年のクリスマス、そして二〇四四年のバレンタインデーだ』

そうして、兄の口からハンニャ女史の動機、そして兄やフィガロさんとの遭遇《そうぐう》時のエピソードを語られ始めた。

「……要するに、ハンニャ女史はデンドロの中で彼氏《かれし》を寝取《ねと》られた。彼氏と彼氏の今カノをぶっ潰《つぶ》すためにデンドロを始めたが、復讐《ふくしゅう》の旅の中で彼氏達かもしれない〈マスター〉のカップルを潰して回っても見つけられずにいた。そうしている内に兄貴やフィガロさんと遭遇。兄貴から彼氏の居所を教えられて復讐を達成するも、それまでの罪で〝監獄〟に入ることになった。そういった事情に加えて、フィガロさんに対して新たな恋《こい》をスタートしているが、フィガロさん側は恋ではなく決闘目当てである、と」

『ああ。その要約グッジョブクマ』

たしかにこれは深いか浅いか分からない動機と背景だ。ハンニャ女史当人にとっては重大事だと分かるが、第三者にしてみれば苦笑いするしかない話である。

「でもさ、今はそんなに危なくないいんじゃないか？　もう復讐は済ませたんだし」

だからカップルを無差別に襲《おそ》うことはもうないはずで……。

「……いえ、それは違います」

俺の言葉を、神妙《しんみょう》な表情の先輩が否定した。

「〝監獄〟に入所中の野盗クラン……コホン、知り合いから聞いた話なのですが」

やっぱりあるんですね、そういうネットワーク。

「〝監獄〟にはいくつか暗黙《あんもく》の了解《りょうかい》があり、その内の二つが『カップルで表通りを歩いてはいけない』、『フィガロの悪口を言ってはいけない』だそうです」

「……うん？」

「これを破った者は、巨大な両足に踏《ふ》み潰されてしまう、と……」

「…………」

あ、ダメだこれ。ハンニャ女史、過去話から改善してないどころか攻撃《こうげき》対象増えてる。

しかしフィガロさんの悪口はともかく、カップル見かけただけって相当危な……あ。

「……ちょっと待ってくれ。マリー、明日……何があるって言ったっけ？」

「愛闘祭ですね……」

そっかー、カップルを見境なく踏み潰す人の前でカップル作りまくるお祭りかー。

「……危険すぎないか⁉」

『俺も気づいていれば対策打てたんだが、ここ最近ガーベラだのあいつだのに気を取られすぎて、愛闘祭のことがすっぽり頭から抜《ぬ》けてたクマ』

「カップルを攻撃する〈超級〉。カップルが大量発生するお祭り。この組み合わせだけでも危険なのに、あの脳筋《フィガロ》がハンニャの爆弾に着火する可能性もあるということですね。フランクリンの事件の再来……〈超級〉によるギデオン攻撃が発生しかねない……」

「話せばわかってもらえませんか？　フランクリンと違って王国やギデオンに敵意と悪意がある訳ではないのでしょう？」

ルークの言葉は正しいように思う。だが……。

「ルーク。恋とか愛とか結婚《けっこん》が掛かると、人間のタガって外れちゃうものだぞ」

「……あの、レイさんはなぜそんな地獄《じごく》でも見てきたかのような目をしてるんですか？　僕でも思考が読めないくらい沈《しず》んだ目なのですけど……」

「…………昔、南米でな」

「南米？」

……怖《こわ》かったなぁ、婿《むこ》を求めるアマゾネス。

…………怖かったなぁ、ジャングル破壊しながら大暴れする姉。

『……恐《おそ》らくフィガロが傍《そば》にいればカップルの方は大丈夫だ。昔は復讐だったが、〝監獄〟

以降は「自分の傍にフィガロがいないのに目の前でイチャつきやがって」という嫉妬《しっと》が動機だからな。フィガロと一緒《いっしょ》にデートでもしてれば気にしないはず……クマ』

「フィガロさんが点火しちゃった場合は？」

それこそ、「結婚しよう」という言葉を待っている相手に「決闘しよう」とでも言って、色々台無しにしてしまった場合だ。

『…………』

おい、どうして無言なんだ。まさかどうしようもないのか。

『とりあえず、それとなーくフィガロにもメールで言《い》い含《ふく》めておくクマ』

「ハッキリ伝えた方が良いんじゃないですか？」

『それはそれでリアルフィガロがショック死するかもしれん』

そんな大袈裟《おおげさ》……でもないのか。フィガロさんの事情は模擬《もぎ》戦の合間に聞いている。

生まれつき心臓に持病があり、心拍数《しんぱくすう》が上がると生命が危《あや》ぶまれるという話だった。

だからこそ、この兄もハンニャさん絡《がら》みの話に今まで迂闊《うかつ》に触《ふ》れなかったわけだ。

『ま、明日はフィガロもいないし、ハンニャもログアウト中だから……何かあるとしても明後日クマ。明日のうちに色々手を講じておくクマ』

「……大変だな」

『大変クマ。ただでさえ既に一人爆弾《ばくだん》を……』

「爆弾？」

『何でもないクマ。……そういえば迅羽はこっちにいるクマ？』

「ああ。ツァンロンがギデオンに来てるから一緒だよ」

『そうか。今思いついたが、最悪ハンニャが暴れだした直後にテナガ・アシナガの必殺スキルで心臓ぶち抜いて止めてもらうクマ。俺やフィガ公が真っ当に倒そうとすると、恐らく時間がかかりすぎる』

……提示された解決方法がバイオレンス過ぎる。

しかし、兄やフィガロさんで時間がかかりすぎる？　それほどの相手なのか？

『迅羽なら、それでも迅羽なら何とかしてくれるクマ』

そんな兄の言葉に、

「事情は知らねえけど……あまり過度な期待されても困るゾ？」

「迅羽!?」

迅羽本人が答えていた。いつ店に入ったか分からなかったが、噂をすれば影《かげ》である。

「迅羽。こんな時間に一体どうしたんだ？　……あれ？」

よく見れば迅羽の長い体の陰にもう一人、少女の姿があった。

「エリちゃん？」

「うぅ……うわぁーん！　マリー！」

もう一人の少女――第二王女エリザベートは、名前を呼んだマリーの胸元《むなもと》に泣きながら飛び込んだ。明らかに何かあった様子で、その何かはすぐに彼女《かのじょ》の口から語られる。

「あねうえが、ツァンロンとケッコンしてコウガにいけって言うのじゃー！　だから家出したのじゃー！」

……トラブルが続々と舞《ま》い込んで来るのはどうしてだろう。

◇

翌朝。久方ぶりにギデオンの宿屋の寝床《ねどこ》にいた俺は、朝から打ち上げられている花火によって目を覚ました。寝《ね》ぼけ頭で「今日は祭りか運動会でもあっただろうか？」と考え、「そういえば愛闘祭があったのだった」と思い出した。

昨日のこととやらなければならないことを思い出し、身支度《みじたく》をして宿の部屋を出た。

宿を出て歩くこと数十分、訪《おとず》れたのはギデオン伯爵邸《はくしゃくてい》……正確にはそれに併設《へいせつ》された迎賓館《げいひんかん》だ。伯爵邸にはこれまでにも何度か来たことがある。フランクリンの事件での褒賞《ほうしょう》を受け取っているし、何より併設されている騎士団《きしだん》の詰《つ》め所《しょ》で手続きを何度かしている。

だが、この迎賓館にはまだ入ったことがなかった。「来てはみたものの入れるのだろうか」と思いながら入り口に近づくと、案の定と言うべきか衛兵に槍《やり》を突《つ》き付《つ》けられた。

「な、何と恐ろしい風体《ふうてい》……曲者《くせもの》⁉」

「いや待つでござる！　どう見ても悪漢だがこれは〝不屈《あんぶれいかぶる》〟のレイ殿《どの》でござる！　拙者《せっしゃ》の《看破》は最大レベルだから間違《まちが》いないでござる！」

「おお、顔をよく見れば確かにレイ殿。申し訳ありません。殿下《でんか》からも通行許可が出ています。どうぞお通りください」

そんな衛兵&忍者《にんじゃ》のやり取りを経《へ》て、俺は迎賓館の中に通された。館《やかた》の中にいた近衛騎士が「殿下のお部屋にご案内します」と言って先導してくれる。

……しかし、今日はマスク着けてないしフードも被《かぶ》ってないのにこの対応か。

「許可ということは、アズ……殿下は今日俺が来ることが分かっていたみたいですね」

「はい。昨晩、エリザベート殿下が迎賓館を飛び出された後、グランドリア卿《きょう》とギデオン忍軍《にんぐん》からの報告でエリザベート殿下がレイ殿とお仲間の下《もと》に向かわれたと聞いたとき、きっと貴方《あなた》が会いに来ると申されておりました」

……なるほど。もう把握《はあく》されているわけだ。

そのまま三分ほど歩き、迎賓館の奥《おく》にある扉《とびら》の前まで案内される。

「殿下！　レイ殿がご到着《とうちゃく》です」

『入室を許可します』

アズライトの許可が下りると近衛騎士が扉を開き、俺に入室を促《うなが》した。

入室すると、そこには王都で見たように文机《ふづくえ》で仕事をするアズライトの姿があった。

「おはよう、アズライト」

「ええ。おはよう、レイ。……そう、もう朝だったのね」

そう言うアズライトの目元には、かすかに隈《くま》があった。

「寝ずに仕事していたのか？」

「やることは山積みだもの。王都を離《はな》れてはいるけれど、緊急《きんきゅう》の案件や早い方が良い案件は進めないといけないわ」

あるいは昨晩眠《ねむ》れず、仕事に没頭《ぼっとう》するしかなかったのかもしれない。

「アナタの用件は、妹のことでしょう？」

「ああ」

「厳しく命じたから、泣いて逃《に》げたのよ」

昨晩、俺達のところに飛び込んできたエリザベートは泣いていた。

アズライトから、黄河への輿入《こしい》れを命じられ、突き放《はな》すような態度で接せられた、と。

泣きながら家出したのもそれが理由で、今はマリーと一緒に〈DIN〉に泊《と》まっている。

お目付け……というかお守りとして迅羽、それと呼ばれてきたリリアーナが一緒だ。

リリアーナは連れて戻《もど》ろうとしたが、エリザベートの意志が固いことからその場に残って見守ることにしたらしい。

なお、そこでどうするかについて相談した結果、俺は日が昇《のぼ》ったら……つまりは今こうしてアズライトに直談判《じかだんぱん》することになった。

一番古くからの付き合いであるリリアーナが適していると思ったのだが、リリアーナは王家に仕える騎士でどうしてもそこに縛《しば》られると本人が言っていた。

それで縛りから自由で、アズライトの友人でもある俺の方が良いと判断された。

ちなみに、最初はマリーが「説得」に向かおうとしたが、物騒な気配だったのでその場にいた面々によって取り押《お》さえられた。《消ノ術》まで使われたときは危なかった。

「それで、今日は私を糾弾《きゅうだん》しに来たの？　『妹を外国に嫁《よめ》に出すひどい姉だ』、と」

「……まぁ、先にちょっと質問をしてからだな」

「質問？」

「王国と黄河。両国の王女と皇子の婚姻《こんいん》と、それに伴《ともな》う同盟の締結《ていけつ》について。そもそも、なぜそれを行うのか、ってな」

　エリザベートが家出してきた後、マリーやネメシス、それとなぜかバビは怒《おこ》っていた。

　しかし俺を含めた他の面子《メンツ》は、アズライト……ひいては王国と黄河がどうしてこのような選択《せんたく》をしたのか、ということがまず疑問だった。

　なお、ネメシスは昨日遅《おそ》くまで起きていたせいか、まだ紋章《もんしょう》の中で寝ている。

「兄貴達とも話したが、今の時点で分かってることは黄河側の理由くらいなもんだ」

「そう。それで、その理由は何かしら？　一応合っているか聞いておきたいのだけれど」

「ああ。それは、『黄河がアルター王家の血筋……【元始聖剣《せいけん》　アルター】の使用権を欲している』、ってことだ」

　これは兄とルークが導き出した推理だが、迅羽からも「まぁ、そんなところだろうナ」と肯定《こうてい》されている。迅羽は両国の間で交《か》わされる条件などについては知らなかったが、「黄河は成り立ちからして特殊超級職《とくしゅスペリオル・ジョブ》を神聖視してるからナ。それが増えるなら条件としては十二分だろうヨ」と述べていた。

「先々期文明の崩壊《ほうかい》から二〇〇〇年。残っている歴史の中で【聖剣王《キング・オブ・セイクリッド》】、あるいは【聖剣姫《セイクリッド・プリンセス》】となって【アルター】を振《ふ》るうことができたのは初代アズライトの子孫、それも一握《ひとにぎ》りだけだ。逆を言えば、血統ならばいずれは適性のある者が生まれるかもしれない。エリザベートが黄河に嫁《とつ》ぎ、将来的に適性のある子供が生まれれば……黄河は【龍　帝《ドラゴニック・エンペラー》】と【聖剣王】、二つの強力な特殊超級職を獲得《かくとく》できる」

今でこそ〈マスター〉、そして〈超級《スペリオル》〉というバランスブレイカーが数多くいる。

しかし、〈マスター〉の増加……〈Infinite Dendrogram〉の開始前、歴史上でのバランスブレイカーは特殊超級職だった。

六〇〇年前の【覇　王《キング・オブ・キングス》】と先々代【龍帝】や、【聖剣王】による西方中央の統一など、大陸の歴史は特殊超級職が動かしてきたと言っても過言じゃない。

黄河がそれを求めるのは自然なことだと兄達は言っていた。

「……そうね、合っているわ。黄河の意図はそんなところよ。付け加えれば、『王国に【聖剣王】不在の時期には、黄河の血統から【聖剣王】に適性があるかを試《ため》させてほしい』とも条件にはあったわ。気の長い話ね」

少なくとも黄河は今この時点で王国が滅《ほろ》びることは望んでいないってことか。あるいは表面上は滅びないことを願いつつ、滅んだ場合は【アルター】獲得に動くのかもしれない。

「……逆に、今生きているアズライトをどうにかしようとする恐れはないか？」

「それはないわ。禁止事項《じこう》にしているし、国家元首用の【誓約書《せいやくしょ》】で契約《けいやく》を交わすもの」

国家間で取り決めを交わすときは国家元首用の【誓約書】を使用するらしい。

国家元首同士が使用する【誓約書】は個人ではなく、国に対して罰則《ばっそく》を科すものだ。

かつて西方中央が乱世だったころ、小国の王の中に破った者がいたらしい。そのときは大飢饉《だいききん》や疫病がその国の国土を襲い、それは当時の王と一族が反乱によって国を追われ、別の者が王として立つまで数年間も続いたらしい。リスクの大きさが、違反《いはん》防止になる。

「……それ、皇国とは交わしてなかったのか？」

元々は同盟国だったはずだが。

「王の代替《だいが》わりと同時に更新《こうしん》するものだから、戦争を始めたときの王国と皇国の間には同盟関係は存在しなかったわ。それに元々、西方三国間の同盟は外敵に対する連携《れんけい》や要人暗殺の防止などはあっても、同盟内の領土や交易に関する問題にまでは言及《げんきゅう》していなかったから。仮に侵攻《しんこう》されても罰則はないわ」

「……普通《ふつう》、それが一番大事なんじゃないか？」

「仕方なかったそうよ。最初はあったらしいけれど、罰則を避《さ》けるために両国の間に多くの手続きが必要になっていたの。だから、『交流を簡易化するために同盟内での制限については多くを撤廃《てっぱい》しましょう』って先生……亡《な》くなった【大賢者《アーチ・ワイズマン》】が一〇〇年以上前に提言して実施《じっし》したそうよ。それに……ほんの一年前までは両国間で戦争が起きるなんて思えないほど関係は良好だったもの」

そもそも争い合うこと自体が想定外だった、か。

「今回の黄河との同盟はキチンとした形で行われる、ってことでいいんだよな」

「ええ」

「そうか。で……そんな風に黄河の方の理由は推測できたんだが、今回の婚姻に始まる同盟で王国が黄河から何を得るかについて俺達《おれたち》は分からなかった」

迅羽さえ何も知らなかったし、兄とルークも現時点じゃ確定できないと言っていた。

「戦争に際して、黄河の援軍《えんぐん》が来るわけじゃないんだろ？」

「ええ。軍勢はカルディナの大砂漠《だいさばく》を越《こ》えられないし、海路にしてもグランバロアが他国の軍勢の進出を許していないから」

黄河から王国に来るには〈大砂漠〉か〈厳冬山脈〉を越えなければならない。

しかし、どちらも極《きわ》めて困難な進軍になる。前者は広大な砂漠で消耗《しょうもう》する上にカルディナが通行を許可しないため、まずカルディナとの戦争になる。後者は〈厳冬山脈〉に住まう地竜《ちりゅう》や怪鳥《かいちょう》を刺激《しげき》し、最悪【地竜王《りゅうおう》　マザードラグランド】や【彗星《すいせい》神鳥　ツングースカ】といった、神話級以上とも言われている〈ＵＢＭ〉との戦闘《せんとう》に突入《とつにゅう》する恐れがある。

いずれにしろ、今回の戦争に黄河の軍勢は出てこられない。

ならば、王国との同盟を結ぶに際して黄河は何をするのか。

「協力内容は装備よ」

「装備？」

「特典武具を、合計で十」

「はぁ!?　いやいや、特典武具は受《う》け渡しできないだろ！」

特典武具は〈ＵＢＭ〉を倒したＭＶＰにアジャストし、譲渡《じょうと》不可能の専用装備だ。

それが譲れてしまったら色々と前提が崩《くず》れる。

「そうね。だから〈ＵＢＭ〉という形で提供されるわ。封印《ふういん》されているけれど、ね」

アズライトによると、黄河の先々代【龍帝】は〈ＵＢＭ〉を生きたまま封《ふう》じ込めて活用する術を開発したらしい。

「封印中の〈ＵＢＭ〉が十体。ツァンロン皇子と共にこの国に持ち込まれているわ」

「……取扱《とりあつかい》注意《ちゅうい》にも程《ほど》があるな」

「ええ。けれど、長年の封印で弱っているから、往年の力は発揮できないらしいわ。準備を整えれば倒すのは難しくないそうよ」

「で、その特典武具はどうする気だ？」

「最初は私、それと信頼《しんらい》のおけるティアンで使用するつもりだったわ。けれど、今は幾《いく》つかを交渉《こうしょう》道具にして〈超級〉に協力を仰《あお》ごうとも考えている」

特典武具を狙《ねら》って取れる機会なんてそうはない。あの【魔将軍《ヘル・ジェネラル》】だって、手持ちの特典武具が貴重だから土壇場《どたんば》まで切り札を切れなかったくらいだ。

〈マスター〉にとっては喉《のど》から手が出るほど欲《ほ》しい代物《しろもの》。それは皇国側が提示できないであろう条件だ。前回参戦しなかった王国の〈超級〉に打診《だしん》してもいいいし、黄河から来ている迅羽や……あるいはフリーの〈超級〉を招いてもいい。

……王国の〈超級〉って特典武具報酬《ほうしゅう》がなくても参加する人か、あっても参加しない人だろうけど。兄やフィガロさんの所有数は〈超級〉の基準から言ってもおかしいらしいし。

「レイも、一ついる？」

「いや、俺はなくてもやるから、他の交渉に回してくれ」

「……迷いもしなかったわね」

だって俺がアズライトに協力することはもう彼女を前に誓《ちか》っている。

なら、他のことに回すべきだろう。

「しかし所有者が決まる前の特典武具が十個か。……盗《ぬす》まれたりしたら怖いな」

「そうね。【アルター】と同じでアイテムボックスにも入れられないそうだから、保管には気を遣《つか》わないと。引き渡しはエリザベートが輿入れして黄河に逃《のが》れてからだけれど」

「そうか。……？」

今、アズライトは……。

「レイ？」

「……いや、何でもない。それより他にも協力内容はあるのか？」

「あるわ。敗戦後に亡命希望者を貴族平民問わず、黄河で受け入れてくれること」

「…………それは」

「負けたときの準備よ。この国が亡《ほろ》びたとき、生き辛《づら》くなる人々もいるだろうから」

「でも、大砂漠は渡れないんじゃ……」

「そちらはグランバロアに話を通しているわ。あそこは軍勢でなければ、適正な運賃で黄河まで運んでくれるもの。一定レベル以上の者はジョブリセットが条件だけれど」

さっきも少し言っていたが、『軍勢でなければ』……か。

なるほど、ツァンロンの場合は迅羽の存在と、同時に運んでいた〈UBM〉が問題になってグランバロアの船が使えなかったってことか。〈UBM〉を運んでいることを明かすわけにもいかなかったのかも知れないし、発覚するのも避けたかったのだろう。

黄河がアルター王家の血筋を得る代わりに王国に提供するものについては分かった。

「以上がエリザベートの輿入れで成る同盟の対価よ。……軽蔑《けいべつ》してくれていいわよ、レイ。妹を売って、戦力や民《たみ》の安全を買うようなものだもの」

アズライトは自嘲《じちょう》するように笑っている。一見すると冷徹《れいてつ》なように見えるが……、

「違《ちが》うだろ」

俺はそれを否定《ひてい》する。

「いいえ、何も違わな……」

「だって、王国が……アズライトが得ているのはそれだけじゃない」

「…………何を」

「アズライトは……エリザベートに黄河で生きていてほしいから、嫁に出すんだろ？」

さっき、アズライトは「引き渡しはエリザベートが輿入れして黄河に逃れてから」と言っていた。その言葉は、エリザベートを戦争の渦中《かちゅう》にある王国から逃したいという本音が、漏《も》れ出《で》たものだろう。

俺の言葉に、アズライトは無言だった。

ただ、彼女の表情から、俺の言葉が彼女の本心そのものだったと分かる。

彼女が、なぜエリザベートを逃がそうとしたのかも……状況《じょうきょう》を考えれば予想は出来る。

「王国と皇国の戦争で、またギデオンやカルチェラタンのように街が襲われ、エリザベートも巻き込まれるかもしれない。それに、皇国だって【聖剣王】の血筋を欲《ほっ》しているかもしれない。そんな状況で王国が敗れれば……」

どんな後味の悪いことになるかは、簡単に分かってしまう。

「……私が父のように戦場で敗れて死ねば、血筋は二人の妹だけ。下の妹のテレジアは病弱で王城の結界でしか生きられない。寿命《じゅみょう》も長くはないだろうと、言われているわ……」

アズライトとエリザベート以外の、三人目の王女。

会ったことはないし、話にも上らなかったが……そうした事情があったのか。

「だから、危ういのはエリザベートよ。最後の王族になるだろうあの子が、皇国に囚《とら》われれば、【聖剣王】の血統のために粗略《そりゃく》に扱《あつか》われるかもしれない。そうなるくらいなら」

「先に、皇子の妻として黄河に輿入れした方が幸せ……ってことか」

「……そうよ」

それから、暫《しば》しの沈黙が室内に満ちた。

アズライトの考えていることは、俺《おれ》には理解できたし、納得《なっとく》もした。

アズライトはまず妹の幸せを願ったのだ。王国が存続と滅亡《めつぼう》のどちらの道に進んでも、妹が健《すこ》やかに、幸せに生きていけるようにと願って黄河との婚礼《こんれい》による同盟を望んだ。

すると、これまでのことにも別の側面が見えてくる。

まず、エリザベートをこのギデオンに置いたままだったこと。

エリザベートがギデオンに来た理由である公務も、元々は皇国から最も遠く、かつ戦力の整った街であるギデオンにエリザベートを避難《ひなん》させるためだったはずだ。安全な地域でツァンロンとの見合いを行い、黄河に輿入れ……避難させるつもりだったのだろう。

しかし、フランクリンが事件を起こし、あわやエリザベートが誘拐《ゆうかい》されそうになった。

あの時、アズライトはエリザベートを王都に戻すべきか考えただろう。

しかし、既に一度仕《し》掛《か》けが発動し、警戒《けいかい》態勢をとっているギデオンよりも、いまだ何かが仕込まれているかもしれない王都の方が危険と考えて……ギデオンに滞在《たいざい》させていた。

また、フランクリンの事件の後、アズライトは様々な事件や仕事に忙殺《ぼうさつ》され、ツァンロンと共にギデオンに来るのが遅《おく》れた。

逆を言えば、それらが一段落してすぐにこのギデオンに赴《おもむ》いている。

それも、一刻も早く妹の安全を図《はか》るためだ。

加えて、今回のギデオンまでの旅。あれは先輩を通して遊戯《ゆうぎ》派の〈マスター〉を知るためでもあったが、同時に……ツァンロンが妹を託《たく》せる男かを見定めていたのだろう。

昨晩に輿入れの話を伝えたのは、ツァンロンが彼女の目に適《かな》う男と認めたから。

見合いをすっ飛ばして結婚と嫁《よめ》入《い》りを決めたのは、これまでの出来事で時期が遅れたから「一刻も早く逃がさなければ」という意志からだ。

ああ、全く。振り返《かえ》れば……彼女が妹をどれだけ大切にしているかが見えてくる。

少し不器用だが、これも彼女の愛の形なのだろう。

「……私は、レイと……〈マスター〉と一緒に戦うと決めた。けれど、もしもの時のためにあの子を逃がすことは、その決意の前後で変わるものではないわ」

アズライトの意志は固い。

それは、彼女が誰《だれ》よりも妹の身を案じ、愛しているからだろう。

「そっか。なら、俺は何も言えねえよ」

「……意外ね。アナタなら、また何か言ってくれると思ったけれど」

「アズライトが本当に妹のことが好きで、妹のためを思ってそうしてるんだろ？　だったら、俺が善《よ》し悪《あ》しを論じるような話じゃないさ。それは、家族の話だからな」

「…………」

あとは二人で……あるいはテレジアという妹も交えて三人で決めればいい。俺が口や手を出すような話じゃない。俺がするのは、アズライトのために俺が手伝えることだ。

「だけど、一つだけ言わせてもらっていいか？」

「……ええ」

アズライトの表情はむしろ、俺の意見を待っていたようだった。

「あの子から聞いたお前の態度は、多分……あの子がお前に愛想《あいそ》を尽《つ》かして出て行きやすくしようとしてるんだろうけどさ」

エリザベートも冷たい態度だったと言っていた。あるいは、嫁に行けという言葉そのものよりも、あの子には辛《つら》かったのかもしれない。

心に仮面をつけて、そうした態度を取ったアズライトも……辛かったのだろうが。

「それはもうやめて、謝《あやま》っておけ。異国の地に移り住むかもしれないのに、最後に持っていく家族の思い出が冷たいそれじゃ、……想像するだけで後味が悪い」

「……そう、ね」

アズライトが後悔《こうかい》するように目を伏《ふ》せる。やはり、彼女も辛かったのだろう。

「真正面から向かい合って、話して、姉妹で答えを出すしかないさ。それに」

それに、これは経験則だけど……。

「弟妹《ていまい》ってのは、兄姉《けいし》が真《ま》っ直《す》ぐ向けてくれた言葉は、キチンと理解するもんだぜ」

子供の俺が……兄の話してくれた『可能性』をずっと心に持ち続けていたように。

◇◇◇

□〈DIN〉ギデオン支部

その日、エリザベートは住み慣れた迎賓館ではなく、見知らぬ一室で目を覚ました。

それは〈DIN〉のギデオン支社にある仮眠《かみん》用の個室であり、昨晩の女子勢（ビースリーを除く）による慰《なぐさ》め会の途中《とちゅう》で眠ってしまったエリザベートを運び入れた部屋だ。

壁際《かべぎわ》にはエリザベートを守るように……マリーが立ったまま眠っていた。

レイがいれば「立ったまま眠るのは隠密《おんみつ》のスキルか何かか？」と疑問の突っ込みを入れていたかもしれない。

だが、エリザベートは気にすることもなく、マリーを起こさないように仮眠室を出た。

何かあれば起きられるようにしていたマリーだが、エリザベートのナチュラル隠形《おんぎょう》がその察知能力を上回っていた。

エリザベートは、顔を洗うために洗面所へと移動する。

部屋や壁《かべ》に貼《は》ってある案内を頼《たよ》りに洗面所へと移動すると、そこには先客がいた。

「よう。目が覚めたか」

それはエリザベートと同じくらいの身長の少女だった。エリザベートは一瞬誰《いっしゅんだれ》だか分からなかったが、血の気のない青白い肌《はだ》とギザギザとした歯の並んだ口元で誰か気づく。

「迅羽？　ずいぶんとちぢんだのじゃ」

四メートル近い身長の怪人《かいじん》は、その身長をおよそ三分の一程度にまで縮めていた。

「こんなところで手足伸《の》ばしてても邪魔臭《じやまくさ》いからな。仕舞《しま》った」

迅羽の〈超級エンブリオ〉であるテナガ・アシナガは義手義足型である。

しかし、それはフィガロのコル・レオニスやゼクスのヌンのように生身の身体と置換《ちかん》しているわけではない。生身の迅羽がマジックハンドや高下駄《たかげた》のように装着しているに過ぎないので、こうして必要に応じて外すこともできる。

「かおとこえもちがうのじゃ」

「そりゃあんな符《ふ》をつけてちゃ顔も洗えないからな」

顔を隠《かく》し、声も変えるための大符は外している。そのため、今の迅羽は本来の顔と声を隠していない状態だ。言葉のイントネーションも自然なものになっている。

「顔洗うんだろ。隣《となり》、空いてるぞ」

「うむ。……わらわよりせがひくい迅羽はしんせんなのじゃ」

フランクリンの事件以降、何だかんだで付き合いの長い友人のまだ見ぬ一面を見たことにエリザベートはクスリと笑う。

それから二人は顔を洗って身支度をして、自販機《じはんき》が併設された談話室の方へと移動した。

迅羽は適当に飲み物を買ってエリザベートに手渡《てわた》し、並んで長椅子《ながいす》に座《すわ》った。

「一晩寝たらちったぁ落ち着いたか？」

「……うむ」

昨晩。姉にツァンロンとの婚姻と黄河行きを告げられ、冷たい態度のまま反対を許されなかった。突然《とつぜん》の出来事にショックを受けていたが、一晩経てば落ち着きもする。

昨晩のことを冷静に思い出せば……冷徹に振舞《ふるま》う姉の目がどこか涙《なみだ》で滲《にじ》んでいた。

あるいは姉としてもそれを命じることに躊躇《ためら》いがあったのかもしれない。

それでも命じたのはそうしなければならなかったか、あるいはエリザベートのためか。

「もしかしたら、わらわをこうがにおくりだすこと、あねうえもダンチョウの思いだったかもしれないのじゃ」

理由はまだ分からない。聞いてみなければ、分からない。

ただ、姉も辛い気持ちで送り出そうとしていたのであれば……。

「こんばんかえったら、もういちど……あねうえとはなしてみるのじゃ」

「そうだな」

「殿下、こちらにおられますか！」

二人が話していると、リリアーナが少し焦《あせ》った様子でやって来た。

「どうしたのじゃ？」

「下の階にあの方が……ツァンロン第三皇子がいらっしゃいました」

その答えに、エリザベートと迅羽は顔を見合わせて首を傾《かし》げた。


ツァンロンの来訪を聞かされた後、エリザベートは着替《きが》えるために一度部屋に戻った。相手が相手であり、寝巻《ねま》きのまま顔を合わせるわけには行かない。

ちなみに全力で家出するつもりだったので、しっかり衣服や生活用品の入ったアイテムボックスは持ち出してきている。脱走《だっそう》……もとい家出に手馴《てな》れすぎた手際《てぎわ》だった。

「おはようございます。エリザベート殿下」

着替えた――迅羽に関しては手足も装着した――二人とリリアーナ、それと起こされたマリーが一階に下りると、そこには黄河の第三皇子であるツァンロンの姿があった。

エリザベートも既《すで》にツァンロンとの顔合わせはしている。

昨晩の夕食は一緒であり、姉とのいざこざはその後に起きたからだ。

「おはようなのじゃ。……こんなにあさはやく、何をしにきたのじゃ？」

マリーの背中に隠れながら、エリザベートが問う。彼《かれ》が悪い人間でないのは察しているが、やはり自分が結婚して黄河に行く原因であると考えている人物なので警戒している。

そんなエリザベートに向けて、ツァンロンは……頭を下げた。

「この度、私のせいでエリザベート殿下のお心を乱してしまい、申し訳ありませんでした。そのことをお詫《わ》びしたいと思い、失礼と思いながらこちらに参らせていただきました」

ツァンロンがここへ来た理由は、謝罪だった。

だが、そうして謝られてしまうとエリザベートも対応に困る。

そもそも、エリザベートはツァンロンが原因であるとは思っているが、ツァンロンが悪いとは思っていない。婚姻と黄河行きを決めたのはアルティミアと黄河の皇帝《こうてい》であり、ツァンロンもまたそれらの事情によってここにいる……言わば同じ立場の人間なのだから。

ゆえに、謝られても困ってしまう。

「……べつに、ツァンロンのせいではないのじゃ」

エリザベートには顔を背《そむ》けながら小声でそう言うのが精一杯《せいいっぱい》だった。

「ですが僕《ぼく》がこのギデオンに来たことで……」

「わらわがツァンロンのせいでないと言ったら、ツァンロンのせいではないのじゃ！」

己《おのれ》のせいで姉妹の間に諍《いさか》いを起こしてしまったのではないかと気が気でないツァンロンと、自分でも分別しきれないもやもやとした気持ちのエリザベート。

二人の言い合いを、リリアーナなどはハラハラとしながら見ている。

そんな折、迅羽がリリアーナとマリーをちょいちょいと招き寄せる。

そして言い合う二人に聞こえないように、こう言った。

「あいつら、デートさせようゼ」

「……ええ？」

「……少々お待ちを迅羽ちゃん。あの、どっからそんな話に辿《たど》りつくんですか？」

マリーが「この子は唐突《とうとつ》に何を言っているんだろう」という顔で迅羽に問う。

「昨日から思ってたけど、結局これって『エリザベートが意に沿わない形で国を離れて外国に嫁入りする』って話が発端《ほったん》なんだロ？ じゃあ、『意に沿う形』になればいいだロ。恋愛結婚《れんあいけっこん》で外国行きとか普通だゾ。うちのママンもそれでシンガポールに引《ひ》っ越したシ」

「え、っと、そうなん、ですかね……？」

「そもそも、元はお見合いって話だっただロ。それが当事者二人も知らねえうちに、一足飛びに結婚《けっこん》が決まってたわけダ。それは筋が違ウ。ひとまずはこいつらがお見合い……デートでもしてお互《たが》いを結婚相手として見れるかを判断してもらおうぜ。それでお互いが好き合うなら、後は憂《うれ》いなく嫁入りできるわけだシ。それにこれなら、エリザベートの姉も『妹を意に沿わない形で送ってしまった』みたいに考えずに済むだロ」

道理であった。

そう、元々はお見合いをするはずだったのだ。それが色々順序逆転した結果で姉妹関係やこの場の拗《こじ》れが生じているが、これでお見合いが成立すれば何の問題もないのである。

問題があるとすれば、この意見が女子小学生の口から出てきたことであろう。

「……お互いが好き合わない場合はどうするんです？」

「それはそのとき考えようゼ。婚約云々《こんやくうんぬん》はともかく、好《す》き嫌《きら》いは当人達《たち》の自由だからナ。これは『好き合う』って結果になれば八方丸く収まっていいな、ってだけなんだからサ」

「たしかに、駄目《だめ》だったとしても状況が今ほど拗れるわけではありませんね」

迅羽の言葉にリリアーナも賛同する。彼女も近衛騎士として、そしてエリザベートの姉の友人として、彼女が幸せな結婚を迎《むか》えられるならばそれに越したことはないと考えた。

マリーも渋々《しぶしぶ》と、苦々しく、渋い顔で、「……まぁ、エリちゃんの幸せのためには、それが、ベスト……ですね」と賛同する。その後に「……ぐぬぬ」と呻《うめ》いてはいたが。

かくして、その場にいた三人はひとまずエリザベートとツァンロンの言い合いを止めて、お互いを知るためのお見合いを二人に提案したのだった。

◇◇◇

□【煌騎兵《プリズム・ライダー》】レイ・スターリング

「そういえば、エリザベートの輿入れだけど……どうして黄河が相手だったんだ？　地理的には、レジェンダリアやカルディナ、グランバロアって選択肢《せんたくし》もあったんだろ？」

いずれも黄河よりは距離的《きょりてき》に近い。間に他国がないので戦争の援軍にも期待できる。

レジェンダリアとはまだ同盟関係で、カルディナとも通商条約が結ばれているはずだ。

「レジェンダリアとカルディナからも似たようなことを提案されたけれど、消去法ね」

「消去法？　それに……グランバロアは？」

「あそこは婚姻による同盟締結は無理よ。四大船団のいずれにも肩入《かたい》れできないもの」

アズライトによると、グランバロアの王である大船団長は貿易船団、軍事船団、海賊《かいぞく》船団、冒険《ぼうけん》船団の四つの船団長家の候補者から一人が選ばれて就任するらしい。

そういうシステムなので、四つの船団長家のいずれかに王国の血筋が入ると船団のバランスが崩れてしまう。最悪、グランバロアが内乱になりかねない。

それはいずれの家系も望まないため、打診すらなかったらしい。

同時に、婚姻に絡《から》まない同盟にしても今はできない。

現在の大船団長は高齢《こうれい》でそう遠くない時期に代替わりすると思われるため、国家の方針を迂闊《うかつ》に決められないそうだ。

王国と皇国、どちらに与《くみ》するかで船団長家の意見も統一できていないらしい。

余談だが、海賊船団を取り仕切る船団長家がグランドリア家であり、リリアーナ達の父であるラングレイ氏の実家だ。

なので、運命の巡《めぐ》り合《あ》わせ次第《しだい》ではリリアーナが候補者になっていたかもしれない。

まぁ、そういう可能性もあったかもしれないというだけの話だが。

「レジェンダリアは？」

「あそこは政変の最中よ」

「政変？」

「ええ。あの国は元々立憲君主制。象徴《アイドル》としての国家元首【妖精女王《ティターニア》】と、実務を行う首《しゅ》相《しょう》という二人のトップがいるわ」

ああ、【妖精女王】のことは前にどこかで見聞きした覚えがある。

しかし立憲君主制……要は日本や英国と似たようなシステムなのかレジェンダリア。

「首相はハイエルフの部族長が長年務めていたのだけど、先の戦争の前に亡くなったの」

エルフやハイエルフ、ファンタジーではおなじみの長命種はこの世界にもいたらしい。

「しかも……暗殺らしいわ」

……穏《おだ》やかじゃない。

「首から下が猿《さる》に変わる異常な死に方だった、と聞いているわ」

「なんだそれ怖《こわ》いな、…………ん？」

その症例《しょうれい》、以前どこかで聞いた覚えがある。

ああ、そうだ。大分前にマリーが話していた。

レジェンダリアの〈超級〉の一人が、そういう〈エンブリオ〉を使うという話だった。

「それってさ……」

「ええ。同じことのできる〈マスター〉が、レジェンダリアにいるわ。けれど、罪の追《つい》及《きゅう》はされていないし、犯人も見つかっていない」

それはおかしい。調べられてシロだったならそれでいい。《真偽判定《しんぎ》》だってある。

だが、そもそも追及すらされていない？

「私もこの事件を聞いたとき、少し調べてみたわ。それによると首相の近縁者《きんえんしゃ》が捜査《そうさ》を行おうとしたけれど、別の有力者によってストップがかかったらしいの」

「……それってさ」

「ええ。内部抗争《こうそう》よ。現在、あの国のティアンはいくつもの派閥《はばつ》に分かれ、暗殺と裏切りの坩堝《るつぼ》になっているわ。剣《けん》を交える内戦は起きないけれど、敵味方すら定かでない。正に泥沼《どろぬま》の暗闘《あんとう》。その影響《えいきょう》で、こちらへの援軍も不可能と再三言われているもの」

……ドロドロじゃないか。内戦が途絶《とだ》えない天地とどちらがマシか、というレベルだ。

しかし、なるほど。それはアズライトも妹を嫁に送るのを躊躇《ちゅうちょ》する。

「華《はな》やかなのは【妖精女王】の周囲と闘技場《とうぎじょう》だけね。〈マスター〉の多くは呑気《のんき》に過ごしているようだけれど」

「妖精郷じゃなくて魔境《まきょう》の類《たぐい》だな。それで、三つ目……カルディナではない理由は？」

きっとカルディナにも何かしらの問題があるのだろうと思いながら尋《たず》ねてみる。

しかし、それに対してのアズライトの返答は……沈黙《ちんもく》だった。

「アズライト？」

「……あの国に、表面上の問題はないわ」

そう言うアズライトの顔は「問題はない」という言葉とは真逆のものだ。

「レイは、あのカルディナという国をどう思う？」

その質問は……声音《こわね》に大きな不安の感情を孕《はら》んでいた。

端的《たんてき》に言えばカルディナを敵として見ているかのようだった。

「……俺はあの国のことをほとんど知らない。だから、『分からない』という答えしか今は持ち合わせていない」

強《し》いて言えば……あのゴゥズメイズ山賊《さんぞく》団の事件に間接的に関《かか》わっていた、というくらいだ。現時点では……若干《じゃっかん》だが悪印象が強いか。

「カルディナに、何かあるのか？」

「……あの国に後ろ暗いことはないわ。グランバロアのような直近の問題も抱《かか》えていない」

それだけならば、同盟相手として悪くはなさそうに思える。

「敗戦後、あの国からは〈超級〉四人を含《ふく》む〈マスター〉の派遣《はけん》までも提案されていた」

「四人⁉」

カルディナは九人の〈超級〉を抱えているとは聞いたことがあるが、その約半数。

それが叶《かな》うなら王国側の〈超級〉は倍になる。

〈超級〉以外の戦力も、カルディナからの派遣で穴埋《あなう》めできるだろう。

「それも、姻戚《いんせき》と関係のない同盟の提案よ。二国連合での皇国への逆襲《ぎゃくしゅう》。カルディナが皇国領土と技術を得て、王国は皇国に奪《うば》われた地域を取《と》り戻《もど》す、という条件でね」

王国はカルディナの大戦力で失ったものを取り戻せる。随分《ずいぶん》と美味《うま》い話だが……。

「……〈超級〉や〈マスター〉の動員にかかる費用は？」

「カルディナが全《すべ》て持つそうよ。それも、王国内の〈マスター〉を雇用《こよう》する費用もね」

王国からすれば、何の苦もなく失ったものを取り戻せるってことだ。

だが、美味すぎる提案に、ひどく薄《うす》ら寒《さむ》いものを感じる……。

「……選ばなかったんだろう？　それはどうしてだ？」

「提案通りに事が進んだ時……あまりにもカルディナの得るものが多すぎるからよ」

第一に、ドライフの優《すぐ》れた機械技術と領土。ドライフの特長である機械技術もさることながら、土地もカルディナの砂漠地帯と比べれば余程《よほど》に用途《ようと》があるだろう。皇国の領土にはカルチェラタンと同様の〈遺跡《いせき》〉も埋没《まいぼつ》しており、得られるものも非常に大きい。

第二に、皇国の〈マスター〉の加入。皇国がなくなったとしても、皇国の〈マスター〉は残る。彼らの中には他の国に渡《わた》って活動するものも大勢いるだろう。

そんな彼らが真っ先に所属先として選ぶのは、皇国領土を治めることになるカルディナだ。カルディナならば皇国が〈マスター〉に提示した破格の報酬も払《はら》い続けられる。

そもそもこの同盟でも四人の〈超級〉と〈マスター〉の軍勢を派遣すると言っている。この同盟でカルディナが損《そこ》なうものと言えば、〈マスター〉への報酬金《ほうしゅうきん》くらいのものだが、カルディナには金銭が腐《くさ》るほどあるという話だ。

かつてユーゴーが皇国は〈マスター〉への報酬で財政に危機を迎えていると話していたが、皇国が血反吐《ちへど》を吐《は》くような報酬の出費も鼻歌交じりで払ってしまえるのだろう。

第三に、現在カルディナが置かれている包囲網《ほういもう》の瓦解《がかい》。現在カルディナは西の西方三国と東の黄河、南の海がグランバロアと五つの国に包囲されている。

ここでドライフを倒《たお》し、王国と同盟を結べば、四割の敵が消えることになる。

そうなれば､九人の〈超級〉――ドライフ併合《へいごう》の流れによってはさらに増員した〈超級〉と〈マスター〉で、黄河やレジェンダリアといった他国に侵攻することも可能だ。

つまるところ同盟を組んだ場合、カルディナはほぼノーリスクで全ての利益を持っていくと言っても過言ではない。

最終的には、この最初の勝利の勢いのままに大陸統一国家になるという結末すらありうる。アズライトが疑惑《ぎわく》を持つのも当然だった。

「それでも、カルディナと組む道もあったのでしょうけれどね」

溺《おぼ》れる者は藁《わら》をも掴《つか》む。選択肢がなければ選べない。

窮地《きゅうち》の王国がそうなる可能性は当然あっただろう。

「でも王国は……まだその選択《せんたく》しかないわけじゃない。まだ、折れていないから」

そう呟《つぶや》いた時、アズライトはなぜか俺の目を見た。

まるで俺の目を通して、かつて見た何かを思い出しているかのようだった。

「アズライト？」

「……そろそろ仕事に戻るわ」

なら、そろそろお暇《いとま》するとしよう。

「……今日は来てくれて、ありがとう。アナタに言われたように、エリザベートとはもう一度……全てを打ち明けて話してみるわ」

「そうか」

「アナタのお陰《かげ》で……一つ間違《まちが》わずに済みそうだわ」

「いいさ。俺が後味の悪い思いをしたくなかっただけだから」

そう言葉を交《か》わして、俺はアズライトの部屋から退室した。

◇◇◇

□迎賓館《げいひんかん》

部屋を出るレイの後ろ姿を見送って、扉《とびら》が閉まってからアルティミアは一つ息を吐く。

「王国が折れなかったのはアナタのお陰よ、レイ」

アルティミアは思う。「あの日のギデオンでレイが王国のティアンに希望を示したから、王国は折れなかったのだ」、と。

彼の戦いを、王都にも中継《ちゅうけい》されていたあの光景を、多くの貴族達も見ていた。

貴族達の〈マスター〉への信頼と王国の未来への希望は、辛《かろ》うじて折れずに済んだ。

だから王国は最も楽で、しかし毒に満ちているだろう選択を選ばなかった。

アルティミアの推測どおりなら……最も楽な選択の先にあるのは最終的にカルディナが大陸の覇者《はしゃ》となる未来。

そして、その下で属国となるか亡ぼされる王国の未来。

早いか遅《おそ》いかだけで、結果そのものは皇国に敗れるのと等しいか……それより悪い。

それでも希望がなければ、今を助かるために選んでしまっていたかもしれない。

事実、貴族の中にはカルディナと協調すべきと主張する者は多い。

その中には「最も楽な道で確実に皇国に勝てる」という状況判断で主張している者も多いが、カルディナと内通している者も相当数いるとアルティミアは考えている。

事実、先日別件で処断されたボロゼル侯爵《こうしゃく》の屋敷《やしき》からカルディナの商人との裏取引に関する書類がいくらか見つかっている。

カルディナは商人という窓口を通して、王国貴族に根を張ろうとしている。

「眼前の戦争において矛《ほこ》を交える敵は皇国だけれど、背中から刺《さ》そうとする敵はカルディナ。そう思っておいた方が良いわ」

事実、アルティミアがレイに話した条件での同盟を断ってからカルディナの動きがおかしい。通商条約に関しての改正を求め、流通にも少しずつ変化が生じている。

そのくらいならばまだ良い。最悪、アルティミアを暗殺して危機感を煽《あお》り、カルディナ同調派の貴族を支援《しえん》して、エリザベートかテレジアを国王代行としてカルディナとの同盟を締結《ていけつ》させることもありうると、彼女《かのじょ》は考えていた。

「あの魔女《まじょ》……ラ・プラス・ファンタズマ議長ならば、そのくらいはやりかねない」

また、アルティミアとしても確証のない話だったためレイには言わなかったが、皇国の侵攻《しんこう》もカルディナが裏で糸を引いている恐《おそ》れがある。

皇国の代替《だいが》わりの前後で、カルディナは食料輸出を抑《おさ》え始めている。表向きは「〈マスター〉の増加に伴《ともな》う体制の変更《へんこう》」と言っているが、アルティミアは腑《ふ》に落ちない。

加えて、皇国内部が大飢《だいき》饉《きん》の状態に陥《おちい》っているという情報も最近になって入ってきた。

不思議なことに、皇国側に送った諜報員《ちょうほういん》はこの報告をあげてこなかった。アルティミアが〈マスター〉に依頼《いらい》を出して派遣したからこそ、ようやく皇国内部の状態が判明した。

いずれにしろカルディナの食料輸出停止と大飢饉が重なり、皇国は困窮《こんきゅう》している。

あるいは、カルディナは皇国が大飢饉だから、食料輸出を止めたのかもしれないとアルティミアは考える。

今こうして、食料を求めて皇国が動くように差し向けるために。

皇国は飢饉《ききん》によって自国での食糧《しょくりょう》生産が追いつかない。

隣国《りんごく》の一つであるグランバロアは海産物しか取れず、食料の多くは皇国同様に他国からている。もう一つの隣国である王国は、皇王の代替わりの後に皇国との同盟を破棄《はき》し同盟を破棄した王国の先にあり、黄河と天地はカルディナの大砂漠《だいさばく》の向こうにある。

つまり、皇国が食料を得るには、王国への南下を行うしかなかったのだと、アルティミアにも理解は出来る。

しかし、納得はいかない。

その思いは侵攻してきた皇国に対してのものであり——自国に対してのものだ。

そもそも、王国による同盟の破棄が奇妙《きみょう》だとアルティミアは考える。

なぜ彼女の父である国王は、そして政治においても顧問《こもん》であった【大賢者】は皇国との同盟を破棄したのか。

今の皇王が年嵩《としかさ》の皇族を……自身の妹以外の全親族を殺して皇王の座に就《つ》いたという噂《うわさ》は、アルティミアも聞いたことがある。それを危険視するのも理解が出来る。

しかし、一気に同盟の破棄まで進んだ理由が……他にもあるような気がしてならない。

「……厄介《やっかい》ね」

カルディナの動き、不可解な諜報員の一件、そして王国による同盟の破棄。

まるで複数人の意図が絡《から》み、王国と皇国の間に戦争を引き起こしたようだった。

現時点で言えるのは、その内の一人が魔女とも妖怪《ようかい》とも呼ばれるカルディナの議長ではないかということだ。

「……魔女と比べれば、寄生虫の方が幾分《いくぶん》マシね」

寄生虫……扶桑《ふそう》月夜は自分の宗教の利益と保護のために王国に苦渋《くじゅう》の選択をさせるが、メリットも寄越《よこ》してくる。言うなれば益虫の寄生虫、といった輩《やから》だと彼女は考える。

しかし、カルディナの魔女は違う。

アルティミアは、以前に一度だけ外交の場で顔を合わせたことがある。

そのときの彼女の感想は「最初だけ甘《あま》い蜜《みつ》を寄越し、唆《そそのか》し、最後には全てを搾《しぼ》り取るバケモノ」というものだった。

「これからはカルディナの動向にも注意しないと、状況が私の想定する最悪を超《こ》えるかもしれないわね……頭が痛いわ」

ただでさえ皇国との問題で手《て》一杯《いっぱい》なのに、とアルティミアは溜《た》め息《いき》を吐《つ》く。

皇国はあのカルチェラタン以来、何の動きもない。あの〈遺跡〉の確保に〈超級〉を含む大戦力を動かしたというのに、その後は王国に一切《いっさい》アプローチをかけてこない。

先の行動で皇国内部に問題が生じたのか、あるいは何か大きな事を起こす前兆なのか。

「…………」

何者かの策謀《さくぼう》があったとしても王国と皇国は矛を交え、多くの血が流れ、既に引き返すのが不可能とさえ言える間柄《あいだがら》となっている。このまま何事もなく終わることは最早《もはや》ないのだと、アルティミアは苦い思いと共に確信していた。

「……クラウディア。アナタの兄は、今度は何をする気なのかしらね」

留学時代の友人の……親友の名を呼びながら、彼女はまた溜め息を吐いた。

第四話　それぞれの愛闘祭

□【煌騎兵《プリズム・ライダー》】レイ・スターリング

アズライトとの話も終わったので、俺は街を散策することにした。

折角《せっかく》のお祭りなので、楽しまなければ損というものだ。

……明日には新たな厄介事が起きるかもしれないのだし。

「それで、今日は誰かと回るのか？」

あの会話の途中で起きてはいたらしいが、俺と二人の方がアズライトも話しやすいと考えて紋章《もんしょう》の中に控《ひか》えていたようだ。

ネメシスって意外と気遣《きづか》い出来る奴《やつ》だよな。暴食に関しては別だけど。

「んー。でもみんな予定が埋《う》まってるんだよな」

「私達だけ残ってしまったということかのぅ」

「まぁ、そうでなくても今日はネメシスと回りたいと思ってたけどな」

「そうか。私もちょうどレイとやりたいことが……え？」

なぜか呆《ほう》けた顔をしているが、ネメシスにも何か用事があったのか？

「ネメシスは何がしたいんだ？」

「……あ、うむ。私はその、少し買いたいものがあるのだが……」

「買いたいもの？　愛闘祭限定スイーツとか？」

「……御主《おぬし》の普段着《ふだんぎ》」

……まぁ、街を歩くときもずっと鎧《よろい》だと面倒《めんどう》なこともあるし、いいの……か？

「面倒以前の問題だがの。〈マスター〉は頓着《とんちゃく》しておらんが、そもそも街の中でずっと鎧を着ているのも物騒《ぶっそう》な話だと思わぬか？」

一理ある。それなら今日は、祭りを見て回りながら服でも買いに行くとするか。

そういえば、他のみんなはどんな風にこのお祭りを回るのだろうか。

◇◇◇

□ギデオン四番街

その日、ギデオン伯爵《はくしゃく》の配下……領内の情報収集と防諜《ぼうちょう》、特殊《とくしゅ》任務を担《にな》うギデオン忍軍《にんぐん》は忙《いそが》しかった。

『こちらB班。四番街マーケット周辺を監視《かんし》中、周辺に不審《ふしん》人物は皆無《かいむ》でござる』

「こちらC班。対象を尾行《びこう》中。周囲に怪《あや》しい人影《ひとかげ》は……あの三人のみでござる」

彼らは複数の班に分かれ、とあるグループを尾行していた。

なぜ尾行するのか。それはそのグループ……エリザベートとツァンロンのお見合いデートを護衛するためである。

愛闘祭は建国王とその妃《きさき》の婚姻《こんいん》に由来する祭りであるため、その逸話《いつわ》にあやかって愛闘祭の時期にお見合いを行う家も多い。ほとんどは裕福《ゆうふく》な商家や職人だったが、時折貴族もお見合いをする。現ギデオン伯爵の父母もそうしてお見合いで縁《えん》を結んだ。

しかしその愛闘祭にしても、王族同士のお見合いなどそうそうあることではない。

アルター王国第二王女エリザベートと黄河《こうが》帝国《ていこく》第三皇子ツァンロン。

この二人のお見合いが行われるに際し、ギデオン伯爵はギデオン忍軍による警備の殆《ほとん》どを二人の周囲に集中することに決めた（元々ギデオン忍軍のいくらかはエリザベートの護衛、及《およ》び脱走防止にあてられた人員であったが）。

なお、騎士団《きしだん》はついていない。闇《やみ》と影《かげ》に紛《まぎ》れる忍者《にんじゃ》と違《ちが》い、騎士の姿は目立ちすぎるからだ。「ここに要人がいますよ」と喧伝《けんでん》するに等しいため、彼らは別の警備に回っている。

「おまつりだからカッキがあるのじゃー。コウガのおまつりはどんなふうなのじゃ？」

「すみません。僕はこんな風に市井《しせい》を歩けるのは王国に来てからなので……。大祭のときはいつも壇上《だんじょう》から見下ろすだけでしたから」

「なんだかたいくつそうなのじゃ」

「そうですね。そうかもしれません」

幼い二人は並んで言葉を交わしながら、お祭りで賑《にぎ》わう路地を歩いている。

ギデオン忍軍が確認《かくにん》する限り、二人の周囲に不審人物はいない。

……正確には身元不明の不審人物はいない。

身元が判明している不審人物達はいた。

エリザベートとツァンロンの後方一〇メテルには、建物の陰から顔を出して二人の様子を見るトーテムポール……もとい三人の人物がいた。

リリアーナ、迅羽《じんう》、マリーの三人である。

騎士として、友人として、そして姉（偽《にせ》）としてお見合いを見守る三人組だ。

「彼女達《かのじょたち》、あれで目立っていないつもりでござろうか？」

「……まぁ、各自変装はしているでござるな」

リリアーナは近衛騎士団の鎧を脱《ぬ》いで私服。

ただし、元が美人なのでそれはそれで逆に人目を惹《ひ》く。

迅羽は手足や大符を取り外して年齢《ねんれい》相応の服装をしている。

ただし、顔と青白いアンデッド色の肌は変わらない。

マリーはサングラスを外している。

ただしも何もなく、以上。

「……他は仕方ないにしてもマリーは」

「言わぬが花でござる。きっとテンパっておるのでござる。……いや、あやつ昔から『色眼鏡外せばそれで変装完了《かんりょう》』と思っている節があったでござるな」

ちなみに、彼女はかつて連載《れんさい》していた漫画《まんが》でも『新キャラの美人かと思ったらサングラス外しただけの主人公《マリー》だったよ』という展開をやっている。

当時も「いや、服装見たら一発で分かるよ」と読者に突っ込まれていた。あるいはそういうギャグだと思われていたが本人は大真面目《おおまじめ》である。

さて、幼いカップル&不審人物三人組であるが、カップルの方は素直《すなお》にこのお祭りを楽しんでいる。エリザベートがお祭りの屋台（どこかの誰《だれ》かのように食べ物オンリーではなく玩具《おもちゃ》や民芸品の屋台）に目を輝《かがや》かせ、ツァンロンが微笑《ほほえ》んで見ているという構図だった。

「……祭りに夢中の妹と見守る兄、みたいな構図だな」

「わ、悪くはないと思いますよ？」

「お見合いっぽくはないですよねー。……あれならボク達も一緒《いっしょ》に楽しんでも」

「「よしましょう」」

『エリちゃんの隣でお祭り楽しみたい欲』が出てきたマリーを、他の二人が制止する。

「どこに友達と保護者と変態同伴《どうはん》でお見合いする奴《やめとけ》がいるんだよ？」

「……その友達と保護者と変態はそれぞれ誰なのか聞かせてもらえますかね？」

「わざわざ聞くまでもないだろう」と、その場にいた者だけでなく隠れているギデオン忍軍の面々も思った。

そんなやりとりをしている内に、カップルはお面の屋台を見つけていた。

祭りの大本である出来事のヒロイン……建国王の妃が仮面を被《かぶ》っていた逸話と、身分を隠して異性と遊びたい令息や令嬢《れいじょう》が多いことから、この祭りではお面を被る者も多い。エリザベートは笑顔《えがお》で色々なお面を手に取りながら、どれを買おうか悩《なや》んでいる様子だった。

「最初に会った時も着けてましたし、お面好きなんですかねー。……あ、エリちゃんダメ。そのクマのお面はダメ」

「……血は争えないのかもしれませんね」

「建国王のお妃が元ギデオンの姫《ひめ》で仮面の剣闘士《けんとうし》ですよね。ご先祖様譲《ゆず》りでしょうか?」

「…………いえ、そちらではなくもっと近しい人が」

少し表情を曇《くも》らせたリリアーナの言葉に、マリーは首を傾げ、ギデオンまでの旅路でその〝近しい人〟の仮面剣士《けんし》バージョンを見ていた迅羽は納得《なっとく》した。

「むむー、やはりここはクマにすべきか、それともこのネコにすべきか」

二つのお面のどちらを購入《こうにゅう》しようか悩むエリザベートの隣《となり》で、ツァンロンも一つのお面を見ていた。それはドラゴン……それも東側に住まう【龍《りゅう》】を模したお面であり、西方ではなく東方のお祭りでよく見られるようなデザインだ。

ツァンロンはそれを、まるで〝何か〟と見比べるようにジッと見ていた。

「ツァンロンも選んだのじゃ? む、なんだか怖いお面じゃのぅ」

エリザベートがそう言うと、お面屋の店主が笑いながらお面についての説明を始める。

「お嬢《じょう》ちゃん。これはめずらしーいお面なんだよ。東方の黄河の決闘《けっとう》王者である【龍帝《ドラゴニック・エンペラー》】が、決闘に出る時に着けるお面を模したものさ。東方の商人から仕入れた品だが、よく売れてるよ。お嬢ちゃん達もどうだい?」

「わらわはクマかネコにするのじゃ」

「お、それならこんなのがあるぞ。これも東方から仕入れたものなんだが……クマとネコの合体、大熊猫《パンダ》のお面だ！」

「なんじゃこのすてきアニマル！」

エリザベートは店主がアイテムボックスから取り出したパンダのお面に目を輝かせる。

ツァンロンはその光景に微笑みながら、そっと龍のお面を元の場所に戻した。

その際に一言、「【字伏龍面《ズーフーロンミィエン》】」と呟いたが……それは誰の耳にも入らなかった。

それから、パンダのお面を被ったエリザベートとツァンロンは四番街のマーケットを歩き回った。お見合いというよりは友人同士で遊んでいる、といった雰囲気《ふんいき》だった。

そんな風に幼いカップルがお祭りを楽しみ、数時間も経《た》った頃《ころ》。

二人は木陰《こかげ》に座《すわ》り込み、屋台で買った飲み物を飲んでいた。

「むー。ツァンは体力がなさすぎるのじゃ」

「すみません……。こんな風に歩き回ることに慣れていなくて」

歩き続けて体温が上がったのか、ツァンロンは頬《ほお》を赤くして汗《あせ》を浮《う》かべていた。

普通《ふつう》の子供は天気のいい日に何時間も歩き続ければこうなる。ジョブにも就いていないのにまだ元気一杯《いっぱい》のエリザベートの方がどこかずれているのである。

暑かったのか、ツァンロンは上着のボタンを外し団扇《うちわ》で自身を扇《あお》いでいる。

　エリザベートがそちらを見ると、上着の隙間《すきま》からツァンロンの服の内側が見えた。

「……？」

　それをチラリと見て、エリザベートは目を瞬《まばた》かせる。

　ツァンロンの服の内側は、素肌《すはだ》が見えないほど黒い包帯に覆《おお》われていた。

「ツァンロン、それはなんじゃ？」

「え？　……あ」

　自身の失敗に気付いたのか、ツァンロンはすぐに上着のボタンを閉じた。

「それはケガか、ビョウキなのか？」

「……そう、ですね。病《やまい》のようなものです。この黒い包帯は、生まれもったハンデを抑えるための処置です」

　エリザベートはその言葉に、彼《かれ》が生まれながらに病を抱えているのだと理解した。

　エリザベートの妹、第三王女テレジアと同じように。

「……すみません。お見苦しいものをお見せしてしまいました」

「あやまることではないのじゃ！　ビョウキのなにがみぐるしい！」

　つい謝《あやま》ったツァンロンに対し、エリザベートは憤慨《ふんがい》したようにそう言った。

「生まれもったビョウキが、なんだと言うのじゃ！　そんなことをわらわがいやがると思ったらおおまちがいなのじゃ」

それはあるいはツァンロンに向けた言葉ではなかったかもしれない。生まれながらに病弱だった彼女の妹、テレジアを重ねたがゆえの言葉だったかもしれない。

だが、それでも彼女の言葉は本気であったし、ツァンロンにもそれが理解できた。

「……殿下《でんか》は、優《やさ》しい人なんですね」

「あねうえやリリアーナだって、きっと同じことを言うのじゃ」

「そうなんですか……」

ツァンロンは「きっと優しい人に育てられたから、優しい人になったんですね」と内心で思い、……彼女をそんな家族から引《ひ》き離《はな》すことに胸が痛んだ。

その痛みと共に、「天真爛漫《てんしんらんまん》なエリザベート殿下に関わっていると、他の人に接するようには接せられないな」とも思った。

それから暫《しば》し、二人の間に無言の時間が過ぎた。

沈黙の後、先に話を切り出したのはエリザベートだった。

「わらわは、コウガには行きたくないのじゃ」

「……存じています」

「あねうえやテレジアをおいて……このくにをはなれたくないのじゃ。わらわは、ふたりをささえたいし、まもりたいのじゃ」

エリザベートは才覚こそあっても、特殊なジョブについているわけでもない……ただの子供だ。これから戦争に突入《とつにゅう》するだろう王国に残っても出来ることはほとんどない。

それでも彼女の心は姉を支えたかったし、妹を守りたかった。

「あねうえがすきじゃ。いっしょうけんめいで、このくにやわらわたちをまもるためにだれよりもがんばってる。そんなあねうえを、わらわはささえたい。それに……」

エリザベートは言葉を切って、北を……山の向こうにある王都へと視線を向けた。

「テレジアもすきじゃ。わらわのかわいいいもうとで、ずっとずっとしろの中にいるテレジアが、すこしでもわらっていられるように、わらわはまもってあげたいのじゃ」

どうすればそれができるのか、それはエリザベート自身には分からない。

「わらわはこどもで、よわいから、ふたりをささえることもまもることも、できない」

エリザベートはただの子供。危機にある王国で、家族を救う方策などあるわけもない。

「けれど……」

しかし、一つだけ示されている方策があった。

「けれど、ツァンロンとともにコウガに行けば、わらわはあねうえをささえられるし、テレジアをまもれるかもしれないのじゃ」

黄河からの支援を得る対価に黄河に向かえば、王国を……家族を守ることに繋《つな》がると。

エリザベートは、彼女なりに自身の立場と二国の間の交渉《こうしょう》を理解していた。

昨晩、姉からの宣告にショックを受けて家出をした後も、彼女は考えていた。

そうして、エリザベートは決心していたのだ。

泣きながら考えて、落ち着いて考えて……結局それしか方策はないと心を決めていた。

エリザベートは、国のためにツァンロンと結婚《けっこん》することを選択していた。

まだ恋《こい》や愛など知らない彼女が、既《すで》に己《おのれ》の生涯《しょうがい》の伴侶《はんりょ》を決めていた。

お見合いとしては、それで終わりだ。


「…………」


けれど、ツァンロンはそれに応《こた》える言葉を発することが出来なかった。

否定は出来ない。それは皇帝《こうてい》である父の意に反するから。

肯定《こうてい》は出来ない。それは……己の心に反するから。

この天真爛漫で太陽のような少女を、対価のように得ることは……己の妻にすることはあってはならないのだと、ツァンロンの心と胸の痛みが訴《うった》えていた。

「だからわらわは、ツァンロンと」

「……まだ、僕の帰国まで時間はあります。だから、お返事はその時までに」

ツァンロンは、エリザベートの選択を遮《さえぎ》った。

それは否定ではなく、肯定でもなく、ただの先延ばしであっただろう。

「そのときまでに、僕も……自分の心を定めます」

「……わかったのじゃ」

そうして、二人のお見合いは終わった。端的に言えば、「お時間をいただけますでしょうか？」と……普通のお見合いのように結論は先へと延ばされた。

◇

「よう。おつかれさマ」

「迅羽様。陰ながらの護衛、ありがとうございました」

「まぁ、それもオレの仕事だからナ。けど、いいのカ？」

「何が、ですか？」

「お前、最初に会ったときからエリザベートに一目《ひとめ》惚《ぼ》れしてただロ」

「…………」

「けれど、さっきのあいつの選択は受け入れなかっタ。気持ちは分かるけどナ。強制的に結婚したって、それは愛を手に入れたことにはならねーかラ」

「迅羽様……」

「それが分かってたから、お見合いを勧《すす》めたんだヨ。あっちもお前を好きになってくれれば、それは普通に恋愛《れんあい》なんだかラ。そうはならなかったみたいだけどヨ」

「…………」

「お前、自分を隠《かく》そうとばっかりしてただロ。あいつはあいつらしく振《ふ》る舞《ま》ったが、お前はお前らしくなかっタ。第三皇子蒼龍《ツァンロン》としてのお前でもなければ、もう一方のお前でもなイ。臆病《おくびょう》に自分を隠していただけのお前ダ。それじゃ、好きな相手にアピールの一つもできねーヨ」

「……耳が、痛いです」

「分かってるなら、今度は自分らしさと……好きな相手への本気のアピールってのを考えるんだナ。まだ、日にちはあるんダ。できるだロ？」

「……はい！」

◇◇◇

□ギデオン市街地・〈破壊王印《はかいおう》のポップコーン工場〉

『……どこから手をつけたものか』

それは、丁度レイがアズライトと話していた頃。

ポップコーンの製造場所として借りている施設《しせつ》で、シュウは重い溜《た》め息《いき》を吐いていた。

現在、彼が関わっている問題は大きく三つある。前の事件から継続《けいぞく》している〝爆弾《ばくだん》〟の監視、ハンニャの刃傷沙汰《にんじょうざた》一歩手前恋愛、エリザベートとツァンロンの結婚問題だ。

エリザベートとツァンロンの問題に関してはレイ達《たち》に任せるつもりだ。アルティミアとの関係的にも適正的にもそちらはレイの方が向いているとシュウは考えた。

逆に、他の二つはシュウがやるしかない。本来なら祭りはポップコーン屋台のかき入れ時なのだが、そちらに手を回す余裕《よゆう》はなかった。

『特にフィガ公とハンニャの件は、どう転んでも話だけで終わる気がしない。……何とかギデオンの外にデート名目で誘導《ゆうどう》して、そこでケリをつけてもらうしかないか？　だが、愛闘祭真っ最中のギデオンからどうやって何もない外に誘導すればいい？　この辺り、ギデオン以外に観光名所なんぞないしな』

明日に迫《せま》ったタイムリミットを前に、シュウが頭を悩ませていると、

「失礼いたします。シュウ・スターリングはご在宅ですね」

事務所のドアからノックと共にそんな声が聞こえ、シュウが応答するよりも早く、ドアを開けて――否、ノブを捻《ね》じ切《き》って声の主が事務所へと入ってくる。

それは、ヤマアラシを抱《かか》えた一人の女性だった。

左手の甲《こう》には〈マスター〉であることを示す紋章がある。

「声が聞こえましたが、やはりいましたか。良かったですね、ベヘモット」

『……ドアの修理費よこせクマ』

『SOZ《ごめんね》』

心なし着ぐるみがジト目になったシュウがそう言うと、ヤマアラシ――ベヘモットが一声鳴いて金貨を一枚シュウへと投げた。

彼女達こそはシュウが見張っている〝爆弾〟。

先のフランクリンの事件の頃からギデオンに滞在《たいざい》している皇国最強の駒《こま》。

――〝物理最強〟の【獣王《キング・オブ・ビースト》】とそのパートナーである。

『それで何の用クマ？　今日は屋台お休みクマ』

『……！』

ヤマアラシの顔でもそれと分かるほどに「ガーン」とショックを受けた顔をする。

「べヘモット。今回の用件のメインはポップコーンではありませんよ」

『……K《O》K《K》』

『じゃあ何のために来たんだ？』

王国にとって最大級の危険人物であるが、普段《ふだん》はシュウのポップコーン屋台の常連客としてポップコーンを食べながら世間話をする相手でもある。

今日は何の用があるのかとシュウは疑問に思ったが、

「端的《たんてき》に言います。私達とデートをしましょう」

『………』

その回答は、シュウをして想定の範囲《はんい》を超えていた。

シュウは急転した事態にどう対処すべきかを思考する。

『幸か不幸か、ハンニャの問題が発生するのは明日だ。今日は空いている。そしてこの申し出を断った場合、こちらがどう動くかまるで理解できない。ならば相手の要求どおりデートに応じ、傍《そば》で見張った方が安全管理としてはベターな選択のはずだ』ということを二秒で考えてから、シュウは彼女の申し出を受けた。

同時に、普段彼《ふだんかれ》を苦しめることの多いとある卵女関係のトラブルは、今回ばかりは自重していてほしいと切に願ったのだった。

デートに応じたシュウであったが、そもそもなぜ誘《さそ》われたのかは完全に謎《なぞ》であった。

ゆえにそれを聞いてみたのだが、彼女は次のように答えた。

「そうですね。最も大きな理由はカップルでないとこの祭りを楽しめないからですね」

彼女が言うようにカップルでないと出来ないことがこの愛闘祭では多い。

カップルは同性でもいいものがほとんどだが、いくらなんでもクール美人とヤマアラシで「カップルですよ。カップルサービス受けさせてください」と言うのは無理がある。

それではまるで寂《さび》しい独身女性のようだ。

着ぐるみのシュウでも同じようなものだが、それでもシュウが今では有名人であることも相俟《あいま》ってまだ納得はさせられる、という形だ。

やはり見た目は独りで遊園地を歩く独身女性と大差ないものであったが、愛闘祭を回る三人はそれなりに楽しんでいただろう。

ティアンや〈マスター〉が開いた多種多様な屋台を巡《めぐ》り、第三闘技場《とうぎじょう》で決闘ランカーのチャリティイベントである一打席対決に参加した。

それらが済んだ今は、「カップル専用」と書かれた屋台でハニーカステラを購入して食べながら、べヘモットのお目当ての催《もよお》しがある第二闘技場に向かっている。

無論、その間も周囲からは奇妙なカップルとして注目の的だ。着ぐるみが目立ちすぎるし、ヤマアラシを抱《だ》いた美人も人目を惹く。彼女は、少しだけ鬱陶《うっとう》しげに周囲を見ている。

『目立たせて悪いクマ。けど、これはそっちの人選の問題クマ』

「消去法で貴方《あなた》しかいませんでしたから。……けれど、解《げ》せませんね」

『何が解せないクマ？』

シュウが問いかけると、彼女は視線を合わせずにこう言った。

「貴方は『顔を晒《さら》したくない』という理由で前回の参戦を断ったと、当時の新聞記事に書いてありましたよ。それにしては、あの雑魚《ざこ》の起こした事件の時には素顔《すがお》が見える寸前の装いで参戦していました。【破壊王《キング・オブ・デストロイ》】と判明した今も目立つことを忌避《きひ》している様子が見受けられません。発言と行動が矛盾《むじゅん》していますね」

『……そうだな』

『大規模イベントに参加して不用意に顔を晒したくない』、それはかつてシュウが戦争前に述べた言葉として伝わっている。

実際、誤りではないのだ。シュウは確かにそのような言葉を述べたし、戦争にも参加しなかった。装備破壊によって素顔がバレることを恐れていなかったと言えば嘘《うそ》にもなる。

だから、レイに対して戦争のことを話したときもそう言った。

しかし、彼が戦争に参加できなかった最大の理由は別にある。

「まぁ、私達にはどうでもいいことです。けれど、次の戦争には参加してください。そうでないと、私達の相手がいませんから」

『……だろうな』

シュウは彼女の言葉を、全面的に肯定する。隣にいる二人が、間違《まち》《が》いなく最強だから。

かつて戦った異常な強敵、〝魔法《ま》《ほう》最強〟や〝技巧《ぎ》《こう》最強〟と同格の怪物《かいぶつ》。

〈エンブリオ〉とジョブの完全なシナジー……〝ガードナー獣戦士理論〟。

最強と謳《うた》われたセオリーが生み出した最強の怪物を相手にするのならば、自分が死力を尽《つ》くさなければならないであろうことはシュウにも分かっていた。

いつしか三人は第二闘技場の前に辿《たど》り着《つ》いていた。第二闘技場は様々な団体が順番に演劇を披露《ひ》《ろう》するイベントを行っており、入り口横の看板にはスケジュールが書かれている。

『そういえば、ベヘモットは何が観《み》たいクマ』

「ヒーローショーですよ。彼女は、ヒーローショーが好きでしたからね」

シュウは過去形の言葉に少しの引っ掛《か》かりを覚えたが、追及はしなかった。

『？』

不意に、ベヘモットが何かに気付いたように駆《か》けだした。

「べヘモット？」

シュウ達がべヘモットを追っていくと、闘技場のスタッフ用の出入り口に辿りつく。

そこには幾人《いくにん》かの〈マスター〉が集まっており、彼らは一様に舞台衣装のようなものを着こんでいる。これから始まる演目に出演する者達であるのは明白だった。

しかし、彼らの表情は暗い。

「クッ、まさか土壇場《どたんば》になって銀さんがリアル食中毒でログインできないなんて……！」

「『フグを自分で捌《さば》く！』とかSNSに上げたタイミングで止めていれば……」

どうやら役者をする〈マスター〉の一人が、リアルでの急病で参加できなくなったらしい。SNSで蛮勇《ばんゆう》を発揮してしまう人間は二〇四五年にも普通にいたということだ。

「どうする、他の演目のグループに助《すけ》っ人《と》頼《たの》むか？」

「でも、あと一時間しかないぞ？　メインの代役をお願いするのは無理があるだろう」

「じゃあヒーロー側は五人でやるのはどうだ？」

「今回は六人戦隊って告知してしまっているからな……」

「このままだと公演中止か大規模な変更を……」

色取り取りの服装をした彼らは、一様にうなだれてしまった。

「彼らは……」

『たしか、〈ヒーロー倶楽部《くらぶ》〉ってクランクマ』

彼らの戦隊ヒーローに似た衣装を見ていて、シュウは彼らのことを思い出していた。

〈ヒーロー倶楽部〉とは、その名の通りヒーローショーを公演するのが目的の趣味人《しゅみじん》クランである。ティアンの子供や〈マスター〉のマニアを中心に好評を博しており、動画サイトでも人気のクランだ。

この愛闘祭でもヒーローショーを行う予定だったらしいが、聞いたとおりのトラブルに見舞《みま》われている。このままでは公演などできないだろう。

『WTF《そんなー》』

べへモットはヒーローショーが見られないことにショックを受け、ペタンと倒《たお》れこんでしまった。その様はヤマアラシというよりは小さな子供のようであった。

「べへモットが悲しんでいるので何とかしてください」

『俺《おれ》が何とかするのが前提か……』

その要請《ようせい》に対し、シュウは少しだけ思案して……。

『しょうがねえクマ』

そう言って動き出し、うなだれる〈ヒーロー倶楽部〉の面々に近づいて……こう言った。

『なぁ、良かったら俺が代役をやろうか？』

〈ヒーロー倶楽部〉の面々は、シュウの申し出に……と言うよりもシュウがいることに驚《おどろ》いた。王国の〈超級〉の一人であるし、それ以前にも着ぐるみを着ていて一部では有名人ではあったシュウだ。彼らも当然見知っている。

彼らは申し出に驚き、『台本見せてくれるか？』と言われてついつい台本を手渡《てわた》した。

シュウは今、借り受けたヒーローショーの脚本《きゃくほん》をペラペラと捲《めく》っていた。

そんなシュウを横目に〈ヒーロー倶楽部〉の面々はヒソヒソと話している。

「突然《とつぜん》の申し出だな……ありがたいが、どうする？」

「……あの人……演技できるのか？」

「だが、子供山《こどもやま》さんのゲスト出演となれば子供達は大喜びだぞ」

「話題性もあるしな。演技に問題があっても着ぐるみとあのキャラで押《お》し通《とお》せる……これしかないんじゃないか？」

「いや、いくらなんでも……」

彼らがそうして話していると、シュウは脚本をパタンと閉じた。

「何かありましたか？」

『覚えたクマ』

「……え？　あの、読み始めてまだ五分くらいですけど……」

『ヒーローショー一回分、三〇分もかからない内容だから覚えるのも難しくないクマ。ためしにページと行を指定してみるクマ』

「……じゃあ一五ページ、六行目。あ」

言ってからその指定が代役を頼《たの》むか悩んでいる六人目の台詞《せりふ》ではなく、リーダーの台詞のものであると思い出した。ゆえに彼は訂正《ていせい》しようとしたのだが、

『「――守るべき子供達がいる限り……俺達《おれたち》は絶対に負けない！」』

間髪《かんはつ》を容《い》れず台詞を述べたシュウに、〈ヒーロー倶楽部〉の面々は息を呑《の》んだ。

それはたしかに指定の行に書いてある台詞であり、シュウは自分が担当するつもりだった六人目以外の台詞まで記憶《きおく》していた。

しかしそれ以前に……あまりにもシュウの演技が凄《すさ》まじい。

見た目は動物の着ぐるみだというのに、その気配は正義のヒーローそのものだった。

〈ヒーロー倶楽部〉には、リアルでは役者の卵をしている者もいる。

だからこそ、シュウの演技力のレベルの高さが一目で理解できた。

『さて、開演までの残り時間は五〇分弱。一回はアクション込みでリハしておきたいから、早速《さっそく》取り掛かりたいクマ』

「は、はい！」

そうして、シュウを加えた〈ヒーロー倶楽部〉は公演の練習を開始した。

『…………』

「良かったですね。ヒーローショーは見られそうですよ」

そんな彼らの様子をベヘモットはどこか楽しげな瞳《ひとみ》で見つめていた。

ベヘモットを抱える女性は、ベヘモットの様子に少しだけ嬉《うれ》しそうだった。

『それで、衣装はどうするクマ？　着替《きが》える必要があるなら』

「あ、それならこの《着衣交換《こうかん》》のアクセサリーを装備してください」

この着ぐるみのままで出ていいのかと尋《たず》ねたシュウに、メンバーは機械式のブレスレットのようなものを渡《わた》した。

「『変身』と宣言すれば衣装がヒーロースーツに切り替《か》わります」

『そりゃ便利クマ』

ヒーロースーツの出来はシュウから見ても品質が高いものだった。その出来に、ヒーローショーに対して彼らがどれだけ本気で打ち込んでいるのかも伝わってくる。

『変身ポーズはあるクマ？』

「私達の公演での変身ポーズは、過去の戦隊ヒーローのものを使わせてもらっています。

ティアンの子供に歴代ヒーローの格好《かっこ》いい変身ポーズを見せるためと、特撮《とくさつ》ファンにニヤリとしてもらうためですね。あ、子供山さんも何かお好きな戦隊のポーズがあったら、それで変身してくださって大丈夫《だいじょうぶ》です。なければ幾《いく》つかお伝えしますが」

『それなら慣れてるのが一つあるからそれにするクマ』

「分かりました。……慣れてる?」

赤担当の役者は首をかしげるが、それに構わずシュウは変身ポーズをとる。

手を振り、足を上げ、回転を交えながらの決めポーズ。

まるでプ、ロ、の、実、演、の、よ、う、に、シュウはメリハリの利《き》いた鮮《あざ》やかな動きで変身ポーズをやってみせた。

「おお、航海戦隊クルーズファイブの追加メンバー、クルーズゴールドの変身ポーズですね。バッチリです。他のメンバーとも被っていませんし、それでお願いします」

『了解《りょうかい》クマ』

かつてクルーズゴールドの変身前を演じていたのは子役俳優だった。

そのため、巨大《きょだい》なクマの着ぐるみがそのポーズをとることに驚きはあったが、それでも問題ないほどの完成度の高さだと赤担当は太鼓判《たいこばん》を捺《お》した。逆に面白《おもしろ》いとも考えた。

しかし、シュウと旧知の仲であるレイレイがいれば、別の面白さも理解しただろう。

なぜなら、クルーズゴールドを演じた子役俳優とは……シュウ自身なのだから。

かつて、天才子役とも称《しょう》されたシュウ……椋鳥修一《むくどりしゅういち》が演じた役でも特に有名なものだ。

ゆえにこれは本人による実演であったが、まさか時を経た本物のクルーズゴールドが変身ポーズを実演しているなどとは流石《さすが》に〈ヒーロー倶楽部〉の誰も考えなかった。

シュウの方は、「ずっと昔にやったきりなのに、体は覚えているものだな」と内心では思っていた。

『――――』

しかし、その様子を見ていた彼女達だけは、それまで浮かべていた喜びとは別の感情をその目に浮かべていた。

リハーサルで全体の動きを確認した後、シュウ達は本番に臨《のぞ》んだ。着ぐるみ姿のシュウの登場に会場からは驚きの声が上がったが、それは次第《しだい》に〈ヒーロー倶楽部〉、そしてシュウの演技力によって純粋《じゅんすい》にヒーローショーを楽しむ声へと変わっていった。

そうしてシュウが緊急《きんきゅう》登板したヒーローショーは、大成功を収めたのだった。

◇

ヒーローショーが終わると、景色は既に夕暮れになっていた。それでも祭りの賑わいは続いているが、シュウ達はそうした喧騒《けんそう》から少し外れた人気《ひとけ》のない道を通っていた。

公演の後の打ち上げにも誘われたが、シュウはそれを辞している。

『ふー。くったくたクマー』

シュウはそう言って、着ぐるみの表面に浮かぶはずもない汗を拭《ぬぐ》う仕草をする。

シュウの腕《うで》の中にはベヘモットがいた。ベヘモットを抱いていた彼女《かのじょ》が「お疲《つか》れでしょうから、飲み物でも買ってきますよ」と言ってシュウに預けていったのだ。

『ヒーローショー、楽しめたクマ？』

『……yes』

ベヘモットは本心から、ヒーローショーを楽しんでいた。

けれど、楽しみ以外の感情が……人と違う目に見《み》え隠れする。

シュウもそれを察し、尋ねる。

『どうかしたのか？』

クマの着ぐるみがヤマアラシに問いかけるその光景は、ともすればひどくファンシーなものであったかもしれない。

だが、ベヘモットはヤマアラシそのものであるかのように、人の言葉に応えなかった。

「お待たせしました」

丁度そのとき、両手にジュースのカップを持って彼女が戻《もど》ってきた。

彼女が近づくと、ベヘモットはシュウの腕の中からひょいと飛んで、彼女の頭の上に乗った。彼女も慣れているのか、その動きで体幹を揺《ゆ》らすこともない。その間もベヘモットは無言であり、先ほどのシュウの問いかけに答えるつもりはないようだった。

「はい。貴方の分です」

シュウはそんなベヘモットの様子を見ていたが、彼女が左手に持っていたジュースを手渡してきたので右手でそれを受け取る。

シュウはそのクマの手で器用にカップを掴《つか》んだ。

けれど次の瞬間《しゅんかん》、彼女の方が右手に持っていた自分のカップを落としてしまい、

——貫手《ぬきて》の形にした右手を、シュウの心臓へと突《つ》きこんでいた。

一秒の後、周囲には零《こぼ》れた果汁《かじゅう》の匂《にお》いと……飛び散った血から香《かお》る鉄錆《てつさび》の匂いが流れた。

それは……シュウではなく彼女自身の血だった。

貫手は砕《くだ》かれ、彼女の指は圧《へ》し折《お》れて皮膚《ひふ》を破り、血を地面へと零している。

彼女の右手は、シュウの左拳《こぶし》と正面から激突《げきとつ》していた。

不意打ちを読んでいたシュウが、己の拳打を貫手の軌道《きどう》に置いたのだ。

彼女の右手が砕けているのはその結果だ。【破壊王】にして最大のＳＴＲを誇《ほこ》るシュウの拳とぶつかったのだから当然といえる。

逆を言えば、最大のＳＴＲを誇る【破壊王】シュウ・スターリングの拳打と打ち合って、相殺《そうさい》の果てに指が折れる程度で済むほどに彼女の攻撃力《こうげきりょく》は高く、耐久力《たいきゅうりょく》も優《すぐ》れていた。

超級職《スペリオル・ジョブ》であろうと、耐久型《たいきゅう》でなければ最低でも手首から先が消し飛ぶというのに。

『どういうつもりだ？』

シュウは、普段の道化《どうけ》ぶりの欠片《かけら》もない声音《こわね》でそう問いかけた。

「そうですね。一言で言えば確認《かくにん》です。今の私が行う、この程度の不意討《ふいう》ちで殺される器《うつわ》でないかという最終確認です。結果はご覧のとおり。安心しました」

『…………』

「貴方はずっと『私達が貴方を殺しにかかるかもしれない』と考え続けてくれていたようですね。貴方の上辺の態度には少しの心配と多大な苛立《いらだ》ちを持っていたのですが、私の目が節穴で――本当に良かった」

何が嬉しいのか、彼女は笑う。

口角を上げて笑うその様は、寸前までの涼《すず》しげな容貌《ようぼう》など見る影《かげ》もなく。あたかも人間の振りをしていたバケモノの、化けの皮が剥《は》がれ始めているかのようだった。

彼女と相対しながら、シュウは左手の紋章《もんしょう》からバルドルを呼び出す準備をする。

最悪、このギデオンを舞台《ぶたい》に再び〈超級激突《ちょうきゅうげきとつ》〉が……かつて起きた戦いを凌駕《りょうが》する恐《おそ》るべき闘争《とうそう》が始まるだろうとシュウは考えた。

ここで不意討ちへの返礼を行えば、それは確実となるだろう。

だから、まだシュウは攻撃《こうげき》を仕掛《しか》けない。

しかし、相手がここで始めるつもりならば、応じるより他に選択肢《せんたくし》はない。

『最終確認、ってのはどういう意味だ？』

シュウは相手の動きに細心の注意を払《はら》いながら、相手の意図を探《さぐ》るために問いかけた。

「実を言えば、昨日に指令が下りました。私達は皇国に引き上げます」

『……何？』

しかし、その返答は……シュウも予想だにしないものだった。

「ご安心を、ここではもう何もしませんよ。今日のデートと先ほどの一撃《いちげき》は、思い出作りとでも思ってください」

指令が下って、撤退《てったい》する。それ自体は不思議ではない。

彼女達《かのじょたち》がギデオンにいたのが、皇国の指示であることは明白だったのだから。

だが、なぜこのタイミングで、何もせずに去るのかという疑問はある。

何のために、今まで残っていたのか。

「さて、それでは私とベヘモットはこれでギデオンを去ります。古典的な言い回しですが、次に会《し》う《あ》ときが楽しみですね。……おや？　……ああ、そうでした」

頭の上のベヘモットを腕に抱こうとして、右手の指が折れていることを思い出した。

彼女は腰《こし》に結《ゆ》わえていたアイテムボックスから回復薬のアンプルを取り出し、親指で蓋《ふた》を弾《はじ》き開けて嚥下《えんげ》した。

すると右手の骨折はすぐさま完治したが、《鑑定眼《かんていがん》》で見ていたシュウは気づく。

今飲んだのは特別な薬品ではない。ＨＰを割合で回復する薬品。市販《しはん》もされており、最大ＨＰの五％程度という微々《びび》たる治療《ちりょう》しかできない下級の回復アイテムだ。

そんな薬で……シュウの拳とぶつけ合った右手が完治していた。

その意味が分からないシュウではない。眼前の相手は……伝説級さえも一撃で葬《ほうむ》るシュウの一撃でその程度にしか傷を負わなかったのだ。

これに正面から勝とうとすれば、必殺スキルを用いるしかないだろう。

それは、かつての【グローリア】との最終決戦の再来。どう足掻《あが》いても大惨事《だいさんじ》になる。

朝から頭を悩《なや》ませていたハンニャの一件どころではない。

いずれの戦いは避《さ》けられないだろうが、今この街ですべきではない。

ゆえに、彼女が言うように「次に会ったときに殺し合う」選択《せんたく》をするしかない。

だが……シュウは背を向けようとした彼女を呼び止めた。

『一つだけ聞かせろよ』

「内容次第ですが構いません」

『お前達、何でギデオンに居座《いすわ》ってた？』

先刻抱いた……あるいは彼女達がギデオンに姿を現してからずっと抱いていた疑問。

『最初は何かの契機《けいき》……例えば第一王女の来訪を機に動くのかと考えていた。だが、お前達に動く気配はなかったし、あまつさえこのまま皇国に帰ると言う。結局、この一ヶ月《かげつ》以上をギデオンでブラブラしていただけだろう。この潜伏《せんぷく》で、何がしたかったんだ？』

「……フゥ」

彼女は、何かつまらないことでも思い出したかのように溜《た》め息《いき》をつき、言葉を続けた。

「同じですよ。貴方と」

『……なるほどな』

短く、それだけでは意味が伝わらない言葉だが……シュウはそれで理解できた。

そして、シュウの理解を保証するように、彼女はこう言葉を繋げた。

「貴方、動けなかったでしょう？」

そう言う彼女の顔は先ほどまでの狂笑がなりを潜《ひそ》め、ひどく冷めていた。

「あの弱者《フランクリン》が王国にテロを仕掛けて失敗しましたからね。今度は王国側が報復を仕掛けてくるかもしれないと警戒《けいかい》するのは当然の判断でしょう？　そして、報復攻撃を実行するのは〈超級〉……広域殲滅《せんめつ》型の〈超級〉である貴方か、広域制圧・殲滅型の【女教皇《ハイプリエステス》】……〈月世の会《げっせい》〉である可能性が高いのは言うまでもない」

『……そうだな』

「ですが王国と〈月世の会〉の協力関係は未《いま》だ薄弱《はくじゃく》。だから最も警戒するべきは貴方です」

シュウは他にレイレイの顔が思《おも》い浮《う》かんだが、『そもそもログイン自体が不定期だからマークのしようがないだろうな』と考えた。

『俺にテロをやる気がなかったら、大戦力を浮かせただけじゃないのか？』

「浮いていませんよ。重石《おもし》です」

『……重石？』

「貴方は私達を注視して、ギデオンから出ることすらほとんどなかった。強《し》いて言えばあのルーキーに特訓の指示をしたときくらいでしょうか」

それは事実であり、シュウはほとんどの時間、ギデオンに詰《つ》めていた。扶桑月夜《ふそうつくよ》にレイが誘拐《ゆうかい》されたときも動けなかったほどだ。

それも全《すべ》ては、【獣王】を警戒してのことだが、それが齎《もたら》した結果は……。

「貴方はギデオンを出られず――弾薬《だんやく》素材を集める余裕もなかった。違《ちが》いますか？」

『…………』

シュウはその問いに沈黙《ちんもく》で返すが、それは図星と言っていい推測だった。

「何時《いつ》何時《いつ》だろうと全力で戦える私達と、貴方は違う。貴方の広域殲滅火力はあの弱者《フランクリン》のモンスター製造と同じで、外部の資源リソースがなければ最大火力を発揮できない。ですが私達がいたために、貴方は高レベルモンスターの生息域に希少素材集めに出向くことが出来なかった。市場に出回る素材を買うしかない。けれど、それもベテランの〈マスター〉が減少した王国では流通量が限られている。さて、貴方の弾薬備蓄《びちく》は今後発生する戦争を戦い抜《ぬ》けるだけの数を保てているでしょうか？」

答えは、厳しいものだ。バルドルの残弾は少ない。フランクリンとの戦いと同じ規模で使えば、三度もつかどうかといったところだろう。

あのフランクリンとの再戦、そしてフランクリンよりも簡易に軍勢を作り上げる【魔将軍《ヘル・ジェネラル》】がいる状況《じょうきょう》で、三という回数はあまりに余裕がない。

『……お前の方はもう少し脳筋だと思っていたんだがな』

「否定しません。小賢《こざか》しいことを考えるより、この力で踏《ふ》み潰《つぶ》した方が話は早い。だからこれは私達ではなく、皇王の立てた戦略です。私達はあの事件の後、ここに住んでいればいいと言われただけですからね。昨日、通信で理由を聞くまで知りませんでした」

『……なるほど』

してやられた、と言うよりは仮に分かっていても詰まされるしかなかった状況だ。

もしも【獣王】を無視して素材集めに動いていれば、皇王は【獣王】達に指示を与《あた》え、ギデオンで第二の大規模テロ事件を起こしていたかもしれないのだから。

狡猾《こうかつ》なのは昨日までベヘモット達も事情を知らなかったことだ。情報を遮断《しゃだん》し、シュウが察してどうにか裏をかくことさえも封《ふう》じている。

しかもこの動きを、恐らくはフランクリンとの戦いでシュウが正体を明かしてすぐに立てていたというのだから、今の皇王は相当に性質《たち》の悪い手合いだとシュウは実感した。

「私達と戦うのに全力が出せない、というのも困りもの。ですがどの道、あの【グローリア】を倒したという貴方の必殺スキルは、弾薬素材などなくても使えるのでしょう？」

『……そうだな』

バルドルの必殺スキルである《無双ノ戦神《バルドル》》は弾薬《だんやく》ほど資源リソースに制限があるわけではなく、それは正しかった。個人戦闘《せんとう》型としてならば、ほぼ全力を維持《いじ》できるだろう。

「ならば構いません。私は、貴方と純粋な力の闘争が出来ればいいのですから」

『さっき不意討ちで殺しにかかっただろう』

「ですから、あれは貴方が闘争以前の相手でないかの最終確認です。あそこであっさり殺されるような相手は敵ですらない……ただの小石なのだから」

彼女はまたも笑うが、今度は酷薄《こくはく》な微笑《びしょう》でも、怪物の狂笑でも、乾《かわ》いた笑いでもない。

ただ純粋に、嬉しげな笑顔《えがお》だった。

「——やはり貴方は私達の敵に相応《ふさわ》しかった」

そう言い残して、ベヘモットを抱いた彼女はシュウに背を向けて去っていく。『今日の話はこれで終わり。あとは戦場で殺し合うだけです』、と彼女の背中が告げていた。

ベヘモットは何も言わないまま、彼女の腕の中から後ろを……シュウを見ていた。

シュウもまたそんな彼女達の姿を目で追って、……あることを思いだした。

『悪い。もう一つだけ聞きそびれていたことがある』

「……なんでしょう？」

言いたいことは言い終えていた彼女は、少しだけ不機嫌《ふきげん》な顔をしながら振り向《む》いた。
そんな彼女に、シュウは……今まで失念していたことを問いかける。
『俺、まだお前の名前を聞いたことがなかったよな?』
この一ヶ月以上の間、世間話くらいはしていたというのに。
ベヘモットを抱く彼女の名前を、シュウはまだ知らなかった。
「手の内をバラすほど私達は愚《おろ》かではありませんから」
彼女はそう言って、返答を拒否《きょひ》しようとしたが。
『NP《もんだいないよ》』
「……そうですね。長い付き合いでしたし愛称《あいしょう》くらいは教えましょう」
ベヘモットに促《うなが》され、自分で述べた言葉を即座《そくざ》に翻《ひるがえ》して問いに答える。
「私はベヘモットからはレヴィと呼ばれています。ゆえに、貴方もそう呼べばいい」
『レヴィ……か。ベヘモットと、レヴィ。……なるほど、似合いだ』
その愛称だけで全てを察したように、シュウは呟《つぶや》いた。
レヴィと名乗った彼女は踵《きびす》を返し、今度は何も言わずに立ち去っていく。
そんな彼女の腕の中から顔を出したベヘモットは、後方のシュウを見ながら。
『またね、クマさん』

そんな風に、人に通じる言葉で別れを告げた。

「ああ、またな――【獣王《ベヘモット》】」

シュウもまた、彼女に別れを告げた。

シュウと別れた後、ヤマアラシを抱えたレヴィが夕暮れの〈ネクス平原〉を北上していく。速度は音速を超《こ》えており、暗くなっていく視界も相まって人の目には留《と》まらない。

彼女はヤマアラシを守るように抱きかかえ、けれど超音速《ちょうおんそく》で走り、時折前方に現れる障害物《モンスター》を意に介《かい》さずぶつかって塵《ちり》に変えながら、皇都を目指して駆けていた。

「ベヘモット。この姿では全速力の半分も出せませんが、それでも明日の朝までには余裕を持ってヴァンデルヘイムまで帰れますよ」

彼女の腕の中のベヘモットは道中もずっと無言だったが、……不意にポツリと呟いた。

『……クルーズゴールド』

今は二人きりで周囲に人影《ひとかげ》もなかったので、その言葉は鳴き声――〝意図的にアルファベットで発音したスラング〟ではなく……人間のそれだ。

『あの変身ポーズ、お父さんみたいだったね』

「……そうですね、記憶にあるものと似通っています」

レヴィは、ベヘモットと共有する記憶を思い返し、確かにかつて彼女が見たものとシュウがヒーローショーで行ったものは酷似《こくじ》していると判断する。

もっとも、動きは同じでも役者は違ったが。

『なつかしくて、うれしい』

「ベヘモットが喜んでいるのなら、私も嬉しいですよ」

『けれど、ちょっとさびしくて……かなしいことも思い出した』

「分かりました。あのクマは次に会ったときに必ず殺します」

ベヘモットの問いかけに、レヴィは優《やさ》しげな微笑《ほほえ》みと共に頷《うなず》く。

そして、己《おのれ》の左手の甲の紋章――《紋章偽装》を消しながら、宣言する。

「――【怪獣《かいじゅう》女王　レヴィアタン】は、ベヘモットの全てを守るために生まれたのだから」

【獣王】達《たち》は、何事も起こさないまま潜伏地であるギデオンを去った。

けれど、彼女達も、彼女達を見送ったシュウも確信していた。

お互《たが》いの力をぶつけ合う日は……そう遠くはないのだと。

第五話 獅子と爆弾

□【煌騎兵《プリズム・ライダー》】レイ・スターリング

「やはり服ではないかのぅ」

「でも今後を考えると防具の方がいいんじゃないか?」

ネメシスの発案で俺の普段着《ふだんぎ》を買うことになったので、俺達は商店の並ぶ四番街に訪《おとず》れていたが、いざ服を選んで購入《こうにゅう》という段になって一つ問題があった。

それは防具として買うか、服として買うかという問題だ。

デンドロではリアルとは違い、服はファッションだけでなく戦闘において命を守る防具としての役割も担《にな》っている。そうした類《たぐい》の防具は、モンスターのドロップなどから生産した装備補正の高いものとなっている。ただし、その利点ゆえに無骨気味な服が多い。

反面、ファッションとしての服もあり、そちらはオシャレなバリエーションも豊富だ。

ただし、防具としては意味がないものがほとんどだ。

着て戦うことも考えるなら防具、あくまで街中でのファッションに絞《しぼ》るなら服になる。

「……やっぱりこのままでもいいんじゃないだろうか？」

「御免被《ごめんこうむ》る。御主《おぬし》とて街中での反応くらい覚えておろうが」

たしかにそれを言われると否定もしづらい。今朝方も衛兵に呼び止められたし。

どうしたものかと悩んでいると……。

「あ、レイさん。おはようございます！」

「あれ？　ルーク？」

通りの向こうから今日は霞《かすみ》とデートをしているはずのルークが姿を現した。

はて、まだ待ち合い時間ではないのだろうか？

「ルーク。霞とのデートは？」

「それが……明日に延期になりました」

話を聞いてみると、霞がリアルで風邪《かぜ》を引いて寝込《ねこ》んでいる最中なのだとか。数日前から罹《かか》っていたそうで、何とかデートまでに治そうと頑張《がんば》ったけれど駄目《だめ》だったらしい。

けれど少しずつ容態は良くなっているので、こちらの時間での明日……リアルで半日ほど経《た》って具合が良くなっていればデートをすることになったそうだ。それでも治っていなければ、また延期である。

まぁ、こういうこともあるだろう。リアルにはこっちみたいに状態異常をポンと治せるアイテムや魔法はないのだから。

あれ？　でも昔、姉が誰《だれ》かと……まぁ、きっと気のせいだろう。

「それで予定が空いてしまったので、久しぶりに四番街のお店や女衒《ぜげん》ギルドに顔を出そうと思っていたんです。レイさん達は？」

「ああ。昨日の件についての話は済んだよ。今は普通《ふつう》に買い物だ」

「レイの服選びだの」

「服選びですか、なるほど、なるほど！」

今の「なるほど！」はどういう意味だろう。

「納得《なっとく》しただけですから他意はありません」

「そうか……。だけど、その服選びでちょっと悩んでいてな」

服の購入に際して行き当たった『性能を優先するか、デザインを優先するか、あるいはこのままでいいんじゃないか』問題について話すと、ルークは首を傾《かし》げてこう言った。

「普通の服を買って、《着衣交換》スキルが付いたアクセサリーを使えばいいのでは？」

「《着衣交換》？」

初めて聞くスキルの名前だったので、ルークに鸚鵡《おうむ》返《がえ》しに尋ねた。

ルークによると、《着衣交換》とは現在装備してあるものとアイテムボックス内のアイテムを紐《ひも》づけし、装備を付《つ》け替えることが出来るスキルらしい。《瞬間装備》や《瞬間装備》と似通っているが、あれがアイテムボックスのものを即座に選択して装備できるのに対し、こちらは紐づけしてペアとなった装備同士の装備交換となる。ペアになった装備を一括《いっかつ》で交換できるが、代わりにその場に合わせた装備変更《へんこう》はできないという感じだ。

また、《瞬間装着》と違い、数秒程度の待機時間が生じるらしい。

ゆえに戦闘中に必要に応じた装備変更をするなら《瞬間装着》、戦闘に備えて非戦闘用の装備から戦闘用に切《き》り替える場合は《着衣交換》が好まれるらしい。

余談だが、兄の着ぐるみや先輩《せんぱい》の【撃鉄鎧《げきてつがい》】のように全身一括装備の場合は《瞬間装着》でも変わらない。

「演劇の衣装替《いしょうが》えなどでもよく使われているそうですよ」

「へー。ヒーローショーとかで使えそうだな」

ともあれ、ルークのお陰《かげ》で悩み事《ごと》は解決した。

《着衣交換》で装備を切り替えることにして、普通に服を購入しよう。

装備変更までのタイムラグが気になったが、《カウンター・アブソープション》や【ブローチ】でそのくらいの時間は稼《かせ》げるだろう。

俺達は服屋に買い物に行くことにし、女衒ギルドに挨拶《あいさつ》に行くというルークと別れた。

さて、服屋に来てみたが店内の様子はリアルの服屋と然程《さほど》変わらない。

魔法《まほう》式の灯《あか》りがあって店内は明るいし、多くの服がハンガーにかかって吊《つ》るされている。

バリエーションも豊富だ。これなら自由に服を選ぶ楽しみもあるだろう。

「のう。自由に選べるのに、何故《なぜ》黒系や赤系ばかりピックアップしておるのだ？」

「……無意識だった」

気がつくとそういったカラーの衣服を選択している。好みなのかもしれない。

だがあまりそっち系の色でまとめると今の格好と色合いが大差ないものになってしまう。

「そういえば、手甲《てっこう》はどうする？　ペアにする装備が必要だが」

「手袋《てぶくろ》か何かを装備して紐づけしようかな。こんな感じで」

「……御主。今、ナチュラルに指ぬきグローブ取ったな」

「…………無意識だった」

結局、手袋については保留にして、衣服はネメシスが選んだものにした。

センスは良いが奇抜《きばつ》過ぎず、普段使《ふだんづか》いするにも丁度良さそうなものだ。

店内で服と一緒《いっしょ》に《着衣交換》スキルのアクセサリーも売っていたので合わせて購入す

る。紐づけも行ったので、戦闘に突入《とつにゅう》すればすぐに元の格好にも戻れるだろう。

そうして、俺《おれ》の衣替《ころもが》えは完了《かんりょう》した。

「まともな格好だの。うん、実にまともだ。まともだ……」

「ネメシス。何でお前は今にも泣きそうな顔で『まとも』を連呼してるんだ？」

「御主には絶対に分からぬ。御主がどんな格好でも傍《かたわ》らに立つ私の気持ちはな！」

前のも少し黒くて怖《こわ》くて格好良いだけで変な格好ではなかっただろうに。

「……レイ。自分がケモミミ女装眼鏡になった光景を想像してみろ」

「何で俺の嫌《きら》いな服装トップ3をくっつけてるんだ。想像するだけで胃が痛くなるぞ」

「ベクトルは違うが私の心労も似たようなものだ」

「それほど⁉」

なぜそこまで精神的に追《お》い詰められているんだネメシス……、ん？

「あれは……」

会話の最中、通りに面した店の一つから見覚えのある装いの人物が姿を現した。

まるでライオンのような着ぐるみは、かつて一度だけ中央大闘技場《だいとうぎじょう》の控《ひか》え室《しつ》で見たもの。

そう、その店――アクセサリーショップから出てきたのはフィガロさんだった。

どうやら買い物の後であるらしい。

「もうログインしてたのか。でも、アクセサリーショップ?」

そのアクセサリーショップをよく見ると、店頭の張り紙には「【救命のブローチ】特価四八〇万リル。限定一〇個」と書かれている。なるほど、装備の補充《ほじゅう》に来たのか。

『おや、レイ君』

「どうも、ご無沙汰《ぶさた》しています」

と、俺が見ていることに気づいたのか、フィガロさんが振《ふ》り向いて話しかけてくれた。

『ギデオンに戻ってきていたんだね。その服は……お忍《しの》びかな? 有名になったからね』

「あはは、まぁ……そんなところです」

装備を変えた後、確かに向けられる視線は減った気がする。だが、着ぐるみを着てまでお忍びしている人に「お忍びかな?」と言われても、若干《じゃっかん》反応に困ってしまう。

「……えっと、フィガロさんはどうしてここに?」

『少し準備するものがあってね』

「兄貴からは明日までログインできないって聞いてたんですけど」

兄の方もフィガロさんと件《くだん》のハンニャ女史のログインが明日だと考えて、被害《ひがい》を抑《おさ》える準備をしているはずなのだが……。

『ああ。予定よりも大分早く検査が終わったから、明日の準備をしようと思ってね。明日の朝でも良かったのだけど、直前にあれこれと準備するのも考え物だからね。っと、そういえばシュウからハンニャの話は聞いてるかな？』

「はい。えっと……ハンニャという人がやって来ていて、明日会うことになっている、と」

『うん。僕《ぼく》がしているのもその準備だよ』

致死《ちし》ダメージを無効化する【ブローチ】の購入が、準備？

少し考えて、納得した。

兄の話では、フィガロさんはハンニャ女史との決闘《けっとう》をとても楽しみにしているらしい。

しかし、兄が目撃《もくげき》したハンニャ女史の〈超級エンブリオ〉は全長一キロにも達する超巨《ちようきよ》大《だい》なもの。フィガロさんが決闘しようと思っていても、闘技場に入るわけがない。

ならばどうするかと言えば、『屋外で【ブローチ】をつけて壊《こわ》れたら負け』というような天地《てんち》式の野良《のら》試合に近い決闘しか出来ないのではないだろうか。

……フィガロさんの方は完全に明日の〝決闘〟のための準備を進めている。そんなことを〝結婚《けつこん》〟するつもりで来ているだろう相手に話せば……血の海は避けられないだろう。

ああ、もう……明日までに兄が何か解決策を講じてくれることを期待するしか……。

『…………ん？』

そのとき、唐突《とうとつ》にフィガロさんが空を見上げた。

「フィガロさん？　どうかしたんですか」

『…………』

フィガロさんは無言のまま、着ぐるみ越《ご》しに空へ目を凝《こ》らしている。

空に何か浮かんでいるのだろうかと、俺もつられて空を見上げようとする。


「――フィガロ？」


そのとき――後ろから声がした。

耳に届くその声に――なぜか寒気と共に背筋が震《ふる》えた。

振り返《かえ》ってみれば、そこにいたのは……普通の女性だった。

少し癖《くせ》のついたダークブラウンの髪《かみ》に、和風の顔立ち、既製品《きせいひん》の衣服装備。

特に目立った特徴《とくちょう》がない、むしろ〈マスター〉の中では地味な範疇《はんちゅう》だ。

隣《となり》にいる金髪《きんぱつ》で天使のような容貌の少年の方がよほど目立つ。

だが、感じる。かつて闘技場で迅羽《じんう》相手に感じたような威圧《いあつ》が、そして昨日カシミヤ相手に感じたような悪寒《おかん》が……その人物にはあった。

半ば確信する。彼女こそ、兄が問題視していたハンニャ女史であろう、と。

ああ、考えてみれば当然か。フィガロさんが早めにログインすることがあるなら……それは相手だって同じことになる可能性はあったのだろうから。

……それにしたってどうしてここで鉢合《はちあ》わせるんだよ!!

『この状況……まずいのではないかの？』

ネメシスの言葉に内心で同調するが、身動きは取れない。

そうしている間に、フィガロさんが装備を普段《ふだん》のものに変えて挨拶した。

「やあ、ハンニャ。ギデオンへようこそ、やっと会えたね」

お忍び用の装備なのに、あっさりとそれを外してしまった。

……そういえば、着ぐるみを着ていたのになぜハンニャ女史にはわかったのだろう。

まさか、フィガロさんの声で分かったのか？

兄の話ではコミュニケーションは文通オンリーで、直接会話したのは出会ったときに一度だけ。しかも、こちらの時間で三年以上前に一度だけなのに？

「フィガロ！　会いたかったわ！」

ハンニャ女史はそう言って、フィガロさんに抱《だ》きついた。

あまりにも直接的な求愛表現だが、フィガロさんに慌《あわ》てる様子はなく抱き返している。

ああ、そっか。欧米《おうべい》の人だもんな、フィガロさん。ハグくらい普通だったわ。

「直接顔を合わせるのは三年ぶりくらいかな？」

「本当、もうこちらではもうそんなに経つのね。ふふふ、お互い顔は変わってないわね」

フィガロさんは嬉《うれ》しそうで、ハンニャ女史も微笑んでいる。それ自体はとても心温まる光景だが、俺の心中は警鐘《けいしょう》が鳴《な》り響《ひび》いてそれどころではない。

兄よ、早く来てくれ！　それか迅羽……いっそ女化生先輩《おんなけしょう》でもいい！

『よっぽどだの』

よっぽどだよ！　時限爆弾の前から避難《ひなん》できないみたいな状況だぞ！

「レイ君、紹介《しょうかい》するよ。彼女が僕のガールフレンドのハンニャとその〈エンブリオ〉のサンダルフォンだ。ハンニャ、彼《かれ》はシュウの弟で、僕の決闘仲間のレイ。隣にいるのは彼の〈エンブリオ〉のネメシスだ」

「まあ、あの着ぐるみの。お兄さんにはお世話になったわ。ハンニャよ、こっちは」

「はじめまして。ぼく、サンダルフォンです」

「……どうも、レイ・スターリングです」

逃《に》げるタイミングもないまま紹介されてしまったので、挨拶を返した。

……それ以前に、もしもこの場で二人の戦いが始まってしまうのなら、周囲の被害を抑えるために動かなければならないから、どの道逃げられないか。

被害拡大するとアズライトとギデオン伯爵《はくしゃく》の胃に穴が空きそうだし。

「私はネメシスだ。メイデンの男性版とは珍《めずら》しいのぅ」

「ええ。ぼくも女性版のアポストルは珍しいと思います」

「「…………」」

ネメシスよ、何でそこで「対抗《たいこう》してます」みたいな空気出してるんだ。

「フィガロ。今日はこれから時間あるかしら？」

自己紹介《しょうかい》が済んだ後、ハンニャ女史がフィガロさんを食事に誘《さそ》った。

彼女《かのじょ》のアプローチに対しフィガロさんは……首を振った。

「今日は……ごめん。この後に行くところがあるんだ」

その回答が引き金になってしまうのではという俺の懸念《けねん》は、

「そう。夕食を一緒にしようと思ったけれど、仕方ないわね」

すんなりと引いたハンニャ女史によって払拭《ふっしょく》された。

ハンニャ女史が激高する様子は欠片もない。想定より落ち着いた人だな……。

「でも明日は時間があれば一緒にお祭りを回りたいわ。式場の下見もあるし」

……何の下見って言った？

だが、その言葉が聞こえなかったのか、あるいは聞いていても気に留めなかったのか、

フィガロさんは笑顔で頷いた。

「うん。明日のお昼前から一緒に回ろう。元々、ギデオンを案内するつもりだったしね」

「ありがとう！　今から楽しみにしているわ」

二人の間の空気はとても良い。フィガロさんがアプローチを回避《かいひ》し続けているが、ハンニャ女史が気を悪くした様子もない。このまま、今は何事も起きずに終わって欲《ほ》しい。

「喜んでもらえて嬉しいよ。ああ、そうだ。ハンニャ」

などと、俺が考えた時……。

「何かしら？」

「明日、僕と決闘してほしい」

フィガロさんは明るい声音で――言葉の爆弾を投下した。

「……ちょッ⁉」

フィガロさんの放った殺し文句（※物理）に動揺《どうよう》する。

夕食の誘いを断られ、式場の話をスルーされ、反対に相手から出てきた言葉は「決闘しよう」。こんな話、普通の女性でも怒《おこ》りそうなものだ。

そして彼女が伝え聞いている人物像の通りならば、瞬時《しゅんじ》に爆発《ばくはつ》する。

ゆえに俺は、この瞬間《しゅんかん》に大破壊《だいはかい》を伴《ともな》う修羅場《しゅらば》の発生を予感したが……。

「ええ。いいわよ」

ハンニャ女史は笑顔のまま、あっさりと「決闘」の申し出を受けたのだった。

「ありがとう！　明日が楽しみだよ！」

「ふふふ、フィガロったら子供みたいに喜んで」

嬉しそうなフィガロさんとそれを微笑ましそうに見ているハンニャ女史。

……あれ、なんか事前情報と全く違う。

「あの、いいんですか……決闘」

あまりにも想定外だったため、ついつい声に出して聞いてしまった。

けれど、ハンニャ女史はそれに気を悪くすることはなかったらしい。

「いいのよ。フィガロが決闘大好きなことは文通でよく知っているもの。フィガロが喜んでくれるなら私もうれしいわ」

そう言って、ハンニャ女史……ハンニャさんはフィガロさんを愛《いと》おしそうに見ていた。

……何だか兄達の話と印象違うな。趣味《しゅみ》に理解がある良いお嫁《よめ》さんみたいな人だ。

「あなたもフィガロの決闘仲間なんでしょう？　ありがとうね、彼と一緒に遊んでくれて」

「いいえ、俺の方が教わってばかりで……。いつもお世話になってます」

「うふふ。何だか私がフィガロの保護者みたいね！」

『……対応が凄《すご》く柔《やわ》らかいのぅ』

全くだ。……兄達が物騒《ぶっそう》に考えすぎていたのか、出所するまでの間に丸くなったのか。

何にしろ、大惨事が起きそうにないので安心した。決闘の問題さえクリアしてしまえば、この案件はもう不発だったようなものだ。きっと爆発することはないだろう。

「……あら。リアルの方で電話の着信があったみたい」

ハンニャさんはアナウンスが表示されたのか、そう言ってウィンドウを操作した。

「とてもとても名残惜《なごりお》しいけれど、私はここでログアウトね。フィガロ、明日は本当に楽しみにしているわ。二人の未来のためにも、大事な一日なるはずだもの」

「うん。僕も楽しみだよ」

二人は和《なご》やかに言葉を交《か》わし、もう一度ハグをして、ハンニャさんはログアウトした。

「……優しそうな人でしたね」

「彼女はとても優しいよ。僕も、彼女との文通で支えられたことは多いかな」

そう言うフィガロさんの顔はとても朗《ほが》らかなものだ。

どうやら、フィガロさんの方も決闘だけでなく、良い友人としては彼女を認識《にんしき》しているらしい。……これ、このまま平和的に二人が結ばれれば一番良いんだろうな。

『だが、それは難しいのであろうな』

「……まぁ、な」

フィガロさんはこちらでは王国最強の【超　闘　士《オーヴァー・グラディエーター》】だが、リアルでは心臓の発作《ほっさ》に悩まされている。フィガロさんが健康でいられるのは、このデンドロの中だけだ。

対して、ハンニャさんはフィガロさんにリアルも含《ふく》めた恋愛《れんあい》を求めているように見えた。

二人の間にある壁《かべ》が、今後どのように作用するのかは分からない。

けれど、叶《かな》うならばこのまま上手《うま》くいくことを願いたい。

◇◆◇

□■決闘都市ギデオン四番街

二階建てのカフェの奥《おく》まった席に、一人の男が目立たず座《すわ》っていた。

夜空模様のコートを着ているが、〈マスター〉の服装としてはさほど奇妙《きみょう》とも言えない。

しかし、彼の様子は奇妙だった。眠《ねむ》っているように両の瞼《まぶた》を閉じているが……右手は動き、卓上《たくじょう》に置いた手帳に何事かを書きつけている。

まるでタッチタイピングのように、視覚を手元の作業と切り離《はな》していた。

男は、かれこれ二時間はそうしていた。様子を見ているウェイトレスは、『考え事をしているのかしら?』と考えた。変わった動作だが、とても集中しているのかもしれない、と。

しかし彼女の考えとは違い、男は自分の内面と向き合っている訳ではない。

彼が見ているのは自らの瞼の裏ではなく……街の様子。

瞼を閉じた男の視界は——ギデオンの街を見下ろしていた。

まるで空を飛ぶ者の視界のように、あるいはドローンのカメラでも見るように。

「…………」

彼がしていることは、観察だった。

祭りという浮立《うきた》った環境《かんきょう》での、人間観察。

今この街には、様々な行いをする人間がいる。祭りのテーマゆえにティアン〈マスター〉問わずにカップルが多いが、一家で楽しんでいるらしいティアンも多い。

そうした陽の側面が目立つが、端々《はしばし》を注意深く見れば祭りで浮《う》かれる者を狙《ねら》った掏摸《スリ》も幾《いく》らか見えるし、それを取《と》り締《し》まる衛兵や忍者《にんじゃ》の姿もあった。

男はそれを眺《なが》め、時折少しだけ干渉《かんしょう》する。

例えば、路地裏の強盗《ごうとう》のところに警邏《けいら》の衛兵を誘導《ゆうどう》した。

例えば、複数人の女性と秘密裏《ひみつり》に付き合っているらしい男がいたので、他の女性をデート現場に誘導して修羅場を作ったりもした。
そのように俯瞰《ふかん》する景色でイベントを起こし、それを観察している。
やがて街を俯瞰していた彼の視界は、見覚えのある人物にピントを合わせる。
先日、偶然《ぐうぜん》にも出会った有名人……〝不屈《ふくつ》〟のレイ・スターリングが目に留まった。
そして彼と話すライオンの着ぐるみが誰であるかも……体幹の動きで察せられた。
そこに更《さら》なる登場人物が現れる。あの〝監獄《かんごく》〟を出て、ギデオンに来訪した〈超級《スペリオル》〉
……【狂王《キング・オブ・ベルセルク》】ハンニャである。
「……もう？」
呟きと共に、メモを取る右手の動きが止まる。
一挙手一投足を見逃《みのが》すまいと、出会ってしまった二人の〈超級〉を見下ろし続ける。
あるいはこれから、誰も見たことがないものを目撃できるのではないかと期待して。
しかし結論を言えば、期待外れだった。
二人はとても穏《おだ》やかに話し、何事かを約束して今日は別れたようだった。
予想外の展開に舌打ちすることはなかったが、しかし落胆《らくたん》の溜《た》め息《いき》は出る。
（そうじゃない、い、い）
この二人について見たいものは今この街に溢《あふ》れている関係ではないし、〈超級〉同士の模擬戦《もぎ》ではない。より感情のこもった彼らにしかできない関係《殺し合い》を見せて欲しいのだ。

（ここで背中を押《お》す気はなかった。しかし、見るべきものが見られないのなら……）

彼の前にあるのは、極上《ごくじょう》の花火の導火線。点《つ》くべき火が点くのを待つつもりだったが

……誰も点けないならば代行するしかない。

男は傍観《ぼうかん》に留《とど》めず……自ら動くことにした。

「長居をしてすみませんでしたね」

カフェの席を立った男は、そう言ってウェイトレスに銀貨を一枚渡《わた》した。

「いえいえ！　お祭り、楽しんでくださいね！」

「はい。それはもちろん――楽しみますよ」

男は笑みを浮かべてカフェを去り……祭りの舞台《ぶたい》に足を踏み入《い》れた。

□【煌騎兵《プリズム・ライダー》】レイ・スターリング

あの後、フィガロさんとも別れて俺とネメシスは二人で祭りを見て回っていた。

俺はネメシスが今日も暴食の限りを尽《つ》くすのではないかと思ったが、意外にもネメシスはわたあめ（に似たお菓子《かし》）を一つ買ったきりだった。

「どうしたんだ？」

「なぜか食欲が湧《わ》いてこぬ」

「なん……だと……!?」

バカな……！　ありえない!?

「おい、以前一度見たようなリアクションをするな」

「いやだってお前が……以前？」

そういえば、前にもこんなやりとりがあった気がする。たしかトルネ村で……あ。

「……進化か？」

そう、あれはネメシスが第三形態に進化する直前のことだ。

あのときもネメシスは食欲がないと言っていた。

「まだわからぬ。というか、私の食欲がないことを進化と結び付けるな。まるでそれ以外で私が食欲をなくすことがないようではないか」

「だって……ネメシスなんだぜ？」

「それも二回目だ！」

今日のネメシスは使い回しに厳しかった。

そんな訳で食べ物控えめという俺達《おれたち》としては珍しい状態で祭りを巡《めぐ》っていたのだが、そうしている内に喉《のど》が渇《かわ》いてきた。

「どこかで飲み物でも買うか？」

「うむ。私も空腹は感じないが、流石《さすが》に喉は渇いた。お茶にしようではないか」

「そうだな。さて、どの店で……お」

飲み物の屋台を探していると、視界の中に周囲から少し浮いた屋台……というか小さな店が見えた。

それは一言で言えば和風の建物だった。こちらでは天地《てんち》風と言うのかもしれないが、カルチェラタンで見たな奇妙な和風ではなくちゃんとした和風だ。木製の縁台《えんだい》の上に座布団《ざぶとん》を置き、そこに腰掛《こしか》けてお茶が飲めるスタイル。時代劇で見る団子屋が近いかもしれない。

「王国では珍しいな。あそこにするか」

「だの」

俺達はその店でお茶（普通に緑茶や煎茶《せんちゃ》だった）を購入して、縁台に腰掛ける。

食欲がないネメシスも、「このくらいは大丈夫《だいじょうぶ》であろう」と団子を一皿だけ注文していた。

お茶を啜《すす》ると、実家で飲んだ緑茶と遜色《そんしょく》ないか……それよりも美味《おい》しい気がした。

「良い茶葉だ。……しかしどこかで飲んだ気がするのぅ」

「そうか？」

「この茶葉は天地産の茶葉よ。以前に信者さんから寄進されたものを此《これ》が気に入ったから、月夜《つくよ》に頼《たの》んでグランバロア経由で取り寄せてもらっているの」

「それでか。たしかに、〈月世《げっせい》の会〉の本拠地《ほんきょち》で飲んだものと同じだの」

「俺もあそこで朝御飯《あさごはん》食べたけど、こんなお茶飲んだっけ？」

「あなたが気絶している間に此とネメシスがお茶していた時のものだから」

「ああ。そうだったのぅ」

「そっか。でもこのお茶は本当に美味《おい》し…………………あぁ⁉」

お茶を啜りながら呑気《のんき》に会話をしていて、ようやく会話の内容が色々おかしいとか人数が増えていることに気づいた。

勢いよく振り返ると、そこには俺でもネメシスでもない第三者が座ってお茶を飲んでいた。それは天女《てんにょ》のような格好と月光のような髪をした、見知らぬ女性だった。

「カグヤではないか⁉」

「ええ。お久しぶりね、ネメシス」

カグヤ⁉　それってつまり、彼女が女化生《おんなけしょう》先輩の〈超級エンブリオ〉か⁉

「ど、どうしてここに⁉」

俺が驚《おどろ》きを口にすると、カグヤは微笑みながら店内の一点を指差した。

そこには『三日月と閉じた目』という……お馴染《なじ》みな〈月世の会〉のシンボルがあった。

「ここ、〈月世《うち》の会〉の出してるお店なのよ」

「気づかなかった……！」

しかし考えてみれば、ザ・洋風なこの王国でここまで和風を主張している団体は〈月世の会〉か〈K&R〉くらいのものだった。気づけよ、俺。

「……待った、先輩の〈エンブリオ〉がいるってことは」

「ええ。月夜もギデオンに来ているわね」

マジかよ。ハンニャさんの問題が平和的に片付きそうだと思った矢先にこれか。

……しかし女化生先輩は結構なトラブルメーカーではあるが、こういう街中でどうこうするタイプではないから、そこまで心配する必要もないかもしれない。

「お祭りですもの、月夜も観光くらいするわ。ほら、何という村だったかしら。風車が沢《たく》山《さん》ある村のお祭りにも行ったわ」

ああ、そういえばシジマ氏関連でトルネ村の風星祭にも出向いていたんだったか。

そうでなくても、あの女化生先輩はお祭りの類が好きなのかもしれない。

ほら、妖怪《ようかい》って東西問わずお祭り好きだし。

『……御主、本当にあやつには当たりきついのぅ』

ファーストコンタクトが拉致監禁《あれ》だったからな。

『是非《ぜひ》もないのぅ……』

そんな風に念話を交わす俺達だったが、女化生先輩の〈エンブリオ〉であるカグヤは何が面白《おもしろ》いのか微笑《ほほえ》みながらこちらを見ている。

先輩の笑顔《えがお》が意地悪キツネだとすれば、カグヤはお月様みたいな柔らかい微笑《びしょう》だ。

「どうかしたかの？」

「ふふふ。あれから少しは進展したのかしら」

「なふ……!?」

なふ?

「な、なななな、なにを……!?」

「愛闘祭を二人で巡っているのだもの、ね。此がアドバイスした甲斐《かい》はあったかしら」

「そ、そういう話ではない！」

ネメシスは何に対して動揺しているのだろうか。

「普段は沢山食べている子がデートでは少食になるのも可愛《かわい》いわ」

「こ、これはたまたま食欲不振《ふしん》が重なっただけだ!!」

「あらあらうふふ……」

何だろう。ネメシス以外のメイデンは二人目だが、キューコの時とは雰囲気《ふんいき》が違《ちが》う。

ネメシスにとってキューコが同年代の友人とすれば、カグヤは年嵩《としかさ》の姉のような振る舞《ま》いだ。実際にメイデンとしては大先輩《だいせんぱい》になるのだろうけど。

……ああ、俺とネメシス揃《そろ》って後輩《こうはい》ってことか。

「まぁ、友達が増えるのは良いことだ」

女化生先輩と比べると良い人（?）そうだし。

カグヤに優《やさ》しくからかわれるネメシスを見ながら、俺はお茶を啜った。

「……美味《うま》い」

周囲には、愛闘祭ゆえの朗らかな空気がギデオンに漂《ただよ》っている。

平和だな、という感想が自然に湧く。

戦争も近づいているという話だが、今はとても平和だ。

俺としても、いつものように事件に巻き込まれてはいない。

「こんな日が、長く続くといいんだけどな」

そんな風に呟《つぶや》いて、またお茶を啜った。

「――波乱の予兆」

うん？　『そういう台詞《せりふ》はフラグだよ』って？

「いや、何でもかんでもフラグじゃないだろう。……平和なことだってあるさ」

「〝黒紫紅蓮《こくしぐれん》の勇者〟に待ち受けるは試練の嵐《あらし》……」

「そりゃ俺は事件に遭遇《そうぐう》しやすいけどさ。それ言ったらジュリエットだってガイリュウオウ事件とかに遭《あ》ってるわけだろ？　あと、その二つ名はやめてくれ」

「生者を迎《むか》えるは戦いの宿命なり」

「ま、そりゃそうだ。俺達に限らず、デンドロはどこもかしこも事件だらけか」

「………のう。いつの間にか向かいの長椅子《ながいす》にジュリエットが座っておることと、御主《おぬし》らが私に分からぬ言語でシームレスに会話しておること。どちらに驚けばいいのだ？」

カグヤと話していたネメシスが変なものを見るような目で俺達を見ていた。

ネメシスが言うように、俺の向かいの縁台にはいつの間にかジュリエットが座り、黒い羊羹《ようかん》をモグモグ食べながら俺に話しかけていたわけだが。

「ただの世間話だろ？」

「……今宵《こよい》、言の葉の枷《かせ》は軽し」

「いや、『今回は難しい言葉を使ってない』以前に普通に話してたしな」

「……レイはファッションだけでなくジュリエット語《中二言語》についてもやはり……」

ネメシスはいったい何が疑問だというのか。

「それより一人でスイーツって珍しいな。いつもはチェルシーが一緒だろ？」

決闘ランカーの中でもチェルシーはスイーツが好物であり、よくジュリエットや仲の良いランカーを連れて食べに行っているらしい。

けれど今日はジュリエット一人だけで、少し……気落ちしているようにも見える。

「親友の試練なれど、我は手を出せず。金色の集団の背負いし人と背徳の業《ごう》」

ふむ。チェルシーがオーナーをしている〈金色海賊団《かいぞくだん》〉でトラブルが起きたが、メンバーの男女関係に関する問題なのでジュリエットも手を貸せないし止められてる、か。

彼女はトラブル解決に動く友人の助けになれない現状を気にしているのだろう。

「それは待つしかないな。チェルシーが助けを求めたときは応《こた》えるんだろ？」

「もちろん！　……あ、然《しか》り」

「だったら大丈夫だ。チェルシーも、本当に困ったときはジュリエットに伝えるさ」

「……うん」

ジュリエットは少し表情を明るくした。

しかし、チェルシーのクランでも男女関係のトラブルか、ハンニャさんといいエリザベートといい、愛のお祭りというか愛のトラブルが多すぎる……。

『御主もトラブルになったりしてのぅ？　心当たりはないか？』

……アマゾネスの求婚《きゅうこん》は嫌《いや》だなぁ。

『……え？　まず心配するのがそれ？』

…………姉と互角《ごかく》に戦うアマゾネスの女王とか嫌だなぁ。

『脳裏《のうり》に向こう側とは思えぬ光景が再生されておる……。これ、夢とかではなく？』

俺の見た夢だといいなとは昔から思ってる。

『私のバトル以外での苦労の根幹は、幼少期のトラウマにある気がしてきたのぅ……』

「そんなに苦労してるか？」

……あ、そっぽ向かれた。何が気に障《さわ》ったのだろうか……。

結局、その日はそれ以上何も起きず、俺はネメシスと祭りを楽しんでから宿で就寝《しゅうしん》した。

◇◆◇

□■決闘都市ギデオン・某所《ぼうしょ》

夕暮れ時、フィガロはとある植物屋から出てきた。

店先に売っているのは多種多様な花だったが、植物屋という名称《めいしょう》から分かるように売っているのはそれだけではない。ポーションの作製に使用する薬草やハーブ、そのまま服用しても効果のある草木や種子なども販売《はんばい》しているので客層は広い。

その店で何を買ったのか、フィガロの表情は少し嬉しげだった。

しかし、その表情はすぐに消えることになる。

店から出てきたフィガロに声を掛《か》ける人物がいたからだ。

「ようやっと見つけたで、病弱プリンス」

その声の主を、フィガロは知りたくもなかったがよく知っていた。

『……扶桑《ふそう》月夜』

「今、嫌そな顔したやろ。着ぐるみ越しでも分かるわ」

フィガロからすれば、扶桑月夜は苦手な相手だ。人間的に、〈Infinite Dendrogram〉に宗教をはじめとした向こう側の事情を数多《あまた》持ち込む月夜を好いていない。

加えて〈エンブリオ〉の……必殺スキルの相性《あいしょう》的にも鬼門《きもん》のような相手で、かつて一度はデスペナルティに追い込まれている。

しかし『嫌そうな顔』とフィガロに言った月夜自身も、非常に不機嫌《ふきげん》そうな顔をしている。

「街中捜《さが》しまわっとったのに、こんなところにおるとは思わへんかったわ。でもそんな店に何の用があったん？　誰《だれ》かに毒草でも盛るん？」

『……君には関係のないことだよ』

そう言いながらフィガロは自身の失敗を悟《さと》っていた。

店を出るときに相手の気配に気づいていれば、こうしてバッタリと出くわすことはなかっただろう、と。明日のことを想《おも》って少しだけ気持ちが浮《うわ》つき、警戒《けいかい》が疎《おろそ》かになっていた。

しかし言動からすると月夜は自分を捜していたと察し、遅《おそ》かれ早《はや》かれと考え直した。

「別にええけどな。うちの方は用事があるんよ。これを見ぃ！」

月夜が懐《ふところ》から何かを取り出してフィガロに向けた瞬間、彼は飛《と》び退《の》くと同時に《瞬間装着》で装備を切《き》り替《か》えていく。着ぐるみから転じた装いは上半身裸《はだか》。〈超級激突《ちょうきゅうげきとつ》〉で使用したAGI特化の装備セットであり、月夜に対するフィガロの警戒心《けいかいしん》が露骨《ろこつ》に表れていた。

「…………？」

咄嗟《とっさ》に戦闘《せんとう》態勢を取ったフィガロだったが、月夜には動きがない。

ただ、何かを示すように手の中のもの……何事か書かれた一枚の紙を突《つ》きつけていた。

その紙に記載《きさい》された内容を一見して、フィガロは首を傾《かし》げた。

「……何かな、これは？」

「読んで分かる通りや」

月夜はどこか詰《つ》まらなそうに口を尖《とが》らせてそう言った。

しかし、フィガロにしてみればその書面の内容自体が理解不能だった。

なぜなら、そこには……。

「お金払《はら》ってほしいんやけど」

請求書、と書かれていたからだ。

「……何の？」

フィガロは「彼女は何を言っているのだろう」という顔で首を傾げた。

請求書と言われても、彼が月夜から何かを購入《こうにゅう》したことなど一度もない。

というか、『どれほど好条件でも彼女からは買わないだろう』と思っていた。

「わからへん？」

その返答に、月夜はものすごく不機嫌な顔で質問を返す。

「分からないも何も、僕が君に金銭を払う理由に全く覚えがないのだけど」

「うちをあんなに滅茶苦茶《めちゃくちゃ》にしといてそういうこと言うん!?」

その発言に、流石《さすが》のフィガロも驚いた。「本当に何を言っているのだろう」と。

「一体なんの……」

「せーやーかーらー！　この前、うちの本拠地《うち》を思いっきりぶっ壊したやん！」

そこまで聞いて、フィガロはようやく得心がいった。

先日、誘拐《ゆうかい》されたレイを助け出すために、〈月世の会〉の本拠地を壊滅《かいめつ》させた。正門を粉砕《ふんさい》し、家屋を破砕《はさい》し、設備という設備を叩《たた》き壊して月夜を引きずり出したのである。

「今日ようやく見積もりが終わったんよ！　そしたら全部ひっくるめた計算が一〇〇億超《こ》えてるんやけど！　うちの予想の十倍以上なんやけど！　これも建物だけやのうて値の張

る調度品なんかも軒並《のきな》みあんたに壊《こわ》されたせいや！」

〈月世の会〉の本拠地は、質のいい木材を大量に使った和風の屋敷《やしき》だったので値が張る。しかも、王都の木材伐採所《ばっさいしょ》である〈ノズ森林〉が焼失《しょうしつ》し、木材が軒並み値上げしている。さらにカルディナ経由で各国から輸入した施設《しせつ》用マジックアイテムの殆《ほとん》どが粉砕されていた。こちらも昨今のカルディナの貿易規制の影響《えいきょう》で、木材以上に高騰《こうとう》している。

美術品の類《たぐい》も同様に高価であり、結果としてこれらの総額は月夜の想定を遥《はる》かに上回った。お布施《ふせ》で儲《もう》けている宗教団体でも屋台骨が傾《かたむ》く負担である。

「そらな！　あの一件はレイやんを誘拐したうちに原因があるけど！　あそこまでぶっ壊すことないやん！　滅茶苦茶やん！　せめて修理費の半分は出して欲しいんやけどー！」

段々と泣きが入ってきた——というか実際泣いている——月夜は、上半身裸のフィガロの肩《かた》を掴《つか》んで揺《ゆ》さぶりながら訴《うった》える。

フィガロは「これ、僕《ぼく》のせいなのだろうか……」と真面目《まじめ》に対応に困っていた。

こういうとき、どうすればいいのかと記憶《きおく》を掘《ほ》り起《お》こして……。

「それは弁護士と相談して……」

「〈マスター〉同士だと法律働かないの知っとるやろ⁉」

「……そういえばそうだった」

そもそもリアルと違い、こちらでは顧問《こもん》弁護士がいなかったとフィガロは思い出した。

しかしフィガロとしても困ってしまう。「これは自分が払わなければならない状況《じょうきょう》なのだろうか？　彼女の自業自得《じごうじとく》ではないだろうか？」という思いはあるものの、フィガロ自身の意思で壊しまわったのは事実である。

シュウならば『え？　法律上は何の罪にもなってないから払わなくていいだろ？　責任取る必要ないクマ』となるが、比較《ひかく》してフィガロはまだ純粋《じゅんすい》であった。

月夜もその違いを理解して要求してくるあたり、泣いていても強《したた》かな雌狐《めぎつね》である。

結局、この件は「今すぐには判断できないし、今は少し事情があってまとまったお金がない」という理由でフィガロからまた後日話し合うという申し出を行い、月夜も渋々《しぶしぶ》と納得《なっとく》して退散した。

◆◆◆

しかし、彼らは気づいていなかった。

そんな彼らの様子を目撃《もくげき》し……そして記録していたものの存在を。

■〈DIN〉ギデオン支部

愛闘祭一日目の夜、トム・キャット……管理AI十三号チェシャは〈DIN〉のギデオン支部を訪《おとず》れていた。

エリザベートが宿泊《しゅくはく》していた今朝まではマリーやリリアーナ、ギデオン忍軍《にんぐん》による警戒がなされていたギデオン支部だが、彼女が迎賓館《げいひんかん》に帰った今は普段《ふだん》どおりだ。

その普段どおりのギデオン支部の階段を上り、屋上に通じる扉《とびら》をチェシャは開ける。

けれど彼が開いた扉の向こうにあったのは、屋上ではなかった。

上下の区別なく、無数の情報ウィンドウが行き来する奇妙な空間。

チェシャが使用していたものと同じ、管理AIの作業場だ。

「お邪魔《じゃま》するよー」

彼がそう声をかけると、その空間の中で立ったままウィンドウを操作していた二人の人物がチェシャに振《ふ》り返《かえ》った。

二人は年若い男女の双子《ふたご》であり、その顔立ちはとてもよく似ていた。

小柄《こがら》な体にマリーが着ているようなスーツを着込み、それがまるで社会人ぶる子供のような奇妙さと可愛らしさを見せている。少年の方は銀縁《ぎんぶち》のメガネをかけており、少女の方は大きなヘッドホンを装着していた。

「こちらの時間で二六八九時間五八分一四秒ぶりだ、十三号」

「お久しぶりチェシャ～。決闘《けっとう》三位に降格おめでと～。わ～い。パチパチ～」

少年は堅苦《かたくる》しく、少女はだらしのない言葉遣《ことばづか》いでチェシャに挨拶《あいさつ》する。

「それは『おめでとう』なのかなー？」

「歓迎《かんげい》すべき話ではある」

「チェシャのトム・キャットは超えられるのが役割でもあるからね～。いいのいいの、負けちゃって～。負けてもいいの～」

少年はメガネを押し上《あ》げながら、少女はゴロゴロと空中を寝転《ねころ》がりながらそう言った。

堅《かた》すぎる兄と緩《ゆる》すぎる妹、この双子は相変わらずだなとチェシャは思った。

この二人はかつて〈ＤＩＮ〉を作り上げた創業者であり、現時点でも組織のトップに立っている者達だ。

そして、〈ＤＩＮ〉に集積された全《すべ》ての情報を整理している者達でもある。

たった二人の人間には不可能な行いだが、さもありなん。

この双子は人間ではない。

少年はトゥイードルダム、少女はトゥイードルディー。

鏡の国のアリスに登場する双子の名を借りた管理ＡＩ十一号、そのアバターである。

「こちらからも聞こう」

「何でここに来たの～？」

問われたチェシャは己《おのれ》の用件を口にする。

「ギデオンに潜伏《せんぷく》していた【獣王《キング・オブ・ビースト》】が去ったでしょ？　何があったのか気になったのさ。何か知らぬ間に事件でも起きたのかと思ってねー」

「ない」

「ないないな～い。カルチェラタンで対処した事件みたいなことは何にもないの～」

「本当に？」

「肯定《こうてい》する。愛闘祭の初日は」

「特に何もなかったの～」

「【破壊王《キング・オブ・デストロイ》】と【獣王】が衝突《しょうとつ》しかけたが」

「お預けなの～。あれきっと戦争で本番なの～。きゃ～エッチ～」

途中《とちゅう》から、双子は言葉の前後を二人で分割《ぶんかつ》して話すという奇妙な話し方をしていた。

その様子に「相変わらずだ」とチェシャは思った。

「なるほどねー。小競《こぜ》り合《あ》い未満しかなかったわけだ。なら、ひとまずは安心かなー」

「安心か」

「でもそれって好ましくはないよね～」

何事も起きなかったことに少し安堵《あんど》したチェシャを、否定する言葉が双子から零《こぼ》れた。

「……好ましくはない？」

「戦争は僕らとしても望むべきもの」

「戦争期間中にいずれかの〈エンブリオ〉が〈超級エンブリオ〉に進化する確率のトータルは８６．９５６６９％なの～」

「〈ＳＵＢＭ〉の投下よりも」

「ちょっと高いくらいの期待値なの～」

戦争とは、〈マスター〉、ティアン、そして国家同士の大規模なぶつかり合い。

それは〈ＳＵＢＭ〉の来襲《らいしゅう》と同じく、進化を促《うなが》すトリガーになり得る。

ゆえにある意味、管理ＡＩの立場では闘争《とうそう》は起きれば起きるほど良い。

特に〈超級エンブリオ〉が暴れでもすれば、それは第六形態以下の〈エンブリオ〉の進化を促すかもしれない。それらの〈マスター〉が、〈超級エンブリオ〉によって壊される街を守ろうとするならばなおさらだ。【獣王】がこの場での戦闘を選択《せんたく》しなかったことは、双子にとっては少しの期待はずれであった。

「幸いなことに火薬はまだある」

「そっちに着火してボンボンボ～ン♪」

「試算に未知の値《あたい》がないのならば」

「戦争前に色々増えるかも～♪」

トゥイードルダムは堅苦しい表情で、トゥイードルディーは陽気な口調で何かを想定している。そんな二人の様子に、チェシャは嫌な予感がした。

「……何をする気かな？」

「「イベント」」

双子は声を揃えてそう言った。

この双子は管理ＡＩ。それもクエストとイベントを担当する管理ＡＩ十一号。

企《たくら》むことにかけては、他の追随《ついずい》を許さない。

「公式イベントではないがな。プレイヤーの働きかけを手助けする」

「ちょっとね～ドミノを押すだけ～」

「安心しろ。管理ＡＩではなくこのアバターの権限の範囲《はんい》」

「社長としてのあれこれだから～」

「差《さ》し詰《ず》め、愛を名乗る祭りに相応《ふさわ》しく」

「愛ゆえにすれ違う悲劇をメイキングだね～。シェイクスピア～。やりやり～」

何事かを企んでいる……否、既《すで》に企み終えている双子。

双子は空間内に大量の画像データを展開する。

「材料の提供を受けたが、〈DIN〉からではまずいな。今後の活動に差し障る」

「じゃあ〈キングダム・ピープル・タイム〉に流す～？　あそこならこのくらいのスクープにはすぐ食いつくよ～。それにパクってるし～」

「裏づけが足りないが民衆の目にはよく留《と》まる新聞だ。それで進めよう」

「うっふっふ～♪　明日は～天国と地獄《じごく》～♪」

二人が何かをしようとしているかチェシャには分からず、止めることもできない。

なぜなら、双子は管理ＡＩとしての目的に沿って動いているし、尚且《なおか》つ本体の使用など承認《しょうにん》が必要なことは何も行っていない。

むしろ、極《きわ》めて真面目に……管理ＡＩの目的を達成するために動いている。

そうであるがゆえに、ジャバウォックが〈ＳＵＢＭ〉を投下するときと同様……チェシャが口を出すことはできない。

作業中の双子を見たチェシャは不安を抱《いだ》き、……それは遠からず的中することになる。

◇◇◇

□決闘都市ギデオン

愛闘祭二日目の朝。ルークとバビ、それと霞《かすみ》の三人は連れ立ってギデオンの街中を歩いていた。まだ朝の九時前であったが、通りには多くの人の姿が見える。

その中でも右側に霞を、左側にバビを連れながら歩くルークの姿は正に両手に花といった状態で注目を集めている。（この並び自体は「じゃあバビが左で霞が右だね！」と言ってバビが決めたものだが）

霞は周囲の視線に赤面し、前髪《まえがみ》で隠《かく》した両目も少し涙目《なみだめ》になっていた。

バビは「今日も良い天気でお祭り日和《びより》だねー」と気楽な様子であるし、ルークもルークで「うん。そうだね」といつも通り。激しく緊張《きんちょう》しているのは霞ただ一人だろう。

（夢、夢じゃない……うん、何度も確認《かくにん》したけど、これって最初から熱のせいで見てる夢だったりしない、よね？）

先日、とある事件の犯人探しを手伝った際、ルークから『御礼《おれい》』として誘《さそ》われたのがこの愛闘祭でのデートだった。

（前に一緒《いっしょ》に〈墓標迷宮《めいきゅう》〉を探索《たんさく》しているとき、攻略《こうりゃく》ブログで見た『愛闘祭デート』に憧《あこが》れてるってイオ達と話してたけど……まさかそれをルーク君が覚えてたなんて……）

たしかに霞は憧れた。恋人《こいびと》と一緒に愛がテーマのお祭りを回る、というのはまだ高校生の彼女《かのじょ》にはロマンチックに思えたからだ。

しかし恋人などこれまで一度も出来たことがない（そもそもアプローチすらしたことがない）霞には、話の種としてしか縁《えん》がないものだった。

だが、降って湧いたようにルークからのデートのお誘い。霞の内心は、誇張《こちょう》でなく「王子様に舞踏会《ぶとうかい》へ招待された村娘《むらむすめ》A」であった。緊張と心細さで体の芯《しん》から震《ふる》えている。

しかも、最初の予定では陰《かげ》ながら見守ってくれるはずだったふじのん達が遅《おく》れて風邪《かぜ》にかかり、今はログインしていないのも霞の心細さを助長していた。

（あうぅ……わたしは王子様と王子様が愛し合うのを妄想《もうそう》するだけでよかったのに……ああああ！　こんなときまで何を考えてるんだろう！）

自分の内心に恥《は》ずかしいやら混乱するやらで、霞は頬《ほお》を赤くした。

それに気づいたルークが、気遣《きづか》わしげに声をかける。

「霞さん、風邪は本当に大丈夫ですか？　アバターでも顔が赤いようですけど」

「う、うん、大丈夫だよルーク君！　大丈夫だから！」

「問題があったら遠慮《えんりょ》なく言ってくださいね。僕に出来ることなら何でもしますから」

「な、なんでも⁉」

唐突《とうとつ》に放《ほう》り込まれた一言にまたも頭の中であれこれとグルグル妄想してしまい、霞の頭はオーバーヒートしかけていた。

(あわわわわ⁉　る、ルーク君が大胆《だいたん》！　るーくくんがだいたんだよお⁉　どうすればいいのぉ⁉　たすけてー、いお、ふじのー！)

実を言えば、半ば読心と言っていいほど観察能力に長《た》けるルークなので、霞の考えていることも大体把握《はあく》できていた。

しかしながら、ルークについてあれこれカップリングしてしまっている彼女に対して、悪感情などは全く持っていない。

そもそも、幼い頃《ころ》から人間観察や犯罪事例の学習をしてきたルークからすると、霞が考えている「ついつい男と男でカップリングしてしまう」くらいは別に気にしていない。

むしろ考えてしまっていることに赤面し、おろおろする霞が少し可愛いと思っていた。

(レイさんとは違うけれど、霞さんも見ていて心が温かくなる人だね)

『それってハムスター的なかわいさ？』

(……バビ、ネズミに喩《たと》えないでもらえるかな。小動物的、ならわかるけれど)

ルークにとってはネズミと同じ括《くく》りの生き物を思い出し、彼《かれ》は少し震えた。

「あ、あの大丈夫《だいじょうぶ》？」

「……ええ、ちょっとした思い出し震えなので」

（思い出し震えってなに!?）

霞はルークの発言に心で突っ込みを入れたが、声には出せなかった。

「それで霞さん、今日はどこに行きたいですか？」

「あ、あのね、四番街の大きな服屋さんで、カップル限定で写真を撮《と》ってもらえるの」

それは服飾《ふくしょく》関係の生産職が作った新作の衣服を着て、記念写真を撮るという催《もよお》しだ。

写真データは外部出力も出来るので、霞はそれらの洗練された衣服の画像を今後の創作活動のために欲《ほっ》していた。

（ううう。緊張するけど、素敵《すてき》なファッションと素敵なモデルの資料が手に入るし……。頑張《がんば》らないとわたしのお見舞《みま》いで風邪が移ったいおとふじのに申し訳が……）

心のハードルは高かったが、それでも霞は決心してその催しに向かうことにした。

「分かりました。お店の場所は？」

「あ、ちょ、ちょっと待ってね！　今、確認するから……」

霞は普段からウィンドウのマップではなく、タイキョクズで地図を見ている。

だから今日この日もタイキョクズを確認し……そこに映し出された異常を目撃した。

「……え？　なに、これ……？」

タイキョクズの見せる地図は、バラバラになっていた。

スライディングブロックパズルのように、地図上のギデオンは正方形に区切られてバラバラにかき混ぜられている。まるで、神がでたらめにこの街を壊してしまったかのように。

「街がっ!?　…………あれ？」

霞が驚愕《きょうがく》と共に視線を上げれば……そこはいつも通りのギデオンだ。バラバラになってなどいないし、壊れてもいないし、見える景色にも大きな違いは一つしかない。

「…………え？」

そう、大きな違いが一つあった。

ギデオンの中心……中央大闘技場《だいとうぎじょう》のあるところに、何かが立っていた。

それはきっとギデオンのどこにいても確認できるモノ。

天を衝《つ》かんばかりに——否、天から地を貫《つらぬ》かんばかりに聳《そび》え立《た》つ、逆さまの双塔《そうとう》。

それは、サンダルフォンという名の〈超級《スペリオル》エンブリオ〉だった。

第七話　祭りの終わりと荒ぶるモノ

■三〇分前

愛闘祭一日目の後、ハンニャ……四季冬子《しきふゆこ》はリアルで短い仮眠《かみん》を取っていた。

〈Infinite Dendrogram〉の内部ならば、もっと長く眠《ねむ》れただろうが彼女はそうしなかった。

フィガロとのデートが待つ二日目が、少しでも早く来て欲《ほ》しかったからだ。

彼女はずっと待ちわびたそのときに焦《こ》がれながら眠り……最悪の気分で目を覚ました。

「……何で今さら、あんな夢」

短い仮眠で彼女が見たのは、かつて愛した男に裏切られた夢だ。尽《つ》くしてきたのに、彼女の全てで助けてきたのに、あっさりとメール一つで捨てられたときの記憶。レジェンダリアで見つけたとき、自分以外の女とへらへらと軽薄《けいはく》そうな顔で遊んでいた姿の記憶。

そうした過去の記憶が夢となって、今日を待ち焦《ま》がれた彼女に突きつけられた。

まるで、警鐘《けいしょう》のように。

「……フィガロは、ヴィンセントはあいつとは違うわ」

ヴィンセントは信じてもいい。――本当に？

だってあんなに純真だから。――メールでしか話していないのに？

私達は愛し合っているから。――確かめてもいないのに？

ヴィンセントは、あいつとは違う。――彼の何を知っているの？

自分の思いを反証するように、心の声が響《ひび》く。

それは彼女の中の恐怖《きょうふ》だ。

また、愛する人に裏切られたら……そんな未来を想定して生まれる恐怖。

「何を、不安がっているの……。彼と、愛を確かめ合えばいいだけじゃない……」

冬子は己の心の声を振り払い、〈Infinite Dendrogram〉にログインした。


彼女がセーブポイントである中央広場に到着《とうちゃく》すると、何やら騒《さわ》がしかった。

お祭りゆえの喧騒《けんそう》かと思ったが、少し雰囲気が違う。

「まさかあの二人がなぁ……」

「予想外だけど、釣《つ》り合ってるしお似合いかもな」

「だけど、ちょっと嫌そうな顔してないか？」

多くの人々が、新聞紙を片手に何かを言っていた。

見れば、何事かを言いながら人々が見ているのと同じ新聞を売っている者がいる。

ハンニャも少し気になって、その新聞を購入した。

最初に目に入ったのは〈キングダム・ピープル・タイム〉という新聞の名前。

次いで目に入ったのは、写真だった。

上半身裸の男が、女と身を寄せ合っている写真だ。

写真の横には『熱愛発覚⁉ 決闘王者とトップクランのオーナー！』、『涙ながらの会話、二人の間に何が……』などと、読んだ者の想像を煽《あお》るための言葉が列記されている。

そこには、当事者二人の名前も書いてある。

いや、名前など書かれていなくても、その男の顔を彼女が忘れるはずもない。

「……フィガロ」

そこで見知らぬ女と写っていたのは、彼女の愛する男だった。

写真の時刻は昨日の夜だと書いてあった。

彼が、用事があるから彼女と食事できないと言った後だ。

「私と過ごす時間はなかったのに」と空虚《くうきょ》になっていく心で考える。

「この女は誰なの」、「何を話していたの」という写真への疑問。

「彼にとって私は何なの」、「本当に通じ合っていたの」という自分への疑問。

そして、ハンニャは今一度、フィガロとの文通の日々を思い出して……。

「──ああ。私って……彼に『愛してる』って言われたこと……一度も……なかったのね」

『フィガロが自分に愛を告げたことは一度もない』という事実を認識《にんしき》して──己の愛が幻《まぼろし》であったと認識して……【狂王《キング・オブ・ベルセルク》】ハンニャの正気は消滅《しょうめつ》した。

「──承知しました、ハンニャ様」

TYPE：アポストルwithエンジェルギア【幽閉《ゆうへい》天使　サンダルフォン】は、主の心から発せられた声なき指令を実行し始める。

『Form Shift──【Imprisoned Tower】』

紋章《もんしょう》から出現すると同時に、サンダルフォンはその姿を大幅《おおはば》に変形させる。

生物から無機物へ、子供から天まで届く双塔《そうとう》へ。

そうして、ギデオンの中心部……中央広場にサンダルフォンは降り立った。

全長一キロにも達する塔の如き巨大《きょだい》な構造物でありながら、その断面積は通常の塔とは逆に接地面が最も狭《せま》くなっており、上部ほど広くなっている。

通常の素材ならばこれほどの巨大構造物を支えられる構造ではないが、常識の埒外《らちがい》にある〈超級エンブリオ〉の一体であるサンダルフォンにとっては問題ではない。

そもそも、まだ地に体重をかけてすらいない。外見どおりの重量であるのならば、周囲にクレーターが出来上がっていても不思議ではないのだから。

「…………うわぁぁぁっぁぁあああ!?　に、逃《に》げ……逃げろぉ!!」

「チッ！　皇国からの新手か！」

「……あれ、これってあのバレンタインのときの」

唐突なサンダルフォンの出現に、周囲の人々は僅《わず》かな間だけ呆然《ぼうぜん》とした後、我先にと逃げ出《だ》した。中には攻撃《こうげき》を行う〈マスター〉もいたが、サンダルフォンはそれらの攻撃を意に介《かい》さなかった。無数の攻撃を浴びながら、双塔の表面に僅かな傷を作るだけだ。

眼下の小さな抵抗《ていこう》を無視してサンダルフォンは、

『――《天死領域《サンダルフォン》》』

――己の必殺スキルを行使した。

サンダルフォンを中心に、水面に石を落としたように周囲へと効果の波紋《はもん》を広げていく。

それはほとんどの者には感知できないままに……ギデオン全域へと広まった。

数秒後、都市の中心に出現したサンダルフォンに向けられたものではない恐怖の悲鳴と困惑《こんわく》の叫《さけ》びが、ギデオンに木霊《こだま》した。

◇◇◇

□決闘都市ギデオン

「る、ルーク君！　あ、あれは……!?」

ギデオンの中心に立つ巨大なサンダルフォンの姿に、霞《かすみ》は怯《おび》える。

そんな霞の前に出て庇《かば》いながら、ルークは思考を巡《めぐ》らせる。

(あれは事前に聞いていたハンニャ女史のサンダルフォンと特徴《とくちょう》が一致《いっち》します。レイさんは穏便《おんびん》に話が進みそうだと仰《おっしゃ》っていましたが……何かあったみたいですね)

一先《ひとま》ずレイとシュウに連絡《れんらく》を取ろうと、ルークが【テレパシーカフス】を取り出したとき……悲鳴が聞こえた。

街のどこかから聞こえたのではなく、すぐ傍《そば》で突然《とつぜん》生じた悲鳴。

その悲鳴は、ルーク達のほんの一〇メテル手前に——突如として現れた逃げ惑う人々から発せられていた。

「え？　あれ⁉」

ルークは困惑する霞を抱きかかえて、逃げ惑う人々の進路から外れる。人々の方も困惑している様子だったが、あのサンダルフォンから少しでも離《はな》れようと一目散に逃げていく。

そんな周囲の様子を見ながら、ルークは思考を加速させていく。

（人間の集団転移？　何らかのスキル？　あのサンダルフォンが引き起こしたこと？）

事前にハンニャのことを聞いていたルーク達も、サンダルフォンのスキルまでは知らされていない。シュウですらそれは知らず……フィガロも同様だ。

フィガロの場合はハンニャに尋《たず》ねていれば知れていただろうが、それをしていない。

いずれ決闘する相手の手の内を先に知ることをアンフェアだと考えたのが理由だ。

（……だけど、これだけ大規模に瞬間《しゅんかん》移動させるスキルに、どれほどのコストがかかる？）

ルークが知る限り、瞬間移動は〈Infinite Dendrogram〉でもコストの重いスキルだ。

霞のタイキョクズの瞬間移動は彼女のモンスター限定であり、長距離《ちょうきょり》になるほど指数関数的にコストを増大させる。また、〈超級〉であるフランクリンも短距離《たんきょり》の配置置換スキルである《キャスリング》のため、それにのみ特化したモンスターを多数製作していた。

無条件に長距離を瞬間移動できるのは迅羽《じんう》の必殺スキルくらいだが、それも手足のみ。

この現象を引き起こしたのはサンダルフォンと見て間違《まちが》いないが、あの巨体《きょたい》を持ちながらこれほどの人数をまとめて瞬間移動させているならば……明らかに性能が異常だった。

（それでも実行できているのなら、それは何らかの複雑な条件付きか、そもそも純粋な瞬間移動ではない。あるいは、その複合ですか。……彼女の〈エンブリオ〉を思い出す）

ルークの脳裏《のうり》をよぎったのは、かつて相対したユーゴーとキューコだ。

キューコの《地獄門《じごくもん》》は、限定条件下ではあるが格上の〈マスター〉達を瞬殺《しゅんさつ》している。

（あれがメイデンの特性、ジャイアントキリングに由来していたように、この現象もアポストルの特性によるものと考えるべきだけれど……）

その特性についてのデータが不足しており、ルークでも推理することが出来ない。

ゆえに、今はこのスキルの正体についての把握に努めた。

（瞬間移動がコスト的にありえないのなら、別の現象？　例えば……幻覚《げんかく》？）

ルークが最初に考えたのは、先日相対した隠蔽《いんぺい》能力に特化した〈超級エンブリオ〉のようにこちらの感覚を誤魔化《ごまか》している可能性だった。逃げ惑う人々は、どこか別の場所にいる人々の姿と声を見せているだけなのではないかという推測だ。

ルークはコートに擬態《ぎたい》したリズに命じ、リズの一部を細い糸にして風に流した。

糸は逃げ惑う人々に触《ふ》れて……それは少なくともリズの知覚では実体ある人間だった。

〈感覚欺瞞《ぎまん》ではない。〈超級エンブリオ〉の出力でも、広範囲《こうはんい》に展開した上であのクラスの感覚欺瞞が出来るはずはない。これは紛《まぎ》れもなく本物だ〉

ルークはかつて完全な隠蔽能力を持つガーベラと相対したが、あれも対象はアルハザードの接触範囲《せっしょくはんい》に限られていた。

〈大通りのあちこちで同じように人々が何もない空間から飛び出している。……？〉

この大通り……それこそ一直線に何百メテルと続くこの道を見て、彼は気づく。

人が突然飛び出してくるポイントは限られている。目算だが、ルークの一〇メテル手前、一一〇メテル手前、二一〇メテル手前と、一、〇〇、、、メテル、、刻みだ。

〈もしかして……〉

ルークがリズの糸を八方に伸《の》ばすと、リズもまた人々のように移動していた。

しかも、一定以上伸ばした糸の先だけが。

ルークも移動した位置を目視し、その距離《きょり》を計算し、そして理解する。

〈一、〇〇メ、ー、ト、ル、四、方、、正方形。この範囲から出ると、別の場所に移動している〉

一辺が一〇〇メテルの正方形で区切られた範囲。

その構図に、ルークはサンダルフォンを目視する直前に見たものを思い出した。

「すみません、霞さん。もう一度タイキョクズを見せて……あれ？」

「ふきゅ〜〜………」

ルークが霞に話しかけたとき、霞は顔を真っ赤にして気を失いかけていた。

ルークが加速した思考でここまでの推理に費やした時間は一分もかかっていない。逆を言えば一分近くの間……霞はルークに抱きかかえられ、霞の頭は沸騰《ふっとう》しそうであった。

仕方無しに、そのまま霞が手に持ったままだったタイキョクズを覗《のぞ》き見《み》ると、先刻見たときと同様にスライディングブロックパズル状態のギデオンが映っていた。

その地図とルークの記憶を組み合わせると、ここから北に一〇メテルほどの位置にギデオンの北門があることになっている。

ルークは自身の考えを確かめるため、人が飛び出してくるポイントに歩を進めた。

途中、小石を蹴《け》ってみるが、それは何事もなく十数メテル転がっただけだった。

「ライフラインが寸断された様子もないから生物だけ、……生物とその持ち物だけ、か」

服を着て手荷物をもったまま現れる人々を見ながら、ルークは確認するように呟《つぶや》く。

「加えてタイキョクズの反応からすると……〈エンブリオ〉も、かな」

そうして、こちらに雪崩《なだ》れ込んでくる人々と入《い》れ違《ちが》いに彼らの来た方向へと移動する。

数歩の後、ルークが立っていた場所は先ほどまでの大通りではなく……北門。

「……そういう、スキルか」

自身の推理を実証した後、ルークはレイとシュウに連絡を取りはじめた。

自分の見つけた答えを伝えるために。

◆

時はまた少しだけ、遡《さかのぼ》る。

『迷宮形成——幽閉完了』

必殺スキルを使用した直後のサンダルフォンはそう呟いて、両目を開く。

双塔の天頂にそれぞれ一つずつはめ込まれた宝玉が、今のサンダルフォンの目だった。

左右の宝玉からは別の景色が見えている。

右の宝玉で見る景色はスキル発動前と同じギデオン。人々は一定の距離を移動するたびに瞬間移動している。

左の宝玉で見る景色はタイルの模様の如くバラバラにかき混ぜられたギデオン。人々は地続きに移動している。

そして人々にとって、左の宝玉で見える景色こそが今のギデオンだった。

この現象はルークが推測しかけたように、TYPE：アポストルの特性によるもの。

メイデンが強者を倒《たお》すジャイアントキリングに秀《ひい》でているように、アポストルもまた独自の能力傾向《けいこう》を有している。

その特性の名は、ドミネイター。己の力を一点に集中させて強者を倒すメイデンの対《つい》。力を広げて世界の一部を掌握《しょうあく》し、己を利する世界に作り変えてしまう支配者の力。

カグヤのように、己の世界《ワールド》で世界を夜に染め上げるのではない。世界の一部を箱庭のように区切って、支配して、改変してしまう。

サンダルフォンは、掌握した一〇キロメテル四方の世界で移動法則を改変する。

《天死領域《サンダルフォン》》は生物とその所有物、そして〈エンブリオ〉の移動に関してのみ、一〇〇メテルごとの空間の繋がりを変えられる。

サンダルフォンがバラバラにシャッフルした……左の宝玉で見ている景色のままに。

ユダヤ教における『天使を幽閉する大天使』をモチーフとした力。

かき混ぜられた世界を正しく把握できるのは、この幽閉空間の支配者であるサンダルフォン自身の視覚をはじめとした極《ごく》一部のみ。

数多《あまた》の者にとって日常と変わらぬ景色のまま、脱出《だっしゅつ》困難な迷宮となる。

それは、ハンニャが望んだ力。

己を裏切ったロックパンサーを――絶対に逃がさないための力。

かつては涙と小便を流しながら逃げ惑う彼を追《お》い詰《つ》め、微塵《みじん》に踏《ふ》み潰《つぶ》すために用いた。

それが今は、別の人物のために使われていた。

『光学探査――【超闘士《オーヴァー・グラディエーター》】フィガロ』

サンダルフォンは一歩ずつ歩きながら、三六〇度を見回し、フィガロを捜《さが》す。

サンダルフォンはかき混ぜられた世界を確認しながら地続きに歩んでいるが、周囲からはまるで巨大な双塔が一歩ごとに瞬間移動しているように見えている。

これが、フィガロと初めて会った時に背後へと一瞬《いっしゅん》で回りこめた謎《なぞ》の正体である。

「…………」

変形したサンダルフォンの最上部で、ハンニャは無言のままギデオンの街を睨《にら》んでいた。

その目には様々な感情が混在していたが、結局は悲哀《ひあい》と憤怒《ふんぬ》、そして狂気《きょうき》が全てを塗《ぬ》りつぶしていた。

『ハンニャ様。変形と《天死領域》の展開が完了《かんりょう》しました。目標の光学探査も実行中です』

サンダルフォンの報告にも応じる声はないが、サンダルフォンは知っている。

自身の〈マスター〉であるハンニャの感情の暴走には、二段階あることを。

第一段階は当り散らす怒《いか》り。心の底から激怒《げきど》しているが、明確な目標が目の前になく、目標と類似性《るいじせい》の高いものに感情を叫びながら八つ当たりする怒り。

かつて、ハンニャをリアルで裏切ったロックパンサーを捜していたときの彼女。

そして第二段階は、純粋《じゅんすい》な衝動《しょうどう》。一切《いっさい》の言葉を発さず、目標を見つけて己の胸の炎《ほのお》が消えるまで言葉でも力でも止まらない破壊衝動《はかいしょうどう》。

かつてこちらでのロックパンサーの姿を知り、レジェンダリアで見つけたときの彼女。

この第二段階は、第一段階よりもはるかに恐《おそ》ろしいとサンダルフォンは体験している。

なぜなら、このときのハンニャはもう何も気にかけない。

相手に怒りをぶつけ続ける以外の一切が意識から消滅し、第一段階では少しだけ残っていた周囲への配慮《はいりょ》すら皆無《かいむ》となる。

レジェンダリアでロックパンサーに報復した際、ティアンの被害者《ひがいしゃ》が出なかったことはただの幸運であると、ハンニャの凶器《きょうき》であったサンダルフォンは誰《だれ》よりも知っている。

そして言うまでもなく……今のハンニャの暴走は第二段階だった。

(きっと、この街は消えます)

フィガロはロックパンサーとは違う。

ここでの違いは人間性ではなく、戦闘力《せんとうりょく》。〈超級〉でも実力者であるフィガロを潰し尽くすよりも先に、このギデオンがなくなる公算が高いとサンダルフォンは踏んでいた。

（……仕方ありません。それがハンニャ様のなさりたいことなのだから）


かつて、カグヤはネメシスに対してアポストルを「使命感の産物」と呼んだ。

それは間違いではない。彼らアポストルは〈マスター〉の叶《かな》えなければならない望みを叶える道具たらんとし、どんな望みだろうとそこに一切の異論や反論を挟《はさ》むことはない。

ゆえに、彼らは支配者《〈マスター〉》の使徒《アポストル》なのである。

フィガロが姿を現したとき、全《すべ》てが終わる――終わらせるのだと使徒は考えた。

◇◇◇

□【煌騎兵《プリズム・ライダー》】レイ・スターリング

「あの女化生先輩《おんなけしょうせんぱい》は、本っ当に余計なことをしてくれるよ!!」

俺《おれ》はギデオンの空をシルバーに乗って駆《か》け回《まわ》りながら、内心の感情を吐《は》き出した。

俺の左手には新聞紙が……この騒動《そうどう》の原因と思われる記事が握《にぎ》り締《し》められている。

宿に置かれていた新聞を読んで、「まずいんじゃないか？」と思った直後にこの状況《じょうきょう》だ。

『……用事があるからと食事を断った男が他の女と上半身裸《はだか》で密会していれば爆発《ばくはつ》もする

はずだのぅ。火矢で直接射掛《いか》けるも同然だ』

「フィガロさんにその気はこれっぽっちもなかっただろうけどな！」

ついでに言えば、女化生先輩とこの新聞社もこんな事態を引き起こすつもりは毛頭なかっただろうが結果は現状のとおりだ。

【玲二《れいじ》、そっちの状況はどうだ？　足元には辿《たど》りつけたか？】

兄から【テレパシーカフス】での連絡があったので応答する。

【駄目《だめ》だ！　空中を走り回っても景色が切り替《か》わるだけで辿りつけない！】

【ルークによると、空間が一〇〇メートル四方でバラバラに繋がっているらしいからな。おまけにハンニャも移動の真っ最中だ。遭遇《そうぐう》できるかは運次第《うんしだい》。ルークや〈超級殺し〉もまだ見つけていない】

その空間のバラバラは、空の移動でも高低の変化以外には適用されていた。

俺以外にも何人かテイムモンスターで飛んでいる人を見かけたが、困惑している様子だ。

【……女化生先輩はまだ見つからないのか？】

【いないな。そもそもログインしていないかもしれない】

女化生先輩なら〈月世《げっせい》の会〉の人海戦術なり、広範囲のデバフなりで被害《ひがい》を抑《おさ》えられるかと思ったが、それも駄目か。……原因なのにどこ行ってんだよ、あの人は！

【迅羽は？】

【必殺スキルは使えないらしい。『観測情報と実際の照準がバラバラで狙《ねら》いを定められない』とか言っていた。生物と〈エンブリオ〉だけが対象らしいからな。光学や魔法《まほう》での観測とズレが出ちまうんだろう】

だったら、見えている目標に魔法を打ち込めば……駄目か。

相手は一歩ごとに瞬間移動しているも同然、外れてしまうだろう。その流《なが》れ弾《だま》が街に落ちる事を考えると、迂闊《うかつ》に攻撃もできない。兄のバルドルでも同様だ。

『足の長さが一キロもあるからのぅ。一〇〇メートルの移動が一歩で済んでしまう』

スキルの謎自体はルークがすぐに解いてくれたが、攻略法《こうりゃくほう》はほとんどない。

……あるいは、アズライトの【アルター】ならばこのスキル自体を斬《き》れるか？

いや、生物の移動に関してのみ空間の法則が作り変えられているなんて理屈《りくつ》不明の状況に、さらに理屈不明の切断能力を持つ【アルター】をぶつけるのはまずいか。

何が起こるか予想がつかない。最悪、空間の法則が修復不可能になるかもしれない。

アズライト達には既に事情を伝えている。

あっちも対応に動いているだろうが、未《いま》だ状況に変化はない。

【……兄貴、フィガロさんは？】

【繋がらない。まだログインしていないが……ひょっとすると来ないほうがいいかもな】

フィガロさんならばハンニャさんを説得できるかと思ったが、兄はそれを否定した。

【今のハンニャは、サンダルフォンのスキルを使って街をゆっくり闊歩《かっぽ》してるだけだ。多分、フィガ公を捜してるんだろう。だが、見つけた時は、状況が動く】

【……どんな風に？】

【考えられるのは二つ。一つは、会話。もう一つは、問答無用の攻撃行動】

……生と死がはっきり分かれすぎた二択《たく》だ。

【後者は最悪だ。ハンニャは狂戦士系統のバーサークスキルを使うだろう。ＳＴＲもＡＧＩも増したサンダルフォンが、フィガ公目掛《めが》けて街中を踏み荒《あ》らしながら暴れ回る】

【……俺には、あのフランクリンの事件よりも余程《よほど》悪い状況に思えるんだが】

【だから、最悪だと言ってるだろ】

兄がさっきからクマ語尾《ごび》を一切使っていないのが、状況の不味《まず》さを証明している。

『……今気づいてしまったのだが、あれが倒れただけでも大惨事《だいさんじ》ではないかのぅ』

「ああ。だから……止めるにしても手段が限られる」

説得して止まってもらうか、……ハンニャさんを一瞬でデスペナルティにして倒壊《とうかい》前にサンダルフォンを消すか、だ。

兄が迅羽に頼《たの》もうとしていたのは、あのサンダルフォンを倒壊させず、速《すみ》やかにハンニャさんだけを排《はい》せるのがテナガ・アシナガの必殺スキルだけだったからだろう。……実際はサンダルフォンの必殺スキルによってその手は使えなくなってしまったが。

だから今、俺達《おれたち》はサンダルフォンの足元を目指している。

直接接触して、ハンニャさんを止めるために。

けれど、もはや誰の言葉も聞き入れてくれない状態だとしたら……。

「……ハンニャさんを、倒すしかないのか」

昨日の、フィガロさんとの約束を楽しみにしていたハンニャさんを思い出す。

きっと何事もなければ二人は穏《おだ》やかに今日を過ごせていたのだろう。

後味の悪い……何でこんなことになっているんだよ！

【……玲二、良い知らせと悪い知らせが同時にある】

【……何があったんだ？】

兄の緊張《きんちょう》した声音《こわね》に不安と共に問いかけ、

【フィガ公がログインした】

否応《いやおう》なく状況が動いてしまうことを理解した。

◇◆◇

□■決闘《けっとう》都市ギデオン・〈ＤＩＮ〉ギデオン支部

〈ＤＩＮ〉のギデオン支部の屋上――管理ＡＩの作業場ではなく実際の屋上――では三人の人物がサンダルフォンを見上げていた。トム・キャットの姿のチェシャ、トゥイードルダム、トゥイードルディー。管理ＡＩの三人である。

「……いつからこれを企《たくら》んでいたのさ？」

この騒動を双子《ふたご》が狙って引き起こしたと確信して、チェシャは問いかけた。

それこそ、昨晩の思いつきではなく……ハンニャがギデオンに訪《おとず》れると知った時点でこれを計画していたのだろう。ハンニャの出所時期と目的は、連絡事項《れんらくじこう》として〝監獄《かんごく》〟担当のレドキングから回覧されていたのだから。

「アリスが企画《きかく》を持ってきたときだ」

「それを聞いて写真撮ろうって思ったの。ほら、決定的瞬間が撮れそうだから～？」

「成功率を上げるカメラの設置許可は下りなかったが、結果としてプレイヤーからの投稿《とうこう》でベストな材料を獲得《かくとく》できた」

「マンパワ～♪　あ、でもちょっと違う？　彼も似たような目的だし？」

アリスとはプレイヤー保護を担当する管理ＡＩの一体であり、アリスンという名前のアバターで〈ＤＩＮ〉に勤めてもいる。トム・キャットと同じく、理由あっての偽装《ぎそう》だ。

だが、今重要なのはアリスのことではなく、双子の企みだ。

「ともあれ【狂王】の情報は得ていた。前科ももちろん把握済みだ」

「同じように背中を押《お》せば～こうなるんじゃないかな～って」

つまり、この二人にとって『ドキキャハ♪』という企画は、最初からハンニャを暴走させる材料を獲得するためのものだった。

「本来はファンとの写真でも使おうと思っていた。恋愛《れんあい》の祭りということで煽れば、アプローチを仕《し》掛《か》ける者も出るだろうと推測できたからな」

「でもこんなときまで着ぐるみだったからちょっと焦《あせ》ったよね～」

「回避《かいひ》策《さく》はいくらかあったが、しかし結果として最良の写真が手に入った」

「写真を流した後の〈キングダム・ピープル・タイム〉もお手柄《てがら》～。写真に関して推測込みで書くのは新聞の常だけど～」

彼らにしてみれば、扶桑《ふそう》月夜《つくよ》や新聞社、そして投稿者《とうこうしゃ》の行動は一〇〇点満点といったところだろう。狙い通り、ハンニャは暴走を始めたのだから。

「……これはリアルでの人生までも左右しかねない。こんなことは僕達《ぼくたち》の……」

「今さらだな」

「今さら今さら～。こっちで人生が変わるほどショックを受けるなんて、何度もあったと思うよ～。特に【冥　王《キング・オブ・タルタロス》】や【剣　王《キング・オブ・ソード》】みたいなメイデンの〈マスター〉はね～。繊細《せんさい》だから～」

「トゥイードル……！」

チェシャは、彼にとって許容できない言葉を吐いた双子の顔を見る。

「ッ……」

しかし覗き込んだ瞳《ひとみ》には──悪意が欠片《かけら》もなかった。

瞳の奥《おく》には何の感情も浮《う》かんでいない。どこか楽しんでいるように見えるトゥイードルディーの表情も、よく見れば上辺だけであり……目の奥は機械のように冷たい。

まるで、言動も含《ふく》めてそうプログラムされている機械のように。

その有様に、双子と自分の違いを……パーソナルの差異を実感する。

こんなことは、彼《かれ》らと付き合ってきた長い年月で幾度《いくど》も味わったことだが。

「……君達は、僕《ぼく》らの中でも特に職務に忠実だよ」

彼らはチェシャとは違う。チェシャが進化前から生物然としたレギオンであったのに対し、彼らはアームズの中でも演算処理に特化したカリキュレーターから進化したTYPE：インフィニット・カリキュレーター。

元々が機械然とした存在だったゆえに、生物としての人格を、そして人間として活動するためのアバターを手に入れてもチェシャとは根本的に異なる。

機械のように、如何《いか》なる時も感情ではなく目的を優先する。

「だからこそ……性質《たち》が悪い。アイツと同じだ」

その在り方に、彼が最も嫌悪《けんお》する〈無限エンブリオ〉……管理AI十号を思い出す。

「それは同意しかねる」

「そ～そ～。やりすぎちゃうバンダースナッチと一緒《いっしょ》にしないでよ～」

進化を促《うなが》すために〈マスター〉同士の諍《いさか》いを引き起こすことも、双子の基準ではやりすぎてはいないのだろう。

「割り切れ、十三号」

「大丈夫《だいじょうぶ》大丈夫～。【狂王】達は辛《つら》くたって生きてるんだから～。もう死んじゃってる私達の〈マスター〉と違って」

「……トゥイードル」

チェシャは、双子がその言葉を述べた一瞬だけ……機械の如き瞳の奥に感情を見せた気がしたが、それは刹那《せつな》の後に気のせいだったかのように消えていた。

チェシャは双子から視線を外し、屋上の柵《さく》へと歩いていく。

「どうするの～？」

「僕達が彼らを罠《わな》に嵌《は》めるような真似《まね》はすべきじゃない。この騒動を止めるために動く」

本体の力は使えないが、トム・キャットのままでも出来ることはある。

彼は、ギデオン支部の屋上から混乱の声が響くギデオンの市街へと飛び出そうとする。

「……！」

だが、向かおうとした彼の足は……動かない。

足だけでなく全身が……彼のアバター自体が動かなくなっていた。

「これは……アリス!!」

チェシャはこの場にいない人物の……この現象を引き起こしている同僚《どうりょう》の名を呼んだ。

プレイヤー保護機能管理担当にして――アバター、管理担当である管理ＡＩ一号アリス。

彼女《かのじょ》の力で、チェシャはトムのアバターを動かせなくなっている。

本体ならばともかく、アバターのトム・キャットでは彼女に逆らえない。

なぜならば管理ＡＩのアバターも、〈マスター〉のアバターも、この〈Infinite Dendrogram〉で活動する全てのアバターは彼女が作り上げたのだから。

「……彼女も、君達と同意見ということかな？」

「そう思ってくれて構わない。座視しろ。それ以上は君の役目ではない」

「結果をごろうじろ～。誰か進化するといいね～」

本体を持ち出せないチェシャは動けず、暴走を仕組んだ双子は結果を心待ちにする。

そうして、管理ＡＩはこの街で起きる三度目の〈超級激突《ちょうきゅうげきとつ》〉の行方《ゆくえ》を傍観《ぼうかん》する。

結末が如何なる形になるかは、彼らにも分からないままに。

◇◇◇

□〈ネクス平原〉

フィガロはギデオンの中にはいなかった。

ハンニャとの決闘場所を見繕《みつくろ》うためにギデオンの周辺マップを駆け回り、〈ネクス平原〉の端《はし》でいいかと場所を定めてログアウトしていたため、ギデオン周辺を効果圏《けん》に収めた《天死領域》もフィガロの現在位置にまでは届いていない。

彼がギデオンの外にいたことは、多くの者にとって幸いだった。ギデオンの中であったのなら、被害はより拡大していただろうから。

ログインしたフィガロは、すぐにギデオンの街を闊歩するサンダルフォンを目撃《もくげき》した。

また、ギデオンで逃げ惑う人々の姿も。

「ハンニャ……」

ログインした時点で、彼は事情を察した。ログイン前に読んでいたMMOジャーナルに、〈キングダム・ピープル・タイム〉の記事についても書かれていたから。

ログイン前は「色々と間違えている記事だな」くらいに思っていた。

だが、そんな彼もログイン後のこの光景の原因がそれだろうと察することは出来た。

彼は物事を深く考えないが、愚《おろ》かではない。

ゆえに、自分が読んだ記事とハンニャの暴走をすぐに結びつけることができた。

「…………」

少しだけ、何かを堪《こら》えるような表情をした彼は……無言のままアイテムボックスからとあるアイテムを取り出した。

それは、信号弾《だん》の役割を果たすマジックアイテムだ。ダンジョンで手に入れたはいいものの、仲間との連携戦闘《れんけいせんとう》が出来ない彼が長らく使い道を見出《みいだ》せなかったアイテム。

フィガロはそれを空に撃《う》ち、ハンニャに自分の居所を知らせた。

『――目標発見』

それを目印にして、サンダルフォンはすぐに〈ネクス平原〉のフィガロを見つけ、ハンニャの意に沿って足を動かした。

それは正に一心不乱といった有様。フィガロだけを見据《みす》え、他の何者にも構わず、塔の足で地を穿《うが》ちながら、フィガロへと直進する。

幸いだったのは、ハンニャの現在位置が《天死領域》の外縁《がいえん》に近かったことだろう。

サンダルフォンはすぐに《天死領域》の範囲《はんい》から脱《だつ》し、それに伴《ともな》ってギデオンを支配下に置いていた《天死領域》も解除される。《天死領域》の条件の一つが、サンダルフォン自身がシャッフルされた範囲内《はんいない》にいることであったためだ。

無論、《天死領域》を再使用すれば、現在地を中心として再展開されただろうが……それはしなかった。

そんなことよりも遥《はる》かに重要な事柄《ことがら》を既《すで》に見つけていたから。

〈ネクス平原〉の大地を砕《くだ》きながら、数秒でハンニャはフィガロへと辿りつく。

対面する二人。ハンニャは眼下のフィガロを見下ろし、

「ハン」

「――《ラスト・バーサーク》」

彼女の名を呼ぼうとしたフィガロに対し――【狂王】の最終奥義《おうぎ》で応《こた》えた。

《ラスト・バーサーク》は、【狂王】の最終奥義にして抹殺《まっさつ》宣言。

ターゲットを定めてから発動するバーサークスキル。

ターゲットを殺すか、使用者が死ぬまで止まらない最終暴走。

そして暴走の対価として使用者のSTRとAGIを五倍化し、被《ひ》ダメージを五分の一へと減らし、他のスキルの消費MPとSPをゼロとする。

スキルの発動と同時に、使用者はターゲットを殺す生物兵器へと変貌《へんぼう》する。

歴史上、数多の【狂王】が正気を失くしたまま死んでいった禁断のスキル。

無論、ハンニャはこのスキルの効果を知っている。

それでも、フィガロへの使用を躊躇《ためら》うことはなかった。

発動直後、全長一キロメテルの塔がフィガロ目掛《めが》けて落下する。

「……ッ」

フィガロは咄嗟《とっさ》に装備をAGI特化セットに切り替え、飛《と》び退《の》いて回避《かいひ》する。

だが、その回避先へと次々に一キロメテルの塔が降り注ぐ。

それは単純なストンピングだが、一キロに達する長さとそれに見合った重量、そして《ラスト・バーサーク》によって獲得した超音速《ちょうおんそく》によって行われるそれは隕石《いんせき》の連続落下に等しく、〈ネクス平原〉に月面の如く無数のクレーターを穿っていく。

かつて、〝監獄〟において隠蔽能力に特化した〈超級《スペリオル》〉であるガーベラがハンニャと相対した際に、この連打によって何も出来ぬまま粉砕《ふんさい》されている。

防御《ぼうぎょ》も回避も不可能な、連続質量爆撃《ばくげき》。

【狂王】ハンニャに上を取られれば、必ず踏み砕かれる。

それが〝監獄〟での常識の一つだったが――【超闘士】はその常識を超《こ》えていく。

「――《燃え上がれ《コル》・我が魂《レオニス》》!!」

――フィガロは自身の命を削《けず》る必殺スキルを躊躇いなく発動した。

「《アクセラレイション》!!」

装備していた指輪――AGIを強化するアクセサリーのアクティブスキルを発動させる。

《燃え上がれ、我が魂》――装備の消滅《しょうめつ》と引《ひ》き換《か》えにアクティブスキルの性能を跳《は》ね上《あ》げる必殺スキルによって、フィガロは一時的に降り注ぐ塔足《とうそく》を上回る速度を獲得する。

降り注ぐ塔足を回避し、大地への落下による衝撃波《しょうげきは》すらも多くを受け流す。

稀《まれ》にある回避できない致命打《ちめいだ》は、《燃え上がれ、我が魂》でダメージカット率を大幅《おおはば》に上昇《じょうしょう》させた【身代わり竜鱗《りゅうりん》】によって凌《しの》ぐ。

そして【竜鱗】をアクセサリーのスロットに再装備しながら、回避を続行する。

常人ならば……否、ランカーであっても瞬《また》く間《ま》に粉砕される質量爆撃の嵐《あらし》の中でフィガロは生き残っていた。

だが、フィガロの抵抗《ていこう》は無限に続けられるわけではない。

使い捨てる装備には限りがあり、《燃え上がれ、我が魂》によるHP消費もある。

逆に、ハンニャには一切の消費がない。

フィガロが死ぬまで、《ラスト・バーサーク》によって永遠に攻撃《こうげき》を続けることが出来る。

この戦いは既にフィガロの死がゴールとして決定付けられている。

そんな絶望的な状況の中でフィガロは頭上から降り注ぐ塔足を回避しながら、……遥か上にいるはずのハンニャを見上げる。

そうしながら彼は脚部《きゃくぶ》の装備を切り替える。移動制限を無効化する【不縛足《ふばくそく》　アンチェイン】から、《登攀《とうはん》》スキルを有するブーツに。

《登攀》スキルは断崖絶壁《だんがいぜっぺき》を登るためのパッシブスキル。彼のコル・レオニスで強化すれば、仮に垂直な壁《かべ》や反《そ》り返った壁でもそのまま登ることが出来る。
これはソロで数多の種類の敵と戦うために、彼が用意していた装備の一つ。
そして、このブーツを今装備した理由は一つしかない。

「——今から、そこに行く」
フィガロは——自分を踏み潰そうとする塔足の側面に飛び乗った。

そして、彼は駆けていく。
反り立つ塔……超音速で動く塔足の側面の上を。
大地を踏み荒らす衝撃《しょうげき》の中で、ハンニャを目指して。
彼は、幽閉塔《サンダルフォン》を駆け上《のぼ》る。

□決闘都市ギデオン

『フィガ公のログイン地点が外だったのは、不幸中の幸いだったな』

　フィガロのログインによってハンニャとサンダルフォンがギデオン内部から〈ネクス平原〉へと移動し、事態も大きく変化した。

　事件の解決策を練っていたシュウがこの変化にどう対応するかを考えていると、【テレパシーカフス】による連絡《れんらく》が入った。

【お兄さん】

【ルークか、どうした?】

【今、迅羽《じんう》と合流しました。シャッフルが解除されて狙えるようになった、と】

　既に《天死領域《サンダルフォン》》は解除されている。今ならばテナガ・アシナガの必殺スキルでハンニャを狙うことも出来る、というわけだ。

【心臓を抜《ぬ》ける確率は？】

【五割と言っています。相手のＡＧＩが高い上に、現在も踏み荒らしで動いていますから】

テナガ・アシナガの必殺スキルは、相手に直接ロックオンするものではない。そのため、指定の空間座標から動けば外れてしまう。

だからこそ、〈超級激突〉ではフィガロの動きを制限した上で使用し、当てている。

今のハンニャはサンダルフォンが巨大《きょだい》すぎることもあり、踏み荒らしの度に座標からずれているゆえに、迅羽でも必中とはいかない。

【……ハンニャは【ブローチ】も装備しているだろうからな。一度じゃ抜けず……それをきっかけに〈ネクス平原〉に限らず広範囲《こうはんい》で暴れるかもしれないってところか】

【そうですね】

【……まずはフィガ公に任せる。駄目だったら迅羽のプランで行こう】

【承知しました】

シュウとの通信を終えた後。ルークはサンダルフォンを……サンダルフォンと相対するフィガロを遠目に見ながら疑問を覚えていた。

「どうしてフィガロさんはサンダルフォンを登っているんだろう？　真下から【グローリ

ア α】……そうでなくても射程の長いスキルを使えば倒せそうなのに」

「不思議だよねー。試合のときみたいにズバーンってやっちゃえばいいのにー」

「……長射程の攻撃スキルを使うことに、何か問題がある？　何らかのスキルで防がれてしまう、のかな……？」

『違うゾ。お前、頭いいけど疎《うと》いナ』

推測を重ねようとしたルークだが、横合いからかけられた声がそれを否定する。

声の主は、ルークと合流した迅羽だ。

「……疎い」

あまり言われたことのない言葉に、ルークが少しショックを受けた。

『あいつが登ってるのはナ、もっと簡単な話だろうヨ』

「簡単、ですか？」

しかし、迅羽が簡単だというものを、ルークはまだ理解できていない。

『ああ。武器を持ってねーシ、俺との決闘では使ってなかった必殺スキルも使ってるからナ。そういうことだロ』

その発言もまた、ルークには理解できない。事前情報では、フィガロはハンニャとの決闘を心待ちにしていたし、昨日のレイの話でも決闘をする心算らしいと聞いている。

ゆえにフィガロにとってこれは待ち望んでいた決闘、あるいはギデオンで破壊《はかい》を行おうとしていたハンニャの制止だとルークは考えていた。

『ま、考えりゃお前なら分かるだろーサ。考えるのが勉強だゼ、ルーク』

「迅羽ちゃんは子供だけどお姉さんっぽいよねー。ルークのお姉さんポジは渡《わた》さないよー」

『要《い》らねーヨ』

バビの言葉を笑って否定しながら、迅羽は必殺スキルの発動準備だけはしつつフィガロ達《たち》を見守っていた。

◇◆◇

□■〈ネクス平原〉

〈ネクス平原〉には大地を砕く轟音《ごうおん》と……少年の声が木霊《こだま》していた。

『落ちて！　落ちてください！』

声の主であるサンダルフォンは、そう叫《さけ》びながら両脚《りょうきゃく》を連続で踏み下ろす。

だが、彼が振《ふ》り落《お》とそうとしているフィガロはその動作と衝撃に耐《た》えて、垂直の塔の壁《へき》面《めん》に両足をかけて駆け上っていく。

　物理法則からするとありえないような光景だが、コル・レオニスによって強化されたブーツの《登攀》スキルと、フィガロのステータスはそれを可能にする。既に必殺スキルの一度目の効果時間は終了《しゅうりょう》しているが、装備を絞《しぼ》っているため強化度合いに問題はない。

　何より、不安定な足場を駆けることなど彼の戦闘《せんとう》では日常茶飯事《にちじょうさはんじ》だ。

『なんて人だ……！』

　サンダルフォンにとって、攻撃動作中の自身を登ってくる相手などこれまでいなかった。

　これまでの二度の敗北の相手は広域殲滅《せんめつ》を得手とする自然の権化《ごんげ》と、あらゆる物理攻撃を無為《むい》とするスライム。どちらも相性《あいしょう》が悪く、有利を活《い》かせず敗北したのも理解できる。

　だが、フィガロは人間。踏み潰せばそれで終わるはずの人間だ。

　それを倒《たお》せないことに、サンダルフォンは焦っていた。

　既に……フィガロはサンダルフォンを半ばまで踏破《とうは》している。

「――■■」

『ハンニャ様……！』

　《ラスト・バーサーク》状態のハンニャは、機械的とすら言えるフィガロへの攻撃動作のみの存在。肉体のコントロールは《ラスト・バーサーク》によって自動化され、塔足の操作もサンダルフォン自身の動作サポートがなければ無茶苦茶《むちゃくちゃ》になってしまうほどだ。

しかし、プレイヤー保護機能によって彼女の思考は彼女のまま。

ゆえに、彼女から発せられるフィガロへの感情は、暴走の中にあっても変わらない。

それは殺意、憤怒、悲哀、そして愛と言うには多色過ぎて……一つを選べない。

だが、それらの総意がこの《ラスト・バーサーク》による暴走である。

彼女は恋《こい》を見失った時に、こうするしか術《すべ》を知らないのだから。

人生でたった二回の恋は、一度目は裏切られ、二度目は幻《まぼろし》だった。

彼女は失った愛の対象に、悲哀と憤怒と憎悪《ぞうお》をぶつけることでしか晴らせない。

彼女の心を、サンダルフォンは誰よりも知っている。

彼女の、そうするしかない望みを知っている。

彼自身が、彼女の心から生まれたものだから。

そしてこの世で誰よりも彼女に従順な〈エンブリオ〉は、今も彼女の望みを実行する。

『――《スクリーマー》、セット』

サンダルフォンの宣言と共に、その姿が僅《わず》かに変貌する。大地に近づくほど細くなる逆さ塔のシルエットはそのままに、全体に――螺旋状《らせんじょう》の溝《みぞ》が出来上がる。それは塔を登るフイガロには見えず、ギデオンから傍観する者達には全貌《ぜんぼう》がよく見えた。

誰かがその姿の答えを口にするのと同時に、変形したサンダルフォンが僅かに発光し、

『──《フォール・ダウン・スクリーマー》!!』

彼にとって唯一《ゆいいつ》の攻性アクティブスキルを発動させた。

今の彼は、全長一キロにも達する超巨大螺旋衝角《ドリル》。

かつてフィガロと会うために〝監獄〟からの脱獄《だつごく》を目論《もくろ》み、[redacted]による進化で第七形態となったサンダルフォンが獲得したスキル。

〝監獄〟からの脱獄こそ叶わなかったものの、空間を曲げ、あらゆる地下構造を粉砕し貫《かん》通《つう》する穿孔《せんこう》特化強度無視攻撃《こうげき》スキルである。

無論、今使うことに穿孔も強度無視も然程《さほど》の意味はない。

そもそも効果が発揮されるのは塔足の先端《せんたん》であり、フィガロが登る側面ではない。

では、なぜ今発動させたのかと言えば……単純な話だ。

螺旋衝角《らせんしょうかく》の回転でフィガロを振り落とすためである。

秒間六〇〇を超える螺旋塔《らせんとう》の回転。遠心分離機《ぶんりき》の如き高速回転に、サンダルフォンはフィガロが空中へと投げ出される光景を幻視《げんし》した。

その幻視は正しく、フィガロの体は空中へと放《ほう》り出《だ》され……。

「——《断命絶界陣《だんめいぜつかいじん》》」

——空中の足場に着地した。

『な⁉』

サンダルフォンは驚愕《きょうがく》するが、これを為《な》した蒼《あお》いコートこそ、フィガロの第一の特典武具【絶界布《ぜつかいふ》 クローザー】。空中に結界による足場を作りだし、かつての【グローリア】との戦いのように空中を跳ねまわり、サンダルフォンの頂上を目指して駆けていく。

既に道程の半ばを過ぎている。今からの使用ならば、辿りつける。

「…………」

ハンニャは回転する塔足でフィガロを撃墜《げきつい》しようとするが、不規則に疾走《しっそう》する彼の体を捉《とら》えることはできない。

やがてフィガロの疾走は頂上へと達しようとし、サンダルフォンは焦る。

サンダルフォンには分かっていた。彼の体は極《きわ》めて巨大であり、広範囲の空間支配改変能力も有する強力な〈超級エンブリオ〉だが、欠点もある。

アポストルの共通の欠点として、〈マスター〉へのステータス補正が皆無《かいむ》であること。

そしてサンダルフォン自身の欠点。その巨大さゆえ、懐《ふところ》……最上部に辿《たど》りついた相手に対する対抗《たいこう》手段が存在しないことだ。

サンダルフォンの全戦闘力《ぜんせんとうりょく》が、この状況《じょうきょう》では役に立たない。

そして、サンダルフォンの装備を解除し、ハンニャ自身で戦ったとしても……《ラスト・バーサーク》の強化を加味したところでフィガロには敵《かな》わないだろう。

サンダルフォン抜きでは、両者の間にはそれだけの差がある。

サンダルフォンが自らの主《あるじ》の危機に強い焦燥《しょうそう》感を覚え、フィガロがサンダルフォンの頂上へと最後の跳躍《ちょうやく》を行ったとき、

——何かが、フィ、ガ、ロ、を、撃、ち、抜、い、た。


「ッ！」

突然《とつぜん》の狙撃《そげき》に対する驚愕は誰《だれ》のものか。

しかし、フィガロの命は絶たれていない。

咄嗟に【クローザー】の結界を、迅羽との決闘でも使用した全周防御に切り替《か》えていた。

しかし、その行動によって足場としていた結界が消え、一度は頂上に到達《とうたつ》しかけたフィガロは、地上へと落下していく。

その様子を、サンダルフォンも何が起きたか理解できぬまま見つめていた。

「…………」

ハンニャは憤怒《ふんぬ》の形相のまま、しかし無言でそれを見下ろし続けていた。

◆◆◆

■〈クルエラ山岳《さんがく》地帯〉

（命中）

男は両の目を閉じながらそう言った。

彼の手にはペンと手帳があり、彼の傍《かたわ》らには……四脚《きゃく》の機械の上に弓を持つ上半身が付いた奇《き》怪《かい》な怪物《かいぶつ》の姿があった。

閉じた瞼《まぶた》の裏で、彼はサンダルフォンの真上から、落ちるフィガロを見ていた。

（ここで終わってはあまりにも短い。こんなにも希少なイベントなのだから、もう少し長く見ていたい。二度も干渉《かんしょう》したのは、あまりないことだが）

男はフィガロとハンニャの争いを望んでいた。〈超級〉同士の単純なバトルではなく、愛憎《あいぞう》入り交じる争いを観察したくて仕方がなかった。

だからこそ、〈DIN〉のイベントに自らが撮《と》った火種となる写真を送った。それが〈DIN〉ではなく他紙のスクープとなったのは予想外だが、結果が同じなら些細《ささい》なことだ。

そして今、あまりにもあっさりと終わりそうだったので……空中で軌道変更《きどうへんこう》できないタイミングを狙《ねら》いすまし、自らの〈エンブリオ〉でフィガロを狙撃した。

彼の狙撃で決着してしまうケースは彼にとっても最悪だったが、狙い通りフィガロは狙撃を察知し、防御してくれた。

お陰《かげ》で、愛憎の戦いが仕切り直し《リスタート》になるだけで済んだ。

(サジタリアスは良い仕事をした)

サジタリアス。そう呼ばれた奇怪な怪物が放った矢は物理的なものではなく、光の矢。

驚愕すべきは、ギデオンの東の〈クルエラ山岳地帯〉から、北の〈ネクス平原〉までの超 長距離狙撃《ちょうちょうきょりそげき》を成《な》し遂《と》げたことだろう。

(しかし一回目と異なり、二回目の干渉は少し直接的過ぎた)

見る者がいればどこから狙撃が行われたかはすぐに分かる。

そして、妨害者《ぼうがいしゃ》である男の存在にもすぐに気づくだろう。

男は左瞼の裏にサンダルフォンを映しながら、右目だけを開けて天を仰《あお》ぐ。

その視界には上空から白銀の煌玉馬《こうぎょくば》が一騎《き》……彼の下《もと》へと駆《か》けてきていた。

（やはり……。こうなることも覚悟《かくご》で手を出した。しかし、できればあちらを観測する余《よ》裕《ゆう》は残しておきたい）

やれやれと嘆息《たんそく》する彼の隣《となり》で、サジタリアスが消失する。

地に転がった十二個の黒い球を左手の紋章《もんしょう》に仕舞《しま》いながら、煌玉馬に乗ってやって来た黒い大剣の〈マスター〉に笑いかける。

「おはようございます。レイ・スターリングさん」

彼の笑顔《えがお》での挨拶《あいさつ》に、煌玉馬の〈マスター〉……レイが驚愕の表情を返した。

まるで、予想外の再会を迎《むか》えたように。

◇◇◇

□【煌騎兵《プリズム・ライダー》】レイ・スターリング

ハンニャさんに辿り着こうとしたフィガロさんが、何者かに狙撃された。

空中にいた俺《おれ》は、どこからそれが放たれたのかに気づいて、狙撃の発射点である〈クルエラ山岳地帯〉に急行した。

そこにいたのは、一昨日に自ら山賊《さんぞく》に捕《つか》まっていた男――エフ氏だった。

「……あんたの仕業《しわざ》か？」

シルバーを格納しながら、俺はエフ氏に問いかける。

「はい。私の〈エンブリオ〉が撃ちました」

俺の問いを、彼は抗弁《こうべん》することなくあっさりと肯定《こうてい》した。

「何で、あんなことを？」

「まだ終わらせるには惜《お》しいと思いまして」

「惜しい、だと⁉」

俺の口から、怒《いか》りと驚愕の混ざった声が零《こぼ》れる。

けれど相対する彼は何も揺《ゆ》らぐことなく、平静に受け答えを続ける。

「〈超級〉同士の愛憎劇。観《み》られるチャンスはそうそうありませんから。できるだけ長く観ていたいと思うのは自然でしょう？」

「自然なものか！」

「それに、ほら。折角《せっかく》火種になる写真も撮りましたし」

そう言って、彼は一葉の写真を俺に見せる。

それは……今回の騒動《そうどう》の発端《ほったん》になったあの写真だった。

これさえも、彼の仕業だというのか⁉

「フィガロさんを、ハンニャさんを……何だと思っているんだ！」

「取材対象です。とても良い、と修飾語《しゅうしょくご》をつけても構いません」

再びの即答《そくとう》は、本当にそう考えている証左でもあった。

「このままだとギデオンも滅《ほろ》ぶかもしれない！　それでも何とも思わないのか⁉」

「心が痛みますよ、当然じゃないですか」

心外だな、とでも言いたげに少しだけ表情を変えた。

「でも今の私の感情と感傷も創作の資料なので、ちゃんと覚えておきます。それにギデオンが滅べば、そちらも資料になりますね。フランクリンの事件では見損《みそこ》ねましたから」

「…………ッ！」

彼の発言に、一編の小説と、その主人公を思い出す。

良秀《よしひで》。地獄変《じごくへん》に登場する絵仏師であり、自らの娘《むすめ》の焼け死ぬ様を絵に描いた男。

善悪や倫理《りんり》よりも先に創作がある者、……目の前の彼と同じだ。

「……そうか」

彼という人間を理解して、そして初めて会ったときに抱《いだ》いた違和感《いわかん》に気づく。

彼は……山賊が悪行を働いたことをまるで気に掛《か》けていなかった。

自分が山賊に捕まるというシチュエーションを得た時点で満足しており、山賊が彼以外にどんな悪行をしたとしても気にも留《と》めていなかった。

だから平然と、山賊に感謝していると言った。山賊達《さんぞくたち》が何もしないうちに降伏《こうふく》したのではなく、誰かの命を奪《うば》っていたとしても、彼の口から出てくる言葉は同じだっただろう。

量刑《りょうけい》を聞いたのは、どの程度の悪行を働く者達かの目安を知り、創作に活《い》かすため。

そして今も、彼は片方だけ開けた目で俺をジッと見て……観察している。

自らの所業を俺に告白したのは、それを聞いた俺の反応を『取材』しているのだろう。

「……分かった」

自らの成果を喜び、それによって他者が受ける被害《ひがい》も成果になる。

そんな人物を、俺は知っている。

エフは、同じく作家に類するマリーに似ているのではない。

彼《かれ》は――――フ、ラ、ン、ク、リ、ン、に、似、て、い、る。

俺が相対した最大の敵であり、エフの前にギデオンを脅《おびや》かした者。

己《おのれ》の目的のために、他者に地獄《じごく》を見せることを躊躇わない人格の持ち主。

だからこそ、フィガロさんとハンニャさんの関係を徒《いたずら》に傷つけ、街をも巻き込んだ災厄《さいやく》を引き起こし、その成果を満足げに眺《なが》める彼は……間違《まちが》いなくその同類だろう。

「おお、また登り始めたようですね」

右目の視線を俺から離《はな》さないまま、彼はそう言った。恐《おそ》らくは落下したフィガロさんが体勢を立て直し、再度ハンニャさんの下に向かっているのだろう。

消耗《しょうもう》を抱《かか》え、状況は悪化しているが……それでもフィガロさんはまだ諦《あきら》めていない。

けれど、このままでは……また邪魔《じゃま》をされかねない。

争いを長く観ていたいと言っていたが、その後の発言も踏《ふ》まえればハンニャさんを支援《しえん》し、ギデオンが潰《つぶ》れるところまで見たいと思っているのは明白だ。

「これ以上、あんたに手は出させない。俺が、あんたを止める」

「はい。望むところです。数々の強敵を劇的に打倒《だとう》してきた〝不屈《アンブレイカブル》〟。そんなあなたと直接戦える。これもまた良い取材です」

本当に、妨害《ぼうがい》されるのも望むところなのだろう。

何が起きたとしても取材で、成果でしかない。……極めて厄介《やっかい》なメンタリティだ。

「ああ、そうだ。改めて名乗っておきましょう」

彼はそう言って、右手に取り出した小さな水晶《すいしょう》――【ジョブクリスタル】を砕く。

「私は、【光王《キング・オブ・シャイン》】エフ。王国討伐《とうばつ》ランキング三〇位」

【高位書記《ハイ・セクレタリー》】ではない本来のジョブを名乗る言葉に俺が何度目かの驚《おどろ》きを覚えた直後、

「――〝不屈《アンブレイカブル》〟のなんたるか、取材させていただきます」

――彼の指先と周囲に出現した無数の光玉からレーザーが照射された。


「ッ！」

咄嗟に、【黒纏套《モノクローム》】で自分の体を庇《かば》う。光属性攻撃を完全吸収する【黒纏套】は、熱せられた空気が伝える僅かな熱以外の全《すべ》てを遮断《しゃだん》し、俺の体を守り抜いた。

そうでなければ、この斉射《せいしゃ》で俺の命は尽《つ》きていた。

……最近、妙《みょう》にレーザー使いと多くぶつかる。最初に【モノクローム】と戦って【黒纏套】を手に入れていなければ、鯨《くじら》戦でもこの戦いでも危《あや》うかった。

「なるほど」

【光王】……光属性魔法《まほう》の超級職と名乗った男は、攻撃を防ぎ切った俺を観察し……。

「――防御態勢をとるということは装備するだけで無効化する類ではないようですね？」

今の一度の攻防《こうぼう》で、【光王】はこちらの弱点を看破していた。

そう、【黒纏套】に触《ふ》れさえしなければレーザーは俺の体を容易《たやす》く抉《えぐ》る。

「《グリント・パイル》」

先刻は指先を向けていた手が、今度は掌《てのひら》を向けている。

より強力な攻撃の予兆と悟《さと》り、回避行動をとりながら再び【黒纏套】で防ぐ体勢をとる。

直後、先ほどよりもずっと大きな衝撃が、【黒纏套】越《ご》しに伝わってくる。

「グッ……！」

『レイ！』

この威力《いりょく》は上級職……【閃光術師《フラッシュ・マンサー》】の奥義か！

だが、【黒纏套】を挟《はさ》めば威力は大きく削《そ》がれ……！

「上かッ！」

俺の体にかかった影《かげ》の変化で、それに気づく。

俺の真上に浮《う》いていた二つの光玉の輝《かがや》きが一際《ひときわ》強くなる寸前に、俺は飛び退く。

直後、恐らく【黒纏套】で防いだのと同じ、上級職の奥義が光玉からも照射される。

寸前まで俺がいた場所が、強力なレーザーによって融解《ゆうかい》していた。

『魔法スキルの子機《ドローン》！　レイ！　動け！　足を止めると囲まれるぞ！』

「分かってる！」

咄嗟にシルバーを《瞬間装備《しゅんかん》》して、山岳地帯を駆ける。

空は飛ばない。飛べば、レーザーの一斉射の的になるだけ。遮蔽物《しゃへい》となる木々の間を駆け抜けながら、攻撃の隙《すき》を狙う。

動くのは、【光王】が瞼を閉じた……恐らくはあの玉と光学系の魔法の組み合わせでフィガロさん達を観察するのに使っている左目側だ。

死角から近づいて、攻撃を叩《たた》き込む！

「判断が早い。それがあなたの強みですか」

死角に回られてもなお、【光王】は笑っている。

一瞬《いっしゅん》の後、木々の間を縫《ぬ》うような正確さで、光玉のレーザーが俺達《おれたち》を襲《おそ》った。

「ッ！」

『馬鹿《ばか》な！　死角のはずだ！』

「左目で向こうを見ている。恐らくそう読んだのでしょうが、それは正しいですよ」

言いながら、【光王】がこちらに顔を向ける。

「であれば、今この場でも同じ手法は使えるでしょう?」

その顔は……右の目蓋も閉じていた。


「!」


【光王】の頭上を見れば、幾《いく》つかの玉が浮かんでいた。

今はあれらのどれかが、【光王】の右目としてこの戦場を俯瞰《ふかん》している……!

「左右で別のモノを見るのは疲《つか》れますが、慣れれば酔《よ》いもしませんよ」

「そうかよ!」

戦場を俯瞰し、近づこうとすれば的確にレーザーで迎撃《げいげき》してくる。

ならば、防ぎようがない一撃《いちげき》を遠距離《えんきょり》から叩き込む。

幸いにも、弾はあちらのお陰で十分だ!

「モノクロォォッム!」

俺の呼び声に応《こた》え、【黒纏套】が俺の左腕《ひだりうで》に巻き付き、砲身《ほうしん》を形成する。

「防御は任せる!」

『心得た!《カウンター・アブソープション》!』

再び俺目掛《めが》けて光玉が奥義《おうぎ》のレーザーを撃《う》ち放ってくるが、それはネメシスの展開した光の壁によって防ぐ。

その間に俺は【光王】に狙いを定め、

「――《シャイニング……ディスペアー》！」

――俺の持つ最大火力、収束レーザー砲《ほう》の返礼を【光王】に撃ち放った。

白く灼《や》けつく視界の中で【光王】は動かず、

「なるほど」

そう言って、紋章から黒い何かを展開した。

それは――密集した黒い玉による壁。

一瞬に満たない時間で黒い壁と収束レーザーは激突《げきとつ》し、

――俺の最大火力である《シャイニング・ディスペアー》を防ぎきっていた。

こちらの照射が止まるまで、レーザーを僅かも【光王】へと漏《も》らさない。

照射の後、黒い玉の殆《ほとん》どはまるで光を受け取ったかのように……輝きを放っている。

それが意味することを、俺はすぐに理解した。

「……《光吸収》!?」

俺の【黒纏套】と同じスキルを、あの〈エンブリオ〉も持っている……！

「お互《たが》い、矛《ほこ》と盾《たて》は似通っているようで」

「らしいな……！」

だが、完全に同じではない。

俺にはまだ【瘴焰手甲《ガルドランダ》】、そしてネメシスがいる。

【黒纏套】で防いだダメージカウンターを《復讐《ふくしゅう》》で叩き込めば、勝機はある……！

「では、もう少し類似点《るいじてん》を出しましょうか」

【光王】はその言葉と共に、タクトのように指を振る。

図形を描くように動く指に合わせ、《シャイニング・ディスペアー》を受けて輝きだした玉の内の七つが動き、形を成していく。

その配置を見たとき、俺はすぐにそれが何であるかを思い出した。

「……蟹座？」

光の玉の配置は――王道十二星座の一つ、蟹座《かに》そのものだった。

「――《天に描く物語《ゾディアック》・盾蟹《キャンサー》》」

──正解とでも言うように、【光王】が必殺スキルを発動させる。

──その瞬間、七つの光玉は巨大な大蟹《おおがに》へと姿を変えた。

両の鋏《はさみ》と背中の甲羅《こうら》は輝きを湛《たた》えた分厚い装甲《そうこう》であり、明確に盾役《タンク》としての役割を持たされて召喚《しょうかん》された怪物。それが【光王】に覆《おお》いかぶさり、守護している。

あたかも友であるヒュドラを守るために現れ、ヘラクレスに踏み潰された大蟹カルキノスのように。

『モンスターの召喚スキル……！　これは、アルカンシェルと同じ……いや！』

そう、【光王】が自身で述べた通り作家であるならば、同じく作家としてのパーソナルを持つマリーのアルカンシェルと似通っていても不思議はない。

だが、奴《やつ》が『類似点』と言った意味は……。

「あなたも、召喚スキルをお持ちと聞いています」

……俺の、《瘴焔姫《ガルドランダ》》に向けての発言だ。

しかし、あの【魔将軍《ヘル・ジェネラル》】との戦いで一度は空になった【紫怨走甲《ゴウズメイズ》】には、《瘴焔姫》を……ガルドランダをまともに呼べるほどのMPがまだ溜《た》まっていない。

「それとも、そちらは既《すで》に戦闘用のリソースが枯渇《こかつ》しましたか？　カルチェラタンでの激戦を考えれば、無理もありませんね」

「……さあな」

うっすらと、理解したことがある。

恐らく、この【光王】は極めて俺に似た戦い方をしている。

戦闘手段以前に、戦闘のスタイルが同じだ。

俺はネメシスの《カウンター・アブソープション》のストックや、【紫怨走甲】の貯蔵、それに【黒纏套】のチャージといった事前に溜め込んだ戦闘リソースを、一回の戦闘で吐《は》き出すことで見かけの戦力を引き上げている。

そして【光王】も同じ。あの黒い玉が、《シャイニング・ディスペアー》を受けて輝きだしたように、あの玉を使うには事前に光を貯《た》め込む必要がある。

必殺スキルの召喚にしても、最大までチャージした玉を一定数コストにしなければ、呼び出せないのだろう。

ゆえに、俺達の戦い方はよく似ていた。

「……俺と同じスタイルの準〈超級《スペリオル》〉、か」

奴は自らを討伐ランキングの三〇位だと言っていた。

だが、万全《ばんぜん》の状態になった奴の実力は確実にランキングよりも上。

ジュリエット達上位ランカーと同等か……それ以上だろう。

「……三〇位の理由を聞いても良いか？」

「戦争は取材したいのですが、あまり上に行くと逆に取材がしにくくなるもので」

「納得《なっとく》した」

やはり、あえて三〇位に居座《いすわ》っている類《たぐい》だ。

このやり口で、クランに入るのも難しいだろうしな。

……そういえばランキング表示でも兄同様にジョブ名だけの表示だったはずだ。

「それで、どうするおつもりで？」

上位ランカー相当の準〈超級〉。狼桜《ローザ》やジュリエット、あるいはカシミヤ級の難敵。

今の俺でも一対一では荷が勝ちすぎる相手だが……。

「……諦めるには、まだ随分《ずいぶん》手前だよ！」

これまでに比べれば、よっぽどな！

「――それは良かった」

本心から言っているのが分かる声音《こわね》で、【光王】は大蟹とレーザーで俺を攻撃《こうげき》した。

◆◆◆

■エフについて

エフにとって、この世界は素晴《すば》らしい取材対象だ。

〈Infinite Dendrogram〉が謳《うた》う完全なリアリティは、彼にとって最高の取材環境《かんきょう》。

風景の描写《びょうしゃ》一つとっても実際に目にしたものと、画面越しに見るものでは得られる情報が違《ちが》い、そこから編まれる文章も違う。

ゆえに、異国の街並みも、秘境の如き景色も、現実ならざる不可思議な光景であっても体感できるこの世界は、彼にとって最高の取材ツールだった。

彼のように風景を見るためにログインする者も多いが、彼が見るのは風景だけではない。

彼が風景と同程度に好んで見るのは……リスクだ。

一歩間違えれば死に至るような危険な場面、あるいは罪人として収監《しゅうかん》されて人生を失う行為《こうい》。それがリアルであれば、彼もリスクを考えて御免被《ごめんこうむ》るだろう。

しかし、マスターならば問題がない。命は喪《うしな》わず、リアルの生活も損なわれない。

ハイリスクの体験をノーリスクで体感できるからこそ、彼はずっと続けてきた。

自分を、世界を、命を俯瞰。覗《のぞ》き込み、観察し、全てを糧《かて》にしてきた。

時に危険なモンスターの跋扈《ばっこ》する魔境《まきょう》に足を踏み入《い》れ、時に〈マスター〉に殺され、時にティアンのパーティを山岳の死地へと誘導《ゆうどう》し、時に漁村にモンスターを雪崩《なだ》れ込ませ、時に山賊に捕まり、時に……〈超級〉同士を殺し合わせた。

それらの状況で俯瞰する全てが彼にとって得るもの、作品の材料である。

あるいは、彼同様に創作者であるマリーやベルドルベルならば、彼の行為を多少は理解できるだろう。

だが、彼らはそこまではしない。彼らは最低限のブレーキを持っている。

エフにブレーキはない。

どれだけ悲劇になろうと、創作者として全てを糧にする。

だからこそ、彼の起こす悲劇を止めんとする者も現れる。

山中で遭遇《そうぐう》した、退くことを知らぬパワードスーツの〈超級〉のように。

とある漁村で遭遇した、〈童話分隊〉を名乗るルーキーパーティのように。

そして今、彼の前にいる〝不屈《アンブレイカブル》〟のように。

◇◆

（……装備の相性もあるがよく粘《ねば》る。二つ名は伊達《だて》ではない）
自らとキャンサー、星《ゾディアック》の猛攻《もうこう》を凌《しの》ぐレイにエフは感嘆《かんたん》していた。
エフは、自他ともに認める最高の光属性魔法の使い手である。
光属性の攻撃魔法《こうげきまほう》は、数ある攻撃魔法の中でも特に強力だ。
火属性に次ぐ攻撃力を有し、魔法の速度は光速……比類なき最速である。
だが、光属性の使い手は魔法職の中でも多いとは言えない。
その理由は、三つの欠点に由来する。
燃費が悪い。同威力の魔法を使うとき、火属性と比較《ひかく》して五倍のMPを消耗する。
発動が遅《おそ》い。照射速度は最速だが、発動速度が全属性で最も遅い。
軌道《きどう》が単純。大半の攻撃魔法が直線であり、熟練者ならば照射前に回避《かいひ》可能。
AGI型ならば先手を打つ、あるいは軌道を読んで回避できる。
END型でも発動までに対応する防御《ぼうぎょ》・耐性《たいせい》スキルを行使できるだろう。
そうした事情ゆえに、光属性は強力ではあっても個人戦闘に向く魔法ではない。
だが、ゾディアックを操《あやつ》る【光王】エフは例外だ。
燃費が悪い？　予《あらかじ》め大量の星に光エネルギーを充填《じゅうてん》している。
発動が遅い？　常に発射待機状態の星を配している。

軌道が単純？　全方位から撃ち放ち、回避する空間を潰す。

必殺スキル抜《ぬ》きでも、エフは光属性魔法の欠点を潰している。

戦闘前に準備期間は必要であるが、戦闘においてエフの光属性魔法は至強の一つ。

準〈超級〉でも最上位……あるいは〈超級〉に比肩《ひけん》する実力があるのだ。

そんなエフと単独で相対してもなお、レイは耐えている。

有効な装備を持っているとはいえ賞賛に値《あたい》し、エフも作家として取材対象への『そうでなくては』という思いで心を躍《おど》らせる。

だが、重なる波濤《はとう》の如き猛攻を前に、彼はもたないだろうとも考えていた。

ＴＹＰＥ：レギオン・アームズ【光輝展星《こうきてんせい》　ゾディアック】は、光を吸収し、それをエネルギー源に彼の持つ魔法や視覚スキルを遠隔《えんかく》発動する〈エンブリオ〉である。

レーザーだけでなく、遠隔視や光学迷彩《めいさい》も発動可能である。

今も、レイには見えない星のレーザーが彼の脇腹《わきばら》を射貫《いぬ》いた。

光学迷彩を使用した星の傍《そば》に、レーザーを放つ星を配置したのである。

同様に、エフの俯瞰する目となっている星も隠《かく》されている。

召喚という大技《おおわざ》や強力なレーザーを見せ札にしながら、このような小技《こわざ》で相手を削《けず》る。

それもまた、多くのリスクと経験を積んできたエフの実力である。

（こちらはともかく……あちらは？）

エフは左目でフィガロとハンニャの様子も見ている。

先刻までと大きな差はない。フィガロがハンニャを目指し、サンダルフォンを登る。

けれどダメージと抵抗《ていこう》のためか、動きは前に登った時よりも格段に遅い。

そして、エフは疑問にも思う。

（なぜあの状態で、登ることに固執《こしつ》する？）

フィガロは一切攻撃《いっさいこうげき》せず、ただ只管《ひたすら》に駆けあがるだけだった。

それはエフの……そしてエフの火種を利用したトゥイードルの想定とも異なる状態だ。

少なくとも、エフが見たいものではない。

あるいは今度はフィガロ側に手を加える必要があるかと考えたが、もしかするとここから逆転の凄《すさ》まじい展開があるのかもしれない。

それを見逃《みのが》したくはないが……まだエフの眼前ではレイが抵抗を続けている。

レイの取材はもう十分で、あちらに集中したいとエフは考えた。

「流石《さすが》に粘りますね。けれど、そろそろあの二人に集中しませんか？　実を言うと、名場面がいつ来るかとそわそわしています。よければ一緒に観ましょう、、、、」

「――――」

本心から述べたエフの言葉に、レイの返事はない。

エフの攻撃を耐《た》えるのに必死で、言葉を発する余裕がないか。

あるいは……その段階を通り越したのか。

(戦闘継続《せんとうけいぞく》、か)

エフも提案に乗る可能性は低いと見ていたが、これならこれでレイの反応も材料になる。

(さて、まだ決めきれないなら十二星座を足そう。サジタリアスは再使用不可。超音速機《ちょうおんそっき》動のパイシーズは、逃走《とうそう》用に残しておきたい)

戦闘が派手になりすぎた。ここでレイを倒《たお》しても、駆けつける〈マスター〉はいる。

ゆえに、移動・逃走のための手札は残しておくべきだと考えた。

彼の必殺スキル、《天に描く物語《ゾディアック》》には二つの制限がある。

一つ目はレイが推測したとおり、使用に際してフルチャージの星を消費すること。

二つ目は、一度呼び出したモンスターは刻まれた一つの命令を実行すると帰還《きかん》し、それから二四時間は呼べないということだ。

『エフを守る』という命令のキャンサーは長持ちするが、『特定対象を調べる』ライブラや『特定対象を狙撃する』サジタリアスなどは一回の発動で消えてしまう。

ゆえに、エフが再度フィガロとハンニャに介入《かいにゅう》する場合は、監視《かんし》に回している星からレーザーを撃つことになっただろう。

先ほどの狙撃でそれをしなかったのは、そうすると星が破壊《はかい》される恐れがあり、破壊されれば観察が出来なくなるからだ。

仕方なく狙撃で対応した結果、駆けつけたレイとの戦闘になったのである。

もっとも、レイとの戦闘も彼にとっては喜ばしい取材だったが。

「《天に描く物語《ソディアック》・双星《ジェミニ》》」

彼が呼び出したのは、真っ白いシルエット。

しかしその輪郭《りんかく》は、エフによく似ていた。

そのモンスターは、『エネルギーが尽きるまで分身として活動する』ジェミニ。

彼と同じステータスを持ち、同じ魔法を使用できる分身だ。

キャンサーに守られる彼の代わりに前に出て、光属性魔法をレイへと撃ち込んでいく。

レイへの攻撃が、数段激しくなった。

チャージされた星と分身、エフによる波状攻撃。

四方八方から上級職を容易く殺し……超級職でも圧倒《あっとう》できるだけの火力の連打。

それにレイが耐えていられるのは、持ち前の直感とこれまで潜《くぐ》って来た死線による回避能力、そして何よりレーザーのダメージを最小限に抑《おさ》えられる【黒纏套】のお陰だ。

【黒纏套】がなければ、既に二桁《けた》は死んでいる。

それほどにエフの攻撃は数の暴力であり、リソースの暴力。

――それでも、レイは死んでいない。

（…………？）

全力の攻勢《こうせい》に出て既に一分。

被弾《ひだん》が増えたためか、【黒纏套】で庇いきれないシルバーは格納されていた。

レイは己の身体の急所を【黒纏套】で隠しながら、自らの手足で懸命《けんめい》に回避するも、全身を抉られ、ボロボロになっていた。段々と、回避する力も失われている。

それでもなお、レイは死んでいない。

流石にそれはおかしいと……エフも考える。

（……何故《なぜ》死なない？）

それは、今までレイと遭遇した数多《あまた》の敵の脳裏《のうり》に過《よぎ》った言葉かもしれない。

実力やステータスを考えれば、死んでいなければおかしい状況《じょうきょう》。

それでもなお、レイは生き──心折れず──敵の喉元《のどもと》に食《く》らいつく。

「…………ッ」

エフの背に、嫌《いや》な汗《あせ》が伝った。

それは焦燥《しょうそう》であり……恐怖《きょうふ》の欠片《かけら》だ。

現実では体験できないリスクを求めるエフにとっては恐怖も良い経験であり、取材であるはずだが……何かが違う。

自らの身でレイと相対し、そして彼の彼たる由縁《ゆえん》を目にして。

彼は……『退きたい』という願望に囚《とら》われ始めていた。

不意に、レイが視線を上げた。

その先には、エフが視点としている星が隠されている。


だから、──レイと目が合った。


本当に目が合ったのかは分からない。

レイの方は、そこに星があることすら分からなかったかもしれない。

しかしエフは視たのだ。
深淵《しんえん》を覗き込むモノが、深淵からも見返されるように。
レイを俯瞰して観察していたはずのエフの視点は――レイの瞳《ひとみ》に宿るモノを直視した。

――それは、エフに向けられた全霊《ぜんれい》の怒り。
――エフが引き起こしたフィガロとハンニャの諍《いさか》い。
――それを『一緒に見物しよう』と言われ、限界を通り越したレイの怒り。
――かつて数多の敵が視《み》てきたものを……エフもまた直視した。

エフにとって、取材で得た恐怖は忌避《きひ》するものではない。
それは成果の一部に過ぎないはずだから。分析《ぶんせき》し、作品に使う材料に過ぎないからだ。
だが、レイの瞳にこもった感情を、込められた思いを、エフは視てしまった。
取材対象ではなく、プレイヤーでもない。
人間として……彼を許さないという怒りを視た。
自らに向けられたあまりにも強いレイの感情。
材料にもならない……できない恐怖がエフの中に形を成す。

「ッ……！」

もはや、取材ではなかった。

このバトルからは何も得られない。早く終わらせなければ、自らの何かを損なう。

そんな予感……確信がエフの中に生まれた。

この戦いを終わらせるべく、エフが自身の両手に魔力《まりょく》をチャージし始める。

だが、動いたのはレイも同じだった。

「《地獄瘴気《じごくしょうき》》……全力噴出《ふんしゅつ》！」

レイは【ストームフェイス】を装着すると同時に、右の【瘴焔手甲】から《地獄瘴気》を噴出させ……周囲を黒紫の瘴気で満たした。

キャンサーが苦しむが、エレメンタルであるジェミニには効果がなく、エフ自身は予め【快癒万能霊薬《エリクシル》】を飲んでいる。

だが、エフにとっての問題は、視界だ。俯瞰するように真上から戦場を見ていた星は、充満《じゅうまん》した瘴気によってその視界を奪われていた。

俯瞰しても見えるのは瘴気のみであり、体勢を低くしたレイの姿を見失っていた。

「……クッ!?」

星とジェミニが四方八方にレーザーを放つが、命中したかも定かではない。

瘴気の海は奈落《ならく》の底の如く、エフの視線を届かせない。

この見通せない闇《やみ》の中から、エフの命を刈《か》る黒い大剣《たいけん》が振《ふ》るわれるかもしれない。

恐怖が強まるが……しかし勝負を決めんとするのはエフも同じ。

どこから来ようと無意味だと、チャージしていた己の切り札を切る。


「――《光環《コロナ》》！」


彼が使用したのは光属性魔法超級職《スペリオル・ジョブ》【光王】が奥義――《光環》。

光速かつ一片《いっぺん》の隙間《すきま》もなく全周に放たれる、回避不可能の殲滅奥義《せんめつおうぎ》。


戦場の全てが光に呑《の》まれていく。

上級職の奥義を上回る威力のレーザーが全方位に放たれるが、星は照射された全てを吸収し、星で構成されたキャンサーとジェミニは吸収しないまでもダメージは受けていない。

無論、発生点であるエフにも無害。

ダメージを受けるのは……瘴気に隠れているレイだけである。

（まだ……！）

恐らくはこの奥義でも、レイの命を獲《と》るには至らない。

初手同様に【黒纏套】の防御態勢になって奥義を防ぐことまでは読めている。

だから、ここで終わりだ。

完全な防御態勢になっているレイを、キャンサーが狙《ねら》う。

純粋《じゅんすい》な物理攻撃によってレイを押《お》しつぶし、防御がはがれたところでジェミニと星の一斉射で仕留める。そこまで考えてのエフの行動。

(これで……詰《つ》みだ!)

そして白く灼けた視界が、元の状態を取《と》り戻《もど》したとき。

俯瞰の視界から既に瘴気は消《き》え失《う》せ、
視界の一部には目論見《もくろみ》通り【黒纏套】に包《くる》まった人物がおり、

――エフの隣《となり》には拳《こぶし》を振りかぶるレイの姿があった。


「なっ⁉」

エフが思わず両目を開くとそこには確かにレイが存在し、――直後にレイの左拳がエフの顔面に突《つ》き刺《さ》さった。

拳の激突と同時に【瘴焔手甲】が開口、《煉獄火炎《れんごくかえん》》を零距離《ゼロきょり》でエフへと吹《ふ》きつける。

「ぐああああああああ⁉」

取材し、経験するためにオンにしていた痛覚が、全身を高熱の炎《ほのお》で焼かれる感覚を余すことなく彼に伝えていた。

（バカな！　たしかに、【黒纏套】は視えていた！　レイ・スターリングがここにいるならば、あれは何だと言うんだ⁉）

エフがそう考えたとき、【黒纏套】に包まれていたものが動いた。

キャンサーが事前の指示通りに大鋏で叩き潰そうとするが、

「――《カウンター・アブソープション》」

――【黒纏套】を纏《まと》った者、ネメシスの展開した光の壁《かべ》によって防がれた。

「な、に……⁉」

【黒纏套】を纏っていたのは、レイではなくネメシスだった。

本来、特典武具は所有者しか装備することはできないが、例外はある。

〈マスター〉の半身である〈エンブリオ〉だけは、〈マスター〉同様に特典武具を装備することができる。

ゆえにネメシスが【黒纏套】を装備し、対してエフに接近したレイは……鎧《よろい》を身につけていなかった。

彼が着ているのはただの衣服……《着衣交換《こうかん》》スキルで着替《きが》えた防御力《ぼうぎょりょく》のない普段着《ふだんぎ》だ。

彼の後方には、砕《くだ》けた【ブローチ】の破片《はへん》が落ちている。

（まさか、確実に致命《ちめい》ダメージを負うために自ら鎧を脱《ぬ》いで防御力を下げた……⁉）

そこまで考えた瞬間、エフは理解した。

命綱《いのちづな》である【黒纏套】をネメシスに預け、レイ自らは瘴気の中を軽装で動き、《光環》の致命ダメージを【ブローチ】で無効化しながらエフに接近。

エフの攻撃を防ぐ最大の盾である【黒纏套】を囮《おとり》に、俯瞰《ふかん》視点のエフがそちらに気を取られてしまった一瞬の隙に一撃を喰《く》らわせた。

（チャージから奥義を読んで……、こちらの奥義が全方位攻撃であると知っていた⁉）

エフの思考に反し、レイはそれを知らなかった。

だが、魔法系超級職の奥義としてまず脳裏に浮かんだのは、迅羽の《真火《しんか》真灯爆龍覇《しんとうばくりゅうは》》だった。広範囲《こうはんい》高火力の奥義が来ると読み、賭《か》けて……それに勝った。

「く、うぅ……！」

炎に焼かれながらも、エフが態勢を立て直さんとする。

キャンサーとジェミニを動かし、星の攻撃照準をレイに合わせようとする。

「――《瘴焔姫《ガルドランダ》》、一〇秒」

――それよりも早く、レイが動いた。

秒間一〇〇〇という膨大《ぼうだい》なMP消費量を支払《しはら》う召喚スキル。
それをまともに運用するだけのMPは、【紫怨走甲】といえどまだ確保できていない。
だが、ごく短時間であれば……召喚可能だ。
「短いけどいける、よ？」
ガルドランダは召喚された瞬間には動き出していた。
踏《ふ》み込むと共に、シュウを模した蹴撃《しゅうげき》――木断《コダチ》で燃えるエフの首を刈る。
エフは【ブローチ】が発動したことで生き永らえたが、【ブローチ】は判定で砕けた。
ガルドランダはそれに構わず次のアクションを実行している。
右の手甲をキャンサーに、左の手甲をジェミニに向ける。
「くらって？」
そして、同時に撃ち放つは――《零式《ゼロ》・地獄瘴気》と《零式・煉獄火炎》。

一度使用すれば【瘴焔手甲《ガルドランダ》】の装備スキル自体が使用不能になる切り札の、同時使用。

それはタンクであり鈍足《どんそく》のキャンサーと、魔法職のエフと同じステータスしか持たないジェミニに、狙い過《あやま》たず命中した。

キャンサーが濃縮《のうしゅく》された猛毒《もうどく》によって泡《あわ》となって溶解《ようかい》し、ジェミニが自らのレーザーを上回る超高熱《ちょうこうねつ》の中で消滅《しょうめつ》した。

「……!?」

二体のゾディアックモンスターが消え、エフが無効化されたとはいえガルドランダの蹴《け》りによって一時的に行動不能になったとき。

【黒纏套】を纏ったネメシスが、レイに辿《たど》り着《つ》いていた。

互いの手を重ねた瞬間、光の粒子《りゅうし》となったネメシスは大剣に変じ、【黒纏套】も再びレイの身に纏われる。

エフが咄嗟《とっさ》に全《すべ》ての星のレーザーをレイへと撃ち放つが、レイはフードも含《ふく》めて着込んだ【黒纏套】で、あるいは自らの身で受けながらエフへと駆《か》ける。

やがて双方《そうほう》の距離《きょり》がゼロになったとき、

「《グリント・パイル》!!」

エフは両の掌《てのひら》から上級職の奥義を二撃同時にレイの生身の部分へと撃ち放ち、

「――《復讐するは我にあり》《ヴェンジェンス・イズ・マイン》!!」

――紙一重《かみひとえ》で回避したレイの一撃が、エフへと突き刺さった。

これまでの全てのダメージの倍返し。

耐えることはできるはずもなく――【光王】エフは跡形《あとかた》もなく消滅した。

その寸前にエフは様々なことを考えたが……しかしそれを分析する余裕《よゆう》はなかった。

理解できたことは唯《ただ》一つ。

自分もまた、数多の逸話同様……レイの逆鱗《げきりん》に触《ふ》れて敗れ去ったという事実だけだった。

□■〈ネクス平原〉

エフによってフィガロが落とされてから、どれほどの時間が経《た》っただろう。

満身創痍《まんしんそうい》のフィガロの速度は落ち、サンダルフォンも再び得た望外の好機を逃《のが》さんと苛《か》烈《れつ》な攻撃を仕掛《しか》けている。

それでも、フィガロは一心不乱に登り続ける。

【クローザー】をはじめとする装備が千切れ、自身のみが傷つき、二度目の《燃え上がれ、我が魂《コル・レオニス》》の使用でHPが削られてもなお……彼《かれ》はただ上を目指し続けた。

ただの一度の攻撃も、ないままに……。

「…………」

いつしか、ハンニャはそれをじっと見つめていた。彼女《かのじょ》の体は《ラスト・バーサーク》によってフィガロを殺すために動いているが……、彼女の視線はただ彼を見ている。

フィガロはひたすらに登り続ける。剣を持つこともなく、抗弁《こうべん》することもなく、痛覚を受けるアバターで全身に傷を負いながら、只々《ただただ》ハンニャへの長い道を進む。

《ラスト・バーサーク》で体を狂気《きょうき》と殺意に満たしたハンニャも、疑問と共に彼を見下ろしていた。

なぜ彼はただ真《ま》っ直《す》ぐに自分へと向かってくるのだろう、と。

ハンニャと戦いたいならば、倒したいならば、いくらでも方法がありそうなものなのにと……殺意に動く体とは別に、心が少しずつ思考し始める。

振り落《お》とされて、しがみついて、這《は》いずって、血塗《ちまみ》れになって。

決闘《けっとう》王者のはずの彼は、このギデオンで最も栄光あるはずの彼は、しかしボロボロの自分を衆目に隠しもせず……ハンニャへと真っすぐに近づいてくる。

ハンニャの体は止まらない。彼を殺すために動き続けている。

サンダルフォンも止まれない。主を守るために戦い続けている。

そしてフィガロも……止まらない。

止まる訳にはいかないと、彼の心が告げていたから。

誰《だれ》も止まらないまま……やがてそのときが訪《おとず》れる。

『クッ、いい加減に……！』

サンダルフォンは自らの主へと迫《せま》る危機と捉《とら》え、フィガロを落とさんとする。

《フォール・ダウン・スクリーマー》のクールタイムが明けたとき、彼は迷わずにそれを再使用した。

高速で回転する螺旋《らせん》の塔《とう》が、這い上《あ》がるフィガロを振り払《はら》い、結界という足場が使えなくなった彼が墜落《ついらく》する光景を、サンダルフォンは幻視《げんし》した。

だが、【超闘士《オーヴァー・グラディエーター》】はその幻視を超《こ》えていく。

フィガロは、両足だけでなく両手でも側面を掴《つか》み、嵐《あらし》を遥《はる》かに上回る回転の暴威《ぼうい》の中……頂上を目指して登り続けている。

その動きは先刻よりも遅々《ちち》としたものだったが、まだ彼は進み続けていた。

『ッ！　しつこいんですよ!!』

サンダルフォンは——高速回転する双塔《そうとう》を擦《す》り合《あ》わせた。

逆方向に回転し合う二本の足が火花を散らして接触《せっしょく》し、両足の側面が削り砕けながら張り付いていたフィガロを巻き込み、

——柔《やわ》らかいものと硬《かた》いものが砕ける音が〈ネクス平原〉に響《ひび》いた。

遠心力でサンダルフォンから弾《はじ》き飛《と》ばされる血液が、血煙《ちけむり》となって幽《かす》かに漂《ただよ》う。

粉々になって地面に落ちていく破片は、フィガロが履《は》いていたブーツのものだろう。

『やった！　やりましたよ！　ハンニャ様！』

サンダルフォンは主の意思を実現できたことを喜び、成果を報告する。

間違《まちが》いなく挽《ひ》き潰《つぶ》した。間違いなくデスペナルティにした、と。

『……え？』

だが、そこで気づいてしまう。

ハンニャが……未《いま》だに《ラスト・バーサーク》を発動していることに。

『ま、まだ死んでいな……!?』

そしてもう一つ、気づく。

彼の目を務める頂上部の二つの宝玉の片方に――鎖《くさり》が巻きついていることを。

直後に鎖の持ち主が、鎖に引かれてくる。

彼は裸足《はだし》であり、左腕《ひだりうで》を失っており、全身も傷だらけで、血は必殺スキルの反動で蒸気となって消えていく。装備もＡＧＩを上げる下半身装備と、鎖一本しか残っていない。

けれど彼――フィガロは生きていた。

『そんな……まさか!?』

サンダルフォンには、その有様からフィガロがしたことを理解できた。

フィガロは塔足同士の接近を見たとき、「このまま登ることは不可能」と判断していた。

ゆえに、まずは《登攀《とうはん》》のブーツを即座《そくざ》に装備解除し、それを足場にして宙へ跳《と》んだ。

同時に、己の左手を切り落としてドリルの間に投げ込み、生じた血煙で一瞬《いっしゅん》だけでもサンダルフォンの注意を逸《そ》らす。

そして、装備による強化を鎖に集中し、射程を延長した鎖をサンダルフォンの上部に巻きつけ、瞬時《しゅんじ》に自らを引き上げたのだ。

鎖が届かなければ、フィガロを待っていたのは墜落死《ついらくし》だったはずだ。

それでもフィガロはそれを実行し……サンダルフォンの最上部、ハンニャの懐《ふところ》に迫る。

『本当に人間ですか⁉　……ハンニャ様！』

サンダルフォンの悲鳴と共に、見る影《かげ》もなくボロボロになったフィガロがハンニャの下に辿り着いた。

「………」

最早《もはや》、敗北が確定的となった今も、ハンニャはフィガロを見つめていた。

表情はそれこそハンニャの如きもの。それは《ラスト・バーサーク》の効果の一部かもしれないし、彼女の抱《いだ》いた感情そのものかもしれない。

けれど瞳の奥《おく》には、全身を血に染めて彼女の下にやって来た彼への、怒《いか》り以外の感情が……少しだけ浮《う》かんでいた。

「「…………」」

そうして、彼と彼女は無言のまま視線を交《か》わして……。

「ハンニャ……君に、これを」

フィガロが、アイテムボックスから何かを掴み出した。

間近で見ていたサンダルフォンは、一瞬だけそれを武器だと思った。

遠く、ギデオンから見ている者達《たち》もそうだと思っただろう。

だが、違った。

フィガロがハンニャに向けたのは武器ではなく――花束だった。

太陽のようなカタチの、リアルで言えば向日葵《ひまわり》に似た花束だった。

昨晩に、月夜《つくよ》との写真を撮《と》られたあの植物屋で購入《こうにゅう》していた花だ。

「…………え？」

それを見たハンニャは呆然《ぼうぜん》と、その表情を元に戻していた。《ラスト・バーサーク》の暴走効果を一瞬消してしまったかのように、彼女自身の精神が大きく揺《ゆ》らいでいた。

だって彼女は……ひまわりの花言葉を知っている。

『あなただけを見つめてる』という花言葉で、プロポーズに使われる花だということを。

想定外の花束をフィガロに手渡《てわた》される時、ハンニャは驚《おどろ》きの表情のまま……まるで《ラスト・バーサーク》が機能していないかのように受け取っていた。

「……それから、これも」

ついで、フィガロは小さな箱を取り出して、その蓋《ふた》を開けた。

その中には宝石の嵌《はま》った指輪が収められていた。

それはフィガロが昨日にアクセサリーショップから引き取ったもの。

ハンニャが出所できる日が分かってからすぐに、自分の所持金で購入できる最大限で注文していた指輪。

——婚約《こんやく》指輪だった。

「フィ、ガロ？」

「冬子《ふゆこ》」

《ラスト・バーサーク》の影響下《えいきょうか》でありながら、ハンニャは彼の名を呼んだ。

フィガロは、ハンニャをアバターのネームではなく本当の名前で呼んだ。

「この〈Infinite Dendrogram〉で、そしてリアルでも……」

そして彼は指輪を彼女に向けながら、

「僕《ぼく》と、結婚《けっこん》してくれないか？」

彼の人生……最初で最後のプロポーズをした。

◇◇◇

□ヴィンセント・マイヤーズ

彼女が僕にとってどんな女性であるか。

それはきっと、僕自身にも言葉にするのが難しい。

最初に抱いた気持ちは好奇心《こうきしん》だった。

僕やシュウ、フォルテスラより先の強さを持っていたハンニャに興味を抱き、決闘がしたかっただけ。純粋に、強敵《友人》になってくれればいいと考えていた。

だから文通を始めた当初は、ずっと決闘のことばかり考えていた。


次に抱いた気持ちは、安心だった。

〈Infinite Dendrogram〉の中では会えなかったけれど、リアルでは毎日のように電子メールで文通をする日々。

病身である僕が、最も自然に交流できた相手がハンニャだった。

家族である父母やキースとは違《ちが》う。

最初の友人であるシュウとも違う。

フォルテスラをはじめとした決闘仲間とも違う。

ゼクス・ヴュルフェルや扶桑《ふそう》月夜といった悪縁《あくえん》の敵とも違う。

彼女との日々は穏《おだ》やかだった。

日々過ごしていく中で起きた出来事を、お互《たが》いにメールに書いて伝え合う。

代《か》わり映《ば》えしない日常も、時折起きる変わった出来事も、彼女と共有して色が変わる。

時に喜びを分かち合い、時に悲しみを慰《なぐさ》められ……数多の気持ちと心を交わし合った。

そんな彼女との穏やかな関係に……僕は何時《いつ》からか安心を抱いていた。

そして三番目に抱いた気持ちは、不安だった。

文通の日々を続けているうちに、僕は彼女と会いたくなった。

それは約束していたアバターでの再会ではない。

リアルの自分自身で、彼女と直接会って話をしたくなった。

けれど、それは僕にとって大きな不安を伴《ともな》う。

彼女が知っている僕の姿は、〈Infinite Dendrogram〉の中のフィガロだ。強くて健康的なアバターであって、今にも死んでしまいそうなリアルとは似ても似つかない。

文通でも自身の境遇《きょうぐう》や、リアルでの姿を知らせることは出来なかった。シュウやフォルテスラ達には告げられたことも、なぜか彼女に伝えようとすると怖《こわ》くて文面を消していた。

もしも彼女に落胆《らくたん》されてしまったらという不安が、僕に真実を伝えさせなかった。

分からなかった。どうして僕は、彼女に落胆されることがこんなにも不安なのか、と。

けれど、答えは唐突《とうとつ》に齎《もたら》された。

疑問と不安を抱いていたある日に、両親に誘《さそ》われてお茶を飲んでいると、

「ヴィンセント。貴方《あなた》、恋《こい》をしているのかしら？」

僕の顔を見ながら、母は微笑《ほほえ》んでそう言ったのだ。

最初は何を言われたのか分からず、「Ｌｏｖｅ?」と首を傾《かし》げるだけだった。

けれど、その単語を反芻《はんすう》し、意味を頭の中で思い出して。

瞬間《しゅんかん》、心の中でパズルのピースが当てはまる音がした。

僕が最後に気づいた気持ちは——彼女への強い恋心《こいごころ》だった。

最初は決闘が目当てだったけれど、気がつけば彼女との交流の日々に安堵《あんど》し、そして彼女に惹《ひ》かれていた。

ヴィンセント・マイヤーズは、彼女を愛しているのだと……強く自覚した。

彼女と……ずっと共に在りたい、と。


それから、僕は愛している女性……結婚したい女性がいることを両親に話した。

文通で僕を支えてくれた女性であることを、とても心優《こころやさ》しい女性であることを、僕は自分が伝えられる言葉の限りで二人に伝えたと思う。

両親は僕が「結婚」まで考えていることに最初は驚いていたけれど、僕が自分の想《おも》いを言い終えた後は理解を示して、冬子に「会ってみたい」と言ってくれた。

ただ、「キースにはまだ言わないほうがいい」とも言っていた。今は忙《いそが》しい時期らしいから、仕方ない。

両親と話した後、僕は〈Infinite Dendrogram〉にログインした。〈Infinite Dendrogram〉の三倍時間の中で、彼女にどうやってこの気持ちを伝えようかと思《おも》い悩《なや》んだ。

まず、メールで彼女に愛を伝えることは出来ない。彼女と交流し続けた手段ではあるけれど、告白に用いるべきでないことは僕でも理解できた。

次に考えたのは彼女と直接会うこと。これも可能だ。以前にメールだけでなくポストカードの交換《こうかん》もしたことがあり、彼女の住所は分かっている。だから彼女に、スケジュールに合わせて航空券を同封《どうふう》して贈《おく》ることはできる。

本来は僕から行くべきだけれど、生まれ持った病《やまい》が邪魔《じゃま》をする。

だから彼女に来てもらうしかない。けれど、もう少し考えてみると『僕が告白するために彼女に来てもらう』というのはおかしい気がした。

残された手段は……と言うよりも採るべき手段は最初から一つだけだった。

彼女と出会った〈Infinite Dendrogram〉の中で、告白をする。それしかない。

幸いにして、彼女の刑期《けいき》もじきに明ける。

約束していた対面の際に、この気持ちを伝えよう。

「……でも、僕にできるのかな」

結婚を申し込むなんて、言うまでもなく人生で初めてだった。

それどころか、恋だってこれが初めてだろう。

そんな自分に、ちゃんとした告白なんてできるのだろうかと、不安になった。

緊張《きんちょう》と不安のあまり心臓が軋《きし》む。リアルでこのことを考え続けたら、それだけで発作《ほっさ》を起こすかもしれないほどに。

せめて、もう少し緊張せずにいられたら……。

「ああ、そうだ」

初めて会ったとき、僕は彼女と決闘がしたかった。

僕の先を行っていた彼女と戦ってみたかった。

だから、まずはそれをしよう。

決闘はいいものだ。決闘を通して、僕はフォルテスラをはじめ……多くの友人を得た。

決闘はお互いの気持ちを通い合わせられる。

だから、彼女ともまずは決闘をしよう。

それが終わったら……プロポーズをしよう。

彼女が、ＯＫしてくれるかは分からないけれど。

◇

彼女と再会した日、僕は彼女に愛を伝えなかった。……伝えられなかった。

自分で思っていた通り、彼女を前にして僕は緊張していた。準備をしていた最中で想定外の対面だったこともあるけれど、彼女と対面した僕は決闘に誘うのがやっとだった。

彼女や、傍《そば》にいたレイ君が気づいた様子はなかったけれど、僕は本当に緊張していた。

彼女が笑って決闘を受けてくれて、本当に嬉《うれ》しかったし、助かったと思った。

それでもまだ、緊張している。

この分だと、明日の決闘を終えても彼女に告白できるかは分からない。

ああ、敵と戦うときにはもっと簡単に、心躍《おど》るように一歩を踏み出《だ》せるのに。血を流そうと、手足をなくそうと、躊躇《ためら》わずに生き生きと戦いに身を投じることが出来るのに。

彼女に告白を断られる状況を考えると、身が竦《すく》む。

恋とは、愛とは、こんなにも僕を臆病《おくびょう》にしてしまうのかと、自分自身で驚いた。

「願わくは、明日は自分の気持ちを……心の一歩を踏み出せますように」

そんなことを思いながら、その日はログアウトした。

◇

運命の日。

記事を読んで、ギデオンで暴れる彼女を見た。

彼女が暴れている理由は察せられた。彼女の誘いを断っておきながら扶桑月夜とのあんな写真を撮られた僕に、不信を抱いたのだと。

あるいはかつて彼女にそうした男と同様に、彼女を裏切ったと思われたのか。

既《すで》に彼女は僕に落胆していて、告白しても受け入れてもらえることはないかもしれない。

それでも、それでも……僕は彼女に伝えなければならない。

……僕は一歩を踏み出した。

◇◇◇

□■〈ネクス平原〉

フィガロの告白を聞いた者は、世界の全てが静まり返ったかのような錯覚《さっかく》を覚えた。

最も間近で聞いた第三者であるサンダルフォンは驚愕《きょうがく》していた。

遠くから望遠のアイテムで読唇術《どくしんじゅつ》をしていたルークも同様だ。

エフとの戦いを終えて上空から近づいていたレイも、驚きのあまりに満身創痍の体をシルバーから落馬しかけていた。

スキルで観測していた多くの者が似たようなものだった。

例外は最初からこの行動を予想していた迅羽《じんう》と、管理ＡＩの一体くらいのものだろう。

けれど、フィガロが《燃え上がれ、我が魂》を使った時点で分かっていたことだ。

彼は、決闘ではこの必殺スキルを使わない。

先約があるから、決闘で全霊を尽《つ》くすと約束した友がいるから、彼は迅羽との決闘ですらこのスキルを使わなかった。

その彼が今、このスキルを使った理由は簡単だ。

彼にとって、これは決闘ではなく。

彼なりの……プロポーズだった、それだけの話なのだから。

「…………」

ハンニャに言葉はない。今の彼女は、フィガロから放たれた言葉を受け止めて、心から溢《あふ》れる思いが脳を駆け巡《めぐ》っていた。《ラスト・バーサーク》が今もまだ発動しているにもかかわらず、暴走すら止まっているかのようだった。

「僕は、普通《ふつう》ではないと思う」

そんなハンニャに向けて、フィガロは彼の言葉を続ける。

「生まれながらに心臓を患《わずら》っているから、日常生活もまともに送れない」

彼が、これまでの交流で彼女に隠《かく》していたことを伝える。

「人生経験や人付き合いが足りないから、きっとおかしな言動もしてしまう」

彼女に落胆されることを恐《おそ》れて、言えなかったことを伝える。

「僕が誇《ほこ》れるものは、この〈Infinite Dendrogram〉で積み上げたものと家族しかない」

己の全てを、緊張し、痛いほどに心臓を高鳴らせながら、彼は……。

「そんな、情けのない僕だけど……冬子は……選んでくれるだろうか」

彼にとって、精一杯《せいいっぱい》の告白をした。

「――ああ」

フィガロの真摯《しんし》な言葉に、ハンニャが抱いていた疑念は消えていく。

自分の愛は幻《まぼろし》ではなかった、と。

この人は、本当に自分を愛してくれていたのだ、と。

彼女は、ようやく信じることが出来た。

――ああ、やっぱり。

――この人は、素敵《すてき》で……可愛《かわい》い人。

そうして、ハンニャは目に涙《なみだ》を浮かべ、
精一杯に微笑んで、

「――はい。喜んで」

――フィガロのプロポーズを受けた。

「……ありがとう」

彼を知る者が初めて聞く、彼の泣きそうな声。

彼は己の気持ちに震《ふる》える指で、彼女の左手の薬指に婚約指輪を嵌《は》めた。

それからそっと彼女の顔に自身の顔を近づけて、

「愛してる《I love you》、冬子」

愛を告げながら、彼女の唇《くちびる》にキスをした。

ここに一組の愛は成就《じょうじゅ》し、……直後に《燃え上がれ、我が魂》の反動と【出血】をはじめとした各状態異常のスリップダメージでフィガロはデスペナルティになった。

◇

キスの後、そこには花束を持ち、婚約指輪を嵌めたまま、顔を赤らめているハンニャだけが残されていた。

「…………」

『は、ハンニャ様……？』

サンダルフォンが、気遣《きづか》わしげにハンニャに声をかける。

既に《ラスト・バーサーク》は完全解除されており、それがフィガロのデスペナルティを報《しら》せている。サンダルフォンも自分の〈マスター〉の幸せを祝いたかったが、そうしようとした直前にフィガロのデスペナルティである。

しかも、フィガロを踏みつけたのも、ドリルで弾き飛ばし、磨《す》り潰そうとしたのも彼なのである。内心で「何でよりにもよってこんなタイミングでデスペナルティに……」と言いたい気持ちのサンダルフォンだったが、むしろ指輪を嵌めてキスするまで生きていたことが奇跡的《きせきてき》とも言える。

だが、ハンニャがどう思うかは分からない。

ゆえにサンダルフォンと、そして周囲で様子を窺《うかが》っていた〈マスター〉らは固唾《かたず》を呑《の》み、

「ふふふ……」

ハンニャは……顔を赤らめたまま晴れやかに笑っていた。

「サンダルフォン」

『は、はい!』

「ログアウトするわ。リアルで彼にメールを……いいえ、直接会いに行くわ」

『は、ハンニャ様⁉』

「住所は知っているから」

そう、ヴィンセントが彼女の住所を知っていたように、彼女もそれを知っている。それでもこれまで実家に乗り込まなかったのは、愛が幻であると確認《かくにん》するのが怖かったから。

けれど今、二人は愛を確かめた。

だから彼女は、もう愛の不在を恐れない。

「そうだ。ログアウトする前に……」

彼女は何かを紙に書きつけ、封筒《ふうとう》に入れて地面に落とした。

「それじゃあサンダルフォン、私はログアウトするわ。しばらくログインできないかもしれないけれど」

『分かりましたハンニャ様。ご健康とご多幸をお祈《いの》りします！』

「ええ。行ってくるわね」

そうして、ハンニャはサンダルフォンに見送られ、〈Infinite Dendrogram〉からログアウトした。

かくして、ギデオンを騒然《そうぜん》とさせたサンダルフォン事件は、多くの建物の倒壊《とうかい》はあったものの、ティアンの死者や重傷者はゼロという奇跡的な結果で幕を閉じたのだった。

◇◇◇

□地球　マイヤーズ邸《てい》

「……しまった。HPをチェックしていなかった」

ログアウトした直後、ヴィンセントが発した一言がそれだった。

普段《ふだん》の彼ならしないはずのミスだったが、それだけハンニャへのプロポーズに全神経を集中していたということだろう。

けれど消える前に、彼女が彼の愛を受け入れてくれた答えは確かに聞こえていた。

そのことにヴィンセントはとても安堵した。

「兄さん。ログアウトしていたんだね」

丁度そのとき、ヴィンセントの弟であるキースが部屋に入ってきてそう言った。

「やあ、キース。どうしたんだい？」

「もうじき母さんの誕生日だから、相談したかったんだけど……どうしたのさ兄さん」

「何がだい？」

「なんだか珍《めずら》しい顔しているから。頬《ほお》が赤いし、とても嬉しそうだからさ。何か良いことでもあったの？」

言われて、ヴィンセントが自身の頬に手を当てると……そこには確かな熱があった。

それに口角も上がっているようだ。

「うん。実はついさっきプロポーズをしてね。ＯＫを貰《もら》ったんだ」

「ああ。それはとてもめでたいことね。…………なんだって？」

「ふふ。でもプロポーズのときは緊張したよ。告白するときも、指輪を嵌める時は緊張したし、キスも……。今思い出しても心臓がドキドキ……し、て…………」

弟に自身のプロポーズのことを話していたヴィンセントは……直後、とても幸せそうな笑顔《えがお》のままパッタリとベッドの上に倒《たお》れた。

彼の持病、心臓の動悸《どうき》に伴う発作である。

「ちょ!?　兄さん!?　か、回復魔法《まほう》！　サフィーネ……リアルにはいないよ!!　誰か！　主治医のウィンストン先生呼んできて!?」

突如《とつじょ》として倒れた兄に、キースが大慌《おおあわ》てでメイドや医者を呼ぶ。

その最中も、倒れて気を失ったヴィンセント自身はどこか幸せそうだった。

こうして、ヴィンセント・マイヤーズはプロポーズ後の思い出し緊張で心臓発作を起こし、緊急入院《きんきゅう》したのだった。

□■〈DIN〉ギデオン支部屋上

〈ネクス平原〉から巨大《きょだい》な双塔が消えていく光景を、双子《ふたご》は沈黙《ちんもく》したまま見ていた。

彼らの計算ではこうはならないはずだった。ハンニャはギデオンで暴《あば》れ狂《くる》い、それを止めるために〈マスター〉が奮戦し、状況《じょうきょう》の乱数次第《しだい》で進化もあると計算していた。

だが、その計算と実際の結果はかけ離《はな》れている。

ハンニャによる被害《ひがい》は微々《びび》たるものであり、あまつさえフィガロ独りで……プロポーズという予想だにしない形で鎮圧《ちんあつ》してしまった。

そもそも、双子はフィガロの参戦を重視していなかった。周囲に『味方』がいる環境《かんきょう》で、彼の戦力が著《いちじる》しく低下することは彼らも知っている。

その彼が、他者から遠く離れた〈ネクス平原〉にログインしたことがまず予想外。

そして、彼自身の恋心も計算に入っていない。

前提の数値に二箇所《かしょ》も大きな差異があったための、計算破綻《はたん》。

だが、後者はともかく……前者は間違うはずがなかったものだ。フィガロのログイン地点はギデオンの中だと……双子は聞いていたのだから。

「そうか」

「そうだったのか～」

そして、そこまで再検証を行った時点で神算鬼謀《しんさんきぼう》の管理AIは、

「「――我々に偽《にせ》の値《あたい》を打ち込んだか、アリス」」

声を揃《そろ》えて、自らの計算が間違っていた原因を述べたのだった。

彼《かれ》らが屋上へと繋《つな》がる出入り口に振《ふ》り返《かえ》ると、そこには一人の人物が立っていた。

十代のようにも見えるが、その身からは温かな母性のようなものも垣間見《かいまみ》え、年齢は定かではない。

彼女《かのじょ》の名前はアリスン。〈DIN〉の企画部《きかくぶ》に所属する女性であり、その正体は管理AI一号アリスのアバターである。

「はいはい。これで企《たくら》みはお終《しま》いよー。お仕事に戻《もど》ってくださいね。色々とやることはあるでしょう？」

彼女はニコニコと微笑んだまま、双子……〈DIN〉の社長に業務への復帰を促《うなが》した。

「承知した。しかしまさかな」

「アリスの企画《きかく》を利用したつもりでこっちが利用されてたか〜」

「やはり、年の功には敵《かな》わないか」

「あれを除けば私達の中でも一番お婆《ばあ》ちゃんだもんね〜。いっぱいくわされた〜」

「もー。お婆ちゃん呼ばわりはよしてほしいわー」

頬に手を当てて穏やかに怒る素振《そぶ》りをするアリスに背を向けて、双子は社屋の中へと入っていった。

彼らは既に切《き》り替《か》えている。達成の確率が彼らの許容値を下回った企みには一切固執《いっさいこしつ》することなく、自分達のサブワークである社長としての業務を優先した。

そうして、屋上にはアリスと……彼女にアバターを制止させられたままだったチェシャだけが残された。

「……とりあえず、自由を返して欲《ほ》しいのだけど」

「はいはい」

言葉と共に、唐突にチェシャが使っているトム・キャットのアバターに自由が戻った。手を握《にぎ》り開いて感覚を戻しながら、チェシャはアリスに問いかけた。

「アリス。君は……フィガロがハンニャに告白することを想定していたでしょ?」

「そうよー」

チェシャの問いにアリスは何でもないことのように答えた。

そもそも、このアリスが双子の企みに与《くみ》している時点でチェシャは疑問を覚えていた。

このアリスは、役割よりも自身の主義を優先……正確には自身の主義によってその役割を担《にな》っている。

彼女の主義は、言ってしまえば〈マスター〉至上主義。

〈マスター〉であるプレイヤー達を尊び、守ることを自身の在り方と位置づけている。

その彼女がこんな企みに手を貸すこと自体がおかしかった。〈SUBM〉の投下などの大規模計画ならばともかく、これは双子が臨時で考えただけの計画なのだから。

「さっき、トゥイードルが利用したとか利用されたとか言っていたけれど」

「お膳立《ぜんだ》てをしてもらったの。フィガロ君が思いのたけをぶつけられるようにね」

管理AIにおいて演算能力が最も高いのは双子であるが、全《すべ》てのアバターを把握《はあく》して状態を監督《かんとく》するアリスは彼らに準じた演算能力を持っている。

双子ほどではないが状況からの結果予測が可能であり……こと自分が保護を担当する〈マスター〉についての予測は部分的に双子を上回る。

ゆえに、彼女は双子――〈DIN〉の社長という権限も持つ彼らに今回の状況をお膳立てさせるため、彼らがフィガロの情報を求めた際にログアウト位置と彼の想いを誤ったまま伝えていたのだ。それらの情報が抜《ぬ》けた場合に彼らがどのような計算をして、どのような策を採るのかも彼女には分かっていたから。

「……何でそんな回りくどい真似《まね》を？」

フィガロにハンニャへの告白をさせる、という目的が彼女自身の主義によるものか、あるいは何か別の目的があったのかは分からない。

しかし、それならば放置しておけば全て丸く収まったのではないか、という思いがチェシャにはあったが……アリスは否定する。

「アバターの状態も本人の思考も、私はずっと視《モニター》ているから。このままだとフィガロ君が一歩を踏《ふ》み出せるか怪《あや》しかったもの。だから、少し背中を押《お》したのよー。それに、フィガロ君から踏み出さないと、擦《す》れ違ったまま不幸になる恐れもあったわー」

「やはり理由はお節介《せっかい》か」と内心で思いながら、チェシャは少しだけ納得《なっとく》した。

フィガロのことはチェシャもよく知っている。その彼が異性に告白するという光景は、目撃《もくげき》したばかりでも中々信じられないものだった。あるいは本人もそうであったかもしれず、背中を押さなければ不幸な結果になっていたことも確かに考えられた。

ゆえに、チェシャはその疑問については終了《しゅうりょう》させ、次の疑問を尋《たず》ねる。

「フィガロの告白のとき、彼女の《ラスト・バーサーク》の暴走がなりを潜《ひそ》めていたのは、アリスの仕業《しわざ》?」

《ラスト・バーサーク》の効果はチェシャも知っている。今のようにアバターで活動していた時分に、自身を対象として使われたことがある。

ゆえに、ターゲットを前にして止まるスキルではないと思っていたのだが、結果はプロポーズが終わるまでハンニャは動かなかった。それはトムのアバターに施《ほどこ》していたように彼女が制止処理を行っていたのではないか、というのがチェシャの推測だ。

しかし、その最も可能性が高そうな答えをアリスは否定する。

「あれは彼女自身の意志の力よ。私の作ったアバターはスキルによる精神への影響は抑《おさ》えているけれど、その逆は本人次第だもの」

それはまるで物語のように、愛のために自らの狂気《きょうき》と暴走を抑えていたということ。

精神に影響を及《およ》ぼすスキルであるがゆえに、精神からの影響も受ける。

それを聞いたチェシャは「ありえなくはない」という肯定《こうてい》と、「最終奥義《おうぎ》を止めるほどの意志の力が彼女にあったのか?」という否定を考えた。

その答えが真実であるか否《いな》かを把握しているのはアリスだけだろうが、彼女はそれ以外の答えを提示することはないだろうと考えて……その疑問もそこで終了した。

「この結果そのものも彼女達《かのじょたち》の意志の力よ。お膳立てをしたところで、心の結果まで決められるほど私達は万能《ばんのう》ではないわ」

「……そうだね」

チェシャを止めたのは、言ってしまえば告白の邪魔をさせないためだったのだろう。分身の人海戦術で《天死領域《サンダルフォン》》の外に出て、万が一にもフィガロと接触《せっしょく》などされた場合を恐れたのだ。そうなったとき、『味方』がいるためにフィガロが全力を尽くせず、サンダルフォンに潰《つぶ》されて終わっていたかもしれないのだから。

ハッピーエンドのために屋上に縛《しば》り付《つ》けられていたということだ。

「……でもさ、これって下手するとギデオンにも結構な被害が出ていたよね」

この形に落着したのが彼ら自身の意志の力によるものならば、そうはならない可能性もあった。その場合、被害は双子の計算に近いものとなっていただろう。

しかし、それに対するアリスの答えは……首をかしげるというものだった。

「それがどうかしたの？」

「………まぁ、君はそういう〈エンブリオ〉だよね」

彼女が尊重しているのは〈マスター〉のみ。ティアンは彼女の愛の範囲外《はんいがい》であり、先々期文明との戦争では〝冒涜《ぼうとく》の化身《けしん》〟として一等恐《おそ》れられた存在でもある。

バンダースナッチや双子とは別な意味で注意が必要な同僚《どうりょう》であった。

「二人は結ばれたことだし、めでたしめでたしでいいんじゃないかしら－」

「そうだね。けれどこれ……ラブストーリーじゃなくて喜劇だよ。あの二人と君以外は、誰《だれ》も彼も空回ってばかりだったからね」

事前にフィガロとハンニャのことで気を揉《も》んでいたレイ達も、策謀《さくぼう》を企《くわだ》てたつもりがプロポーズのお膳立て作りだった双子とエフも、突然迷宮《とつぜんめいきゅう》に放《ほう》り込まれて右往左往していた住民も、流された写真からスクープのつもりで記事を書いてしまった不幸な新聞社も。

色々と大変だったはずなのだが、その結末が童話か少女マンガのように愛し合う二人のキスシーンだったので非常に空回っていたと言える。

正に喜劇である。

「……ああ、そうだった」

そこまで考えて、「そういえば『フィガロの結婚』って喜劇だったっけ」とチェシャ……元文化流布《るふ》担当の管理ＡＩは思い出したのだった。

◇◇◇

□【煌騎兵《プリズム・ライダー》】レイ・スターリング

愛闘祭の翌日、俺《おれ》とネメシス、ルークとバビはよく使っているオープンテラスのカフェで昨日の事件の顛末《てんまつ》について話していた。

【光王《キング・オブ・シャイン》】との戦いの後、俺は《瘴焔姫《ガルドランダ》》の反動で三〇秒ほど燃えたりもしたが、ギリギリでデスペナルティにもならず、今日を迎《むか》えられている。

ちなみに、今日の兄は何事か忙しそうにしていたし、マリーは〈DIN〉の仕事があるらしくて不在。先輩《せんぱい》も用事で席を外している。

「それにしても……、今回の一件でティアンに死者が出なくて本当に良かったですね」

「全くだ」

あれだけの大騒《おおさわ》ぎだったにも拘《かかわ》らず、サンダルフォンによる死者は出なかった。

例の移動先シャッフル空間の影響《えいきょう》で、転んだりぶつかったりして骨折する人などはいたそうだが死人は出ていない。これはフィガロさんが現れるまでのハンニャさんとサンダルフォンが、一応は人を踏まないように気をつけていたことも理由の一つだろう。

また、フィガロさんがログインした後は人のいる場所を走らなかったというのも大きい。

「あ。そういえば暴走の直前までビシュマル氏が足元で止めようと頑張《がんば》っていたらしいんですけど、暴走した直後のハンニャ女史に踏み潰されてデスペナルティになってます」

ビシュマルさん……南無《なむ》。

「でも、デスペナルティにまでなった被害はそれくらいですね」

「怪我人《けがにん》も女化……扶桑先輩《ふそうせんぱい》と〈月世《げっせい》の会〉の司祭総動員で治療《ちりょう》したしな」

あの後、女化生《おんなけしょう》先輩は何も知らずにログインしてきて街の惨状《さんじょう》に驚《おどろ》いていた。

そして「もー、これって誰がやったん？　愛闘祭二日目で稼《かせ》ぎ時やのにー。どこの誰が原因か知らへんけど迷惑《めいわく》な話やわー」と言った直後に、兄にガトリングで撃《う》たれていた。

原因の一人がその言動なので兄の行動もいたしかたなし。

むしろ一番弱い攻撃《こうげき》だった分だけまだ兄も理性的だったと言える。

その後、事情を把握してトンズラしようとしたが、居合わせた先輩の重力結界でログアウト《ログアウト》を封《ふう》じられる。

さらにアズライトも到着《とうちゃく》し、「責任取りなさい」の一言で治療に走り回ることになった。

なお、それは一日経《た》った今も継続《けいぞく》中であり、先輩はその監視《かんし》である。

余談だが、俺のダメージの治療も女化生先輩が行ったので今は後遺症《こういしょう》もない。

「街の修復の目処《めど》も立っているみたいでよかったよ」

「ほとんどは道路の破損で、重要施設《しせつ》の類《たぐい》は壊《こわ》れませんでしたからね」

そのくらいならば、地属性の魔法や〈エンブリオ〉のスキルで比較的《ひかくてき》簡単に修繕《しゅうぜん》できる。

生産職でも対応できるだろう。

「そして街の修繕費や慰謝料《いしゃりょう》は扶桑先輩とフィガロさんとハンニャさん、それとあの記事を書いた新聞社で折半か」

「新聞社以外は王国が立《た》て替えましたけどね」

修繕費と慰謝料の合計の半額を実行犯であるハンニャさんが払《はら》い、あとは原因の三者で三等分だ。諸事情あって手持ちがなかった女化生先輩と、元々お金は持っていなかったハンニャさんについては王国……アズライトが立て替えた。

なお、新聞社は傾《かたむ》いた。彼らは記事を書いただけであり責任がないことを主張していたが、結局連座させられている。

これが現代日本ならまた違《ちが》うのだろうが、ここはアルター王国だからな。

特に『事実は全く検証していないが購読者《こうどくしゃ》の興味と熱気を煽《あお》るために適当にセンセーショナルな記事を書いた』という真実が、官憲の《真偽判定《しんぎ》》で明らかとなったのでギルティらしい。

「俺が戦った【光王】は、この件に関してのお咎《とが》めはなしか……」

騒動《そうどう》の発端《ほったん》となる写真を撮《と》ったのは【光王】だが、それはあくまでも新聞社の企画に応募したに過ぎないからだ。

また、なぜか件《くだん》の新聞社に届けられた写真の名義も彼のものではなかったらしい。

それに、フィガロさんを妨害《ぼうがい》した件も罪にはなっていない。

あれは〈マスター〉が〈マスター〉を攻撃しただけであり、それはＰＫ行為《こうい》の一種であって法的には無罪だ。その妨害によってハンニャさんの破壊行為《はかいこうい》が拡大していれば話は別だったかもしれないが、結局あの介入《かいにゅう》の後に被害は出ていない。だから、罪にはなっていない。

今回のやり口から見ると余罪もあるのだろうが、それも不明だ。

「性質《たち》の悪い奴《やつ》だったのぅ」

「できればもう会いたくない……」

はっきり言って、俺と【光王】の実力差は歴然だった。俺が【光王】の天敵である【黒纏套】を持っていなければ、九割九分負けていた。

それでも……一分の勝機を諦《あきら》める気もなかったが。

それに、今後同じようなことをするならば止めなければならないだろう。

ちなみに今回の騒動の主軸《しゆじく》であるハンニャさんはログアウト前に現場に封筒を残してい

たらしい。

中に入っていた便箋《びんせん》には『ご迷惑をおかけしてごめんなさい。街の修理費や怪我《けが》をされた方の治療費《ちりようひ》は後日働いて返します』と書かれていたそうだ。

アズライトはひとまずそれを信じ、今回は指名手配しなかった。そしてハンニャさんは国に借金を負った形になっている。

フィガロさんについては、本人が復帰してから伺《うかが》うことにして、一時的にギデオン伯《はく》爵《しやく》が立て替えていた。ギデオン伯爵は「彼にはいつも世話になっているし、今回の件も彼が止めてくれたようなものだから」と言っていたと、アズライトから聞いている。

……ギデオンの被害状況《ひがいじようきよう》に胃を押さえていたそうだけれど。頑張れ、伯爵。

ちなみに女化生先輩は「う、うちはあの脳筋から五十億はもらえるはずやからそこから……」と何かをごねようとしたが、兄が『そんな請求《せいきゆう》無効クマ』、『それとも今度は俺がフッ飛ばしてやろうか』とノーを突《つ》きつけまくっていた。

かくして、事件の結果と責任はそのように収まった。

なお、まだフィガロさんのデスペナルティは明けていないし、ハンニャさんもあれからまだログインしていない。

「……あの二人は今頃《いまごろ》どうしているのかな」

「プロポーズの後、だからのぅ」
兄がリアルのフィガロさんに連絡《れんらく》を取ろうとしたが取れなかったそうだし、二人揃って
リアルで今後の相談でもしているのかもしれない。（後に判明するがフィガロさんは入院
し、ハンニャさんは英国にあるフィガロさんの家にまで乗り込んでいた）
「しかし、折角《せっかく》のお祭りだってのに、本当に大変だったよ」
そして大変だったわりに空回りと言うか、俺を含《ふく》めてほぼ全員が蚊帳《かや》の外だった気がす
る。ずっと前から気を揉んでいた兄が一番ダメージ食《く》らったかもしれない。
「それでも、あんな事件の後で祭りは続行するんだもんな」
「ギデオンの住人はバイタリティがあるのぅ」
結局、ハンニャさんがログアウトした後に愛闘祭は再開した。緊急事態が起きても、そ
れが解決したならばお祭りは止まらなかったようだ。
そういえば、フランクリンの事件の後もそんな感じではあったしな。
ちなみに、ルークも昨日の事件の後に霞《かすみ》とのデートは再開したらしい。夕方見かけたと
きには霞が顔を赤らめてとても嬉しそうにしていたので、デートは上手《うま》くいったのだろう。
「けれど、終わってみるとあの事件は王国にとって良い結果だったのかもしれませんね」
ルークの言葉に俺は頷《うなず》く。

フィガロさんとハンニャさんの恋愛《れんあい》が成就した、というだけではない。

今回の結果……副産物は非常に大きい。

「ハンニャ女史はフィガロさんのこともありますから、王国所属になるでしょう」

フィガロさんがデンドロを続けるならば、あの人は一緒《いっしょ》にログインし続ける。

そして愛する夫であるフィガロさんの所属する国家からは離れないだろう。

ハンニャさんが王国五人目の〈超級《スペリオル》〉として加わった形だ。

数の上では皇国の五人に並んだことになる。

「そして今回、王国は扶桑女史とハンニャ女史に大きな貸しを作りました」

それは文字通りに貸し……金銭の立て替えだ。

女化生先輩は王国に対しあれこれと制限をはねのける契約《けいやく》を交《か》わしていたらしいが、今回は個人の借金なので回避《かいひ》できない。

アズライトも「ようやくあの寄生虫にやり返せた」と嬉《うれ》しそうだった。

これを盾《たて》に、戦争への参加条件を「国教の変更《へんこう》」なんて無理難題から緩和《かんわ》させることも当然考えているだろう。

「その貸しで、扶桑女史とハンニャ女史は皇国との戦争への参加を要請《ようせい》されますよね？」

「だろうな」

「これで〈超級〉の数は互角《ごかく》。そして実力でも負けてはいないはずです。この時点で、戦争の絵図は先日までとまるで違う状態になっています」

無論、〈超級〉以外にも〈マスター〉はいるし、マリオさんのような熟練の〈マスター〉を凌駕《りょうが》するティアンもいる。

それでも戦力差は絶望的ではなくなっていた。

「皇国が戦争を仕掛《しか》けても、確実に勝てる状態ではなくなった。それどころか勝つとしても確実に深手を負う状態です。そして、レイさんが第一王女殿下《でんか》から聞いたカルディナ……第三勢力の話も考慮《こうりょ》すると」

ルークはそこで言葉を切り、

「戦争は、起きないかもしれません」

推測を……十二分にありうる未来を口にした。

◇◇◇

□【聖剣姫《セイクリッド・プリンセス》】アルティミア・アズライト・アルター

ようやく【狂王】ハンニャに纏《まつ》わる事件の事後処理の書類がまとまった。

かなり国庫から負担することになったけれど、事件自体は丸く収まっているわ。

あの事件の後にレイから話を聞いたけれど、あの【狂王】ハンニャは【超闘士《オーヴァー・グラディエーター》】

フィガロ絡《がら》みで問題が起きなければ〈超級〉の中でもまともな部類らしい。

まぁ、今回はその【超闘士】フィガロとあの寄生虫が原因になって事件が起きてしまったのだけれど。あの顛末を見る限り、再発の可能性は低くなったと見るべきでしょうね。

……ようやくあの寄生虫の首に縄《なわ》をつけられたのだから、今回の一件は怪我の功名と言うべきかしら。

「一段落、ね」

それと、もう一つの問題……エリザベートとのことも解決している。

【狂王】ハンニャの事件が起きる前の晩に、あの子とは仲直りをした。

レイに言われたように、私は私の言葉を謝《あやま》って……あの子とも正面から話をした。

あの子はツァンロン第三皇子との結婚《けっこん》について、自身でも深く考えているようだった。

だから一先《ひとま》ず、ツァンロン第三皇子が帰国する前日までは、時間を置く。

私とあの子、それとツァンロン第三皇子もこの件については自分の気持ちを整理しなければならないでしょうから。

『COOO、COOO』

そんなことを考えていると、仮の執務室《しつむしつ》の隅《すみ》でとある生物が鳴き始めた。

それは大きな目玉に羽を生やしたようなグロテスクな生物……【ブロードキャストアイ】という名前のモンスター。

フランクリンの起こした事件の後にギデオン伯爵が入手したもので、その内のいくらかがこちらにも回ってきた。

あのフランクリンが作ったモンスターである上に、見た目も大層悪趣味《あくしゅみ》なので正直あまり好きではない。けれど、遠距離《えんきょり》通信設備としての利便性が極《きわ》めて高いので使用している。

普段は鳴きもしないけれど、外部から私の【ブロードキャストアイ】に通信を入れようとしたときには鳴くようになっている。

「接続」

【ブロードキャストアイ】に通信を繋がせると、そこには王城の一室を背景にしてフィンドル侯爵《こうしゃく》の姿があった。

諜報《ちょうほう》を任せている侯爵からの連絡という時点で、嫌《いや》な予感がした。

『殿下。突然《とつぜん》のご連絡、失礼いたします』

「構わないわ。それより、何があったの？」

私が問いかけると、フィンドル侯爵はハンカチで顔の汗《あせ》を拭《ぬぐ》いながら、何かを言いよどんでいるようだった。

連絡を入れてきたのにこの様子、……それほどに大きな事柄《ことがら》ということかしら。

「フィンドル侯爵。どうしたのかしら？」

『……皇国から書状が届きました』

それは驚くに値する話ではあったけれど、想定の範囲内《はんいない》。戦争を再開するならば、どこかで皇国がコンタクトを……最後通告を行うことは考えていた。

その時のための準備も進めている。

だから、それは想定すべき事柄で、些《いささ》かフィンドル侯爵の反応が過剰《かじょう》に思えるわね。

そうなると……書状の内容が私達の想定外だった、ということかしら。

「侯爵は、既《すで》に内容を確認したの？」

『いえ、封は開けておりませぬ。ですが……概要《がいよう》は書状を届けた使者が語っていました』

「その使者は……何のための書状だと言っていたのかしら？」

私の問いに、フィンドル侯爵は……。

『――講和《こうわ》の申し出、とのことです』

本当に、想定外の答えを口にした。

「……分かったわ。至急、私も王都に戻ります。この話は、外に漏《も》れないように。特に〈DIN〉をはじめとした情報機関には注意を」

『承知しました』

そうして、【ブロードキャストアイ】の通信が切れる。

私は瞼《まぶた》を閉じて、仮の執務室の天井《てんじょう》を仰《あお》いだ。

全く、想定外よ。……まだ降伏勧告《こうふくかんこく》の方が分かりやすかったでしょうね。

「クラウディア。アナタの兄は……本当にこちらの想定しないことをしてくるわね」

講和が言葉どおりの意味か。あるいは、新たな策略の始まりか。

それを確かめるためにも、王都に戻って書状を確認しないと。

「けれど……、ついにその時が来たのね」

その書状で終わるのか。あるいは始まりなのか。

いずれにしろ、父の死で止まっていた戦争の時が動き出したことを……私は実感した。

To be continued

あとがき

猫　「あとがきの時間ですー。前回おやすみ今回復活、猫ことチェシャでーす」

熊　『九巻以来の熊ことシュウ・スターリングクマー』

羽　「同じく久しぶりの迅羽だ」

猫　「あとがきだと分かりにくいですが、迅羽はテナガアシナガと符を外してます」

羽　「本編で素顔バージョン出たからその流れだ。……挿絵はなかったが」

熊　『いつか出てくることを期待クマ』

羽　（そういえば、この熊も素顔出てるようで出てない気が……前髪なげーし）

熊　『ちなみに雌狐はギデオンの復旧に駆り出されて不在クマ』

羽　「ここでもまた本編と微妙なリンクを……」

猫　「さて！　今回のあとがきと言えば何と言ってもTVアニメ放送開始です！」

熊　『いえーい！　みんな見てるクマー？』

羽「dアニメストア様ほか、各種動画配信サイトでも配信してるぞ」
猫「今頃（二〇二〇年二月）は僕のアニメでの出番は終わってる気もするけど……」
猫「なぜなにデンドログラムでは出ずっぱりなのでそちらもよろしくね！」
熊『それでは恒例の作者の真面目コメントタイムクマー』

読者の皆様、ご購入ありがとうございます。作者の海道左近です。

ついに、インフィニット・デンドログラムのアニメが放送開始です。この本が出る頃には第四話までが放送されていることと思われます。

実はあとがきを書いているのは第一話の放送前日ですが、私もクロレコを執筆されているLa-na先生と共に先行上映会で二話まで視ています。

先行上映までは私もアフレコのコンテまでしか見られていませんでしたが、実際にアニメーションとして公開されたインフィニット・デンドログラムに感動すると共に、アニメになったという実感を得たことを覚えています。

また、悠木碧さんのOPや内田彩さんのED、そして平松建治先生の手掛けられた劇伴も音源を戴きました。いずれも素晴らしく、執筆しながらいつも聞いています。

音に関して述べるならば、キャストの皆様の熱演も欠かせません。

アフレコにも毎回参加させていただきましたが、大変素晴らしいものでした。

後半になるにつれて、よりヒートアップしていくのでお楽しみください。
フランクリン役の松岡禎丞さんの怪演にも注目です。
関係者皆様のご尽力のお陰で私の想像を上回るアニメが生まれました。
一人では絶対に辿り着けない成果に、心から「ありがたい」と思いました。
また、ここまで応援してくださった読者の皆様にも感謝しています。
皆様にも、共にアニメを楽しんでいただければ幸いです。
今後とも、インフィニット・デンドログラムをよろしくお願いいたします。

海道左近

猫「さーて、作者コメントも終わったところで次巻の告知をみんなで……」
狐『十三巻は二〇二〇年六月発売予定やー！』
猫「にゃんと!?」
羽「急に来たな……」
狐「アニメアニメと盛り上がりよってー！　嫉[ねった]いわあー！」
羽「……何でそんなに荒ぶってるんだ？　本編引きずってるのか？」

狐「うちだけアニメでキャストさんおらへんからに決まっとるやろ！」
三人「「「あ」」」
狐「声もついて出番も多い三人で盛り上がってずるいわぁ！」
猫（CV井澤詩織さん）「えーと、何と言っていいか……」
熊（CV日野聡さん）『日頃の行いクマ』
羽（CV東山奈央さん）「……元気出せ？」
狐「当てつけみたいにキャストさんの名前併記しよってぇ⁉」
猫「まぁ、君って二話のアバンで出番終了した将軍閣下よりも出番少ないし……」
狐「うぅ……。み、見とれよぉ！　うちもいつか、声つけてもらうんやー！」
羽「泣きながら去っていったぞ……」
猫「じゃあ今回のあとがきもここまでということでー」
熊『今後ともよろしクマー』
羽「またなー」

六「……この私はそもそも出演していないので、彼女は恵まれていると思いますよ？」
熊『いたのかゼクス……』

発売予定!!

HJ
HJ文庫
ドライフ皇国との講和会議が
開かれることになり、備えるレイたち。
しかし、その直前王国のランカーたちが次々に襲撃され
デスペナルティに追い込まれていた。
不穏な空気が漂う中、暗躍するものの正体とは――？
Infinite Dendrogram
インフィニット・デンドログラム
13.バトル・オブ・ヴォーパルバニー
2020年6月

HJ文庫 861 http://www.hobbyjapan.co.jp/hjbunko/

〈Infinite Dendrogram〉-インフィニット・デンドログラム-
12.アイのカタチ
2020年2月1日　初版発行

著者――海道左近

発行者―松下大介
発行所―株式会社ホビージャパン
〒151-0053
東京都渋谷区代々木2-15-8
電話　03(5304)7604（編集）
03(5304)9112（営業）

印刷所――大日本印刷株式会社／カバー印刷　株式会社廣済堂
装丁――BEE-PEE／株式会社エストール

ISBN978-4-7986-2119-7　C0193

ファンレター、作品のご感想お待ちしております
〒151-0053 東京都渋谷区代々木2-15-8
(株)ホビージャパン HJ文庫編集部 気付
海道左近 先生／タイキ 先生